TODA LA VERDAD

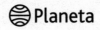 Planeta

KAREN CLEVELAND

TODA LA VERDAD

Traducción de María José díez Pérez

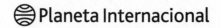

Obra editada en colaboración con Editorial Planeta – España

Título original: *Need to Know*

Diseño de la portada: Planeta Arte & Diseño
Fotografía de portada: © Mark Yankus
Fotografía de la autora: © Jessica Scharpf
Composición: Realización Planeta

© 2018, Karen Cleveland
© 2018, Traducción: María José Díez Pérez

© 2018, Editorial Planeta S.A. – Barcelona, España

Derechos reservados

© 2018, Editorial Planeta Mexicana, S.A. de C.V.
Bajo el sello editorial PLANETA M.R.
Avenida Presidente Masarik núm. 111, Piso 2
Colonia Polanco V Sección
Delegación Miguel Hidalgo
C.P. 11560, Ciudad de México
www.planetadelibros.com.mx

Primera edición impresa en España: marzo de 2018
ISBN: 978-84-08-18241-2

Primera edición en formato epub en México: marzo de 2018
ISBN: 978-607-07-4849-3

Primera edición impresa en México: marzo de 2018
ISBN: 978-607-07-4829-5

Impreso en los talleres de Litográfica Ingramex, S.A. de C.V.
Centeno núm. 162, colonia Granjas Esmeralda, Ciudad de México
Impreso en México -*Printed in Mexico*

Para B. J. W.

Cuando uno está enamorado, siempre comienza engañándose a sí mismo y termina engañando a otros. Eso es lo que el mundo llama amor.

OSCAR WILDE

Estoy en la puerta de la habitación de los gemelos viendo cómo duermen, tranquilos e inocentes, a través del barandal de la cuna, que me recuerda a los barrotes de la celda de una cárcel.

Una lámpara nocturna baña el cuarto en una suave luz anaranjada. El pequeño espacio está atestado de muebles, demasiados para una habitación de este tamaño. Dos cunas, una vieja y otra nueva; un cambiador, paquetes de pañales aún por estrenar. El estante que Matt y yo armamos hace siglos. Ahora los estantes están llenos, sobrecargados de unos libros que podría recitar de memoria a los dos mayores; unos libros que me he prometido leer más a menudo a los gemelos si tengo tiempo.

Oigo los pasos de Matt en la escalera y mi mano aprisiona la memoria USB. Con fuerza, como si pudiera desaparecer si apretara lo suficiente. Todo volverá a ser como antes. Los dos últimos días se borrarán, como si sólo hubieran sido una pesadilla. Pero ahí sigue: dura, palpable, real.

El suelo del pasillo cruje donde lo hace siempre. No volteo. Se me acerca por detrás, tanto que huelo el gel de baño que utiliza, el champú, ese olor a él que curiosamente siempre me ha resultado tan reconfortante y que ahora, de manera inexplicable, hace que me parezca más extraño aún. Noto que vacila.

—¿Podemos hablar? —pregunta.

Lo dice en voz baja, pero el sonido basta para hacer que Chase se mueva. Suspira mientras duerme y se calma, aún acurrucado,

11

como si se estuviera protegiendo. Siempre he pensado que se parece mucho a su padre, los ojos serios, percatándose de todo. Ahora me pregunto si alguna vez llegaré a conocerlo de verdad, si guardará unos secretos tan pesados que aplastarán a cualquiera que se le acerque.

—¿Qué hay que decir?

Matt da un paso más, me agarra levemente el brazo. Yo me aparto, lo bastante para que deje de tocarme. Su mano queda suspendida en el aire y después baja al costado.

—¿Qué vas a hacer? —pregunta.

Miro la otra cuna, a Caleb, boca arriba y con su pijamita; los angelicales rizos rubios, los brazos y las piernas abiertos, como si fuera una estrella de mar. Tiene las manos abiertas, los rosados labios abiertos. No sabe lo vulnerable que es, lo cruel que puede ser el mundo.

Siempre dije que lo protegería. Que le daría la fuerza que a él le falta, me aseguraría de que tuviera todas las oportunidades posibles, haría que su vida fuera lo más normal posible. ¿Cómo voy a hacerlo si no estoy?

Haría cualquier cosa por mis hijos. Cualquiera. Abro la mano y miro la memoria USB, ese rectangulito anodino. Tan pequeño pero con tanto poder. Poder para arreglar, poder para destruir.

Un poco como una mentira, si se piensa.

—Sabes que no tengo elección —contesto, y me obligo a mirarlo, a él, mi marido, el hombre al que conozco tan bien y al que al mismo tiempo no conozco en absoluto.

DOS DÍAS ANTES

1

—Malas noticias, Viv.

Oigo la voz de Matt, unas palabras que horrorizarían a cualquiera, pero el tono es tranquilizador. Desenfadado, como de disculpa. Es algo malo, seguro, pero que se puede solucionar. Si fuera algo malo de verdad, su voz sería más grave. Utilizaría una frase completa, un nombre completo: «Tengo malas noticias, Vivian».

Sujeto el teléfono con el hombro, ruedo con la silla hasta el otro lado de la mesa con forma de ele, hasta la computadora, que se halla centrada bajo los armarios altos y grises. Llevo el cursor hasta el icono con forma de búho de la pantalla y hago clic dos veces. Si es lo que creo que es —lo que sé que es—, no estaré mucho aquí trabajando.

—¿Bella? —pregunto.

La vista se me va a uno de los dibujos hechos con pinturas que están afianzados con tachuelas de colores a las altas paredes del cubículo, una nota de color en medio de este mar gris.

—Treinta y ocho y unas décimas.

Cierro los ojos y respiro hondo. No nos toma por sorpresa. La mitad de los de su clase se enfermaron, cayeron como fichas de dominó, así que sólo era cuestión de tiempo. Los niños de cuatro años se contagian con mucha facilidad. Pero ¿hoy? ¿Tenía que pasar hoy?

—¿Alguno más?

—Sólo la fiebre. —Hace una pausa—. Lo siento, Viv. Parecía que estaba bien cuando la dejé.

Trago saliva a pesar del nudo que noto en la garganta y asiento, aunque Matt no me ve. Cualquier otro día iría él a buscarla. Puede trabajar desde casa, al menos en teoría. Yo no, y agoté todos mis días libres cuando nacieron los gemelos. Pero Matt está llevando a Caleb al centro para la última ronda de citas médicas. Hace semanas que me siento culpable por no poder estar, y ahora no estaré y además seguiré tomándome un día que no tengo.

—Llegaré antes de una hora —aseguro.

Según las normas, disponemos de una hora desde el momento en que nos llaman. Si tenemos en cuenta lo que se tarda en llegar allí y el paseo hasta el coche —está en los confines de los vastos estacionamientos de Langley—, dispongo de unos quince minutos para dar por concluida la jornada. Quince minutos más que añadir a mi saldo negativo.

Miro de reojo el reloj de la esquina de la pantalla —las diez y siete minutos— y a continuación me fijo en la taza de Starbucks que tengo junto al codo derecho, el vapor que escapa por el orificio que hay en la tapa de plástico. Un gusto que me he dado, un capricho para celebrar este día que tanto tiempo llevaba esperando, un *shot* de energía para hacer más llevaderas las tediosas horas que se avecinaban. Unos minutos preciosos desperdiciados en una fila que podría haber empleado en examinar los archivos informáticos. Tendría que haberme limitado a lo de siempre, a la cafetera chisporroteante que deja posos flotando en la superficie del café.

—Es lo que les he dicho a los de la escuela —responde Matt.

En realidad la «escuela» es la guardería donde pasan los días nuestros tres hijos más pequeños, pero la llamamos escuela desde que Luke tenía tres meses. Leí que podía facilitar la transición, aliviar el sentimiento de culpa por dejar a tu hijo ocho o diez horas al día. No ayudó demasiado, pero supongo que cuesta cambiar el chip.

Hay otra pausa, y oigo a Caleb balbucear de fondo. Aguzo el oído y sé que Matt está haciendo lo mismo. Es como si estuviéramos condicionados a hacerlo cuando pasa eso. Pero no son más que sonidos vocálicos, sigue sin haber consonantes.

—Sé que se supone que hoy es el gran día... —dice al final Matt, dejando la frase sin terminar.

Estoy acostumbrada a esos vacíos, a las conversaciones evasivas cuando hablamos por mi línea no segura. Siempre doy por sentado que hay alguien escuchando: los rusos, los chinos. Ésa es la principal razón por la que la escuela llama primero a Matt cuando surge un problema. Prefiero que haga de filtro y evite que algunos de los detalles personales de los niños lleguen a oídos de nuestros adversarios.

Pueden llamarme paranoica, o simplemente analista de los servicios de contraespionaje de la CIA.

Pero lo cierto es que eso es todo lo que sabe Matt. No sabe que he estado intentando destapar una red de agentes encubiertos rusos, en vano. O que he desarrollado una metodología para identificar a las personas que forman parte del programa secreto. Sólo sabe que llevo esperando meses a que llegue este día. Que estoy a punto de averiguar si dos años de duro trabajo van a dar sus frutos. Y si tengo alguna posibilidad de lograr ese ascenso que tanta falta nos hace.

—Sí, bueno —respondo, moviendo el ratón adelante y atrás, viendo cómo carga Athena, el cursor con forma de reloj de arena—. Hoy lo importante es la cita de Caleb.

Mis ojos vuelven a centrarse en la pared del cubículo, los vivos dibujos hechos con pinturas. En el de Bella, un dibujo de nuestra familia, los brazos y las piernas son palitos que salen directamente de seis caras redondas y felices. En el de Luke, algo más refinado, hay una única persona, gruesos trazos dentados para colorear el pelo, la ropa y los zapatos. Pone MAMI con grandes letras mayúsculas. De su etapa de superhéroe. Soy yo, con una capa, las manos en las caderas y una S en la camiseta: Supermami.

Noto una sensación familiar en el pecho, la opresión, la necesidad apremiante de llorar. «Respira hondo, Viv. Respira hondo.»

—¿Las Maldivas? —sugiere Matt, y siento que un amago de sonrisa aflora a mis labios.

Siempre hace esto, encuentra la manera de hacerme sonreír cuando más lo necesito. Miro de reojo la fotografía de nosotros dos que tengo en un rincón de la mesa, mi preferida de la boda, hace casi una década. Los dos tan felices, tan jóvenes. Siempre estábamos hablando de ir a algún lugar exótico para celebrar nuestro décimo aniversario. Desde luego, ya no es posible, pero soñar es divertido. Divertido y deprimente.

—Bora Bora —propongo yo.

—No me importaría. —Vacila, y en ese intervalo vuelvo a oír a Caleb.

Más sonidos vocálicos. «Aah, aah, aah.» Calculo mentalmente los meses que Chase lleva haciendo sonidos consonánticos. Sé que no debería —todos los médicos dicen que no debería—, pero lo hago.

—¿Bora Bora? —oigo detrás de mí, fingiendo incredulidad. Tapo el micrófono con la mano y volteo. Es Omar, mi homólogo en el FBI, con una expresión de burla en la cara—. Creo que va a ser difícil justificarlo, hasta para la Agencia. —Esboza una ancha sonrisa. Contagiosa, como siempre, y me hace sonreír.

—¿Qué haces aquí? —pregunto, con la mano aún tapando el micrófono. Caleb balbucea en mi oído. Esta vez son oes: «Ooh, ooh, ooh».

—Tenía una reunión con Peter. —Da un paso más, se sienta en el borde de la mesa. Le veo la silueta de la funda de la pistola en la cadera, a través de la camiseta—. Puede que la hora fuera una coincidencia o puede que no. —Mira de soslayo la pantalla de mi computadora y la sonrisa se le borra un tanto—. Era hoy, ¿no? A las diez de la mañana.

Miro la pantalla, oscura, el cursor aún con forma de reloj de arena.

—Era hoy. —El balbuceo ha cesado. Hago rodar la silla para voltearme, ligeramente, apartándome de Omar, y quito la mano del micrófono—. Cariño, tengo que dejarte. Ha venido Omar.

—Salúdalo de mi parte —replica Matt.

—Lo haré.

—Te quiero.

—Y yo a ti. —Dejo el teléfono en la base y volteo hacia Omar, que sigue sentado en mi mesa, con las piernas, enfundadas en unos *jeans*, extendidas y cruzadas en los tobillos—. Saludos de parte de Matt —le comunico.

—Aaah, así que él es la conexión con Bora Bora. ¿Piensan irse de vacaciones? —La sonrisa ha vuelto con toda su fuerza.

—En teoría —contesto, con una risa poco entusiasta. Suena tan mal que noto que el color me sube a las mejillas.

Omar me mira un instante y después, por suerte, se concentra en su muñeca.

—Bien, son las diez y diez. —Descruza las piernas y las cruza hacia el otro lado. Luego se echa hacia delante, el inconfundible entusiasmo de su cara—. ¿Qué tienes para mí?

Omar lleva haciendo esto más tiempo que yo. Por lo menos una década. Está buscando a los agentes encubiertos que están en Estados Unidos, y yo intento destapar a los que dirigen la célula. Ninguno de los dos ha logrado su objetivo. Nunca deja de sorprenderme que siga siendo tan entusiasta.

—Todavía nada. Ni siquiera he podido mirar.

Señalo la pantalla, el programa que aún se está cargando, y después miro la fotografía en blanco y negro que tengo en la pared de mi cubículo, junto a los dibujos de los niños: Yury Yakov. Cara regordeta, expresión dura. Unos clics más y estaré dentro de su computadora. Podré ver lo que él ve, navegar por la red como él, rebuscar en sus archivos. Y, con suerte, demostrar que es un espía ruso.

—¿Quién eres y qué has hecho con mi amiga Vivian? —pregunta Omar risueño.

Tiene razón. De no ser por la fila del Starbucks, habría entrado en el programa a las diez en punto. Habría tenido unos minutos para echar un vistazo, por lo menos. Me encojo de hombros y señalo la pantalla.

—Estoy en ello. —Después señalo el teléfono—. De todas formas, va a tener que esperar. Bella está enferma. Tengo que ir a buscarla.

Exhala con gesto dramático.

—Esos mocosos... Siempre tan oportunos.

Un movimiento en la pantalla llama mi atención, y acerco la silla. Athena está cargando por fin. Hay banners rojos por todas partes, un montón de palabras, cada una para indicar un control distinto, un compartimento diferente. Cuanto más larga es la cadena de palabras, tanto más clasificado el texto. Y ésta es bastante larga.

Hago clic en una página, en otra. Cada clic es una confirmación. Sí, sé que estoy accediendo a información compartimentada. Sí, sé que no puedo revelar su contenido o iré a la cárcel y me pasaré allí mucho tiempo. Sí, sí, sí. Tú llévame de una vez hasta la información.

—Se acabó —afirma Omar. Me acuerdo de que está ahí y lo miro con el rabillo del ojo. Él desvía la vista a propósito, evitando con todas sus fuerzas la pantalla, dándome intimidad—. Lo presiento.

—Eso espero —farfullo. Y lo espero, pero estoy nerviosa.

Con esta metodología nos la jugamos. Y de qué manera. Creé un perfil para contactos sospechosos: centros educativos, estudios y titulaciones, centros bancarios, viajes a Rusia y al extranjero. Elaboré un algoritmo, identifiqué a los cinco individuos que encajaban mejor en el modelo. Posibles candidatos.

Los cuatro primeros resultaron ser pistas falsas, y ahora el programa está en la recta final: todo depende de Yury, el número cinco. La computadora en la que más costó entrar, en la que yo tenía más confianza.

—Y si no —añade Omar—, habrás hecho algo que nadie ha sido capaz de hacer: te habrás acercado.

Tratar de descubrir a los contactos es un enfoque nuevo. Durante años el Buró ha estado intentando identificar a los agentes encubiertos en sí, pero están tan integrados que es prácticamente imposible. La célula está estructurada de forma que estos agentes no se relacionen con nadie salvo con su contacto, pero incluso esa relación es mínima. Y la Agencia se ha centrado en los jefes, los tipos que supervisan a los contactos, los que están en Moscú y que tienen vínculos directos con el SVR, el servicio de inteligencia ruso.

—Acercarse no cuenta —observo en voz baja—. Tú lo sabes mejor que nadie.

Más o menos cuando empecé a trabajar en esa sección, Omar era un agente nuevo muy ambicioso. Había propuesto una iniciativa novedosa: invitar a agentes encubiertos arraigados a que «salieran del frío» y se entregaran a cambio de la amnistía. ¿Su lógica? Tenía que haber al menos unos cuantos agentes que quisieran convertir su tapadera en realidad, y quizá nosotros pudiéramos averiguar lo suficiente de ellos para infiltrarnos en la red en su totalidad.

El plan se ejecutó con discreción, y una semana después se presentó ante nosotros un hombre llamado Dmitri. Dijo que era un contacto de nivel intermedio, y nos dio información sobre el programa que corroboró lo que sabíamos: había otros contactos como él responsables de cinco agentes encubiertos cada uno; él informaba a un jefe que era responsable de cinco contactos. Una célula autónoma por completo. Eso llamó nuestra atención, por supuesto. Después llegaron las afirmaciones descabelladas, la información que contradecía todo cuanto sabíamos que era verdad, y por último mo desapareció. Dmitri el Anzuelo, lo llamamos a raíz de eso.

Ése fue el final del programa. La idea de reconocer en público que en Estados Unidos había agentes encubiertos, de admitir nuestra incapacidad de encontrarlos, difícilmente podía ser del agrado de los peces gordos del Buró. Entre eso y la posibilidad de que los rusos nos manipularan —ofrecer a agentes dobles de anzuelo que proporcionaran pistas falsas—, el plan de Omar fue objeto de duras críticas y acabó siendo rechazado. «Nos veremos desbordados con otros Dmitris», adujeron. Y así fue como se estancó la que en su día había sido la prometedora trayectoria profesional de Omar. Cayó en el olvido, bregando día tras día con una labor ingrata, frustrante, imposible.

La pantalla cambia, y aparece un iconito con el nombre de Yury. A mí esto siempre me electriza, ver ahí el nombre de mis objetivos, saber que tenemos una ventana que nos permite asomarnos a su vida informática, a la información que consideran privada. En ese preciso instante, Omar se levanta. Está al tanto de los esfuerzos que estamos realizando para descubrir a Yury. Forma parte del puñado de agentes del Buró que sabe de la existencia del programa, y es su mayor fan, la persona que cree en el algoritmo, y en mí, más que ninguna otra. Aun así, no puede acceder a él directamente.

—Llámame mañana, ¿de acuerdo? —me dice.

—Claro —contesto.

Da media vuelta y en cuanto le veo la espalda, alejándose, centro la atención en la pantalla. Hago doble clic en el icono y aparece un recuadro con un borde rojo que refleja el contenido de la *laptop* de Yury, un espejo exacto que puedo peinar. Sólo tengo unos minutos antes de irme, pero me bastan para echar un vistazo.

El fondo es azul marino y está salpicado de burbujas de distintos tamaños, en diversas tonalidades de azul. Hay iconos alineados en cuatro pulcras filas a un lado, la mitad de ellos carpetas. El nombre de los archivos está en cirílico, caracteres que reconozco pero no sé leer, al menos no en condiciones. Hace años hice un curso de ruso para principiantes, pero luego nació Luke y lo dejé. Sé algunas frases elementales, reconozco algunas palabras, pero eso es todo. Para el resto cuento con expertos en idiomas o programas de traducción automática.

Abro algunas carpetas y los documentos de texto que contienen. Página tras página de denso cirílico. Me llevo una gran decepción, una decepción que sé que es absurda. ¿Cómo iba a escribir en inglés, a dejar constancia de algo en inglés, «Listado de operativos encubiertos en Estados Unidos», un ruso sentado delante de su computadora en Moscú? Sé que lo que busco está encriptado. Sólo espero ver alguna pista, algún archivo protegido, algo con un encriptado obvio.

Gracias a infiltraciones de alto nivel llevadas a cabo a lo largo de los años sabemos que la identidad de los agentes encubiertos la conocen únicamente los contactos, y que los nombres se guardan en dispositivos electrónicos, a escala local. No en Moscú, porque el SVR teme que haya espías infiltrados dentro de su propia organización. Es tanto el miedo que les tienen que prefieren arriesgarse a perder agentes encubiertos a tener los nombres en Rusia. Y sabemos que si a un contacto le pasara algo, el jefe accedería a los archivos electrónicos y se pondría en contacto con Moscú para obtener una clave de desencriptado, una parte de un protocolo de encriptado multicapa. Tenemos el código de Moscú, pero nunca hemos tenido nada que desencriptar.

El programa es hermético: no podemos entrar en él. Ni siquiera sabemos cuál es su verdadero objetivo, si es que lo hay. Podría ser tan sólo recabar información pasiva, o podría ser algo más siniestro. Pero, puesto que sabemos que el director del programa rinde cuentas nada menos que a Putin, me inclino a pensar que es lo segundo, y esto precisamente es lo que me quita el sueño.

Sigo mirando, leyendo cada uno de los archivos, aunque no esté muy segura de lo que estoy buscando. Entonces veo una palabra en cirílico que reconozco. *Друзья*: Amigos. El último icono de la última fila, una carpeta amarilla. Hago doble clic, y la carpeta se abre y despliega un listado de cinco imágenes en JPEG, nada más. Mi corazón empieza a acelerarse. Cinco. Hay cinco agentes encubiertos asignados a cada contacto; lo sabemos por múltiples fuentes. Y además está el título: «Amigos».

Abro la primera imagen: se ve un plano de la cara de un hombre de mediana edad, anodino, con lentes redondos. Me pongo nerviosa. Los agentes están bien integrados. A decir verdad, son miembros invisibles de la sociedad. Éste podría ser perfectamente uno de ellos.

La lógica me dice que no me emocione demasiado: toda la información que poseemos afirma que los archivos de los agentes encubiertos están encriptados. Sin embargo, mi instinto me dice que esto es algo gordo.

Abro la segunda: una mujer, pelirroja, con los ojos muy azules, la sonrisa ancha. De nuevo, una instantánea de la cabeza, otro posible agente encubierto. La miro fijamente. Me asalta una idea que intento pasar por alto, pero no puedo. Son sólo imágenes. No hay nada sobre su identidad, nada que el jefe pudiera utilizar para ponerse en contacto con ellos.

A pesar de ello. «Amigos.» Imágenes. Así que puede que Yury no sea el escurridizo contacto que yo confiaba en desenmascarar, aquel al que la Agencia ha asignado recursos, porque quiere dar con su paradero. Pero ¿y si es un reclutador? Y estas cinco personas deben de ser importantes. ¿Objetivos, tal vez?

Abro la tercera imagen y en mi pantalla aparece una cara. Una instantánea de la cara, un primer plano. Tan familiar, tan esperada..., y sin embargo no, porque está aquí, donde no tiene que estar. La miro sorprendida, una, dos veces, mi cerebro pugnando por tender un puente entre lo que estoy viendo y lo que significa. En ese instante juraría que el tiempo se detiene. Unos dedos helados aprisionan mi corazón y lo estrujan, y lo único que oigo es el ruido de la sangre que se me agolpa en los oídos.

La que tengo delante es la cara de mi marido.

2

Los pasos se acercan. Los oigo, a través incluso del martilleo de la sangre en mis oídos. El aturdimiento que siento cristaliza, en un instante, en una única orden: «Ocúltala». Llevo el cursor hasta la X que aparece en la esquina de la imagen y hago clic, y el rostro de Matt desaparece sin más.

Volteo hacia el sonido, la parte abierta de mi cubículo. El que se aproxima es Peter. ¿Lo habrá visto? Miro la pantalla: no hay ninguna imagen, sólo la carpeta, abierta, y cinco líneas de texto. ¿La habré cerrado a tiempo?

Una molesta voz interior me pregunta qué importancia tiene. Por qué he sentido la necesidad de ocultar la imagen. Es Matt, mi marido. ¿No debería ir corriendo a Seguridad, a preguntar por qué los rusos tienen en su poder una foto de él? Empiezo a sentir náuseas en lo más profundo del estómago.

—¿Vienes a la reunión? —pregunta Peter, con una ceja enarcada sobresaliendo por encima del grueso armazón de sus lentes.

Lo tengo delante de mí, con sus mocasines, sus pantalones de vestir color caqui y una camisa abotonada casi hasta arriba. Peter es el analista jefe de la sección, una reliquia de la era soviética y mi mentor durante los últimos ocho años. No hay nadie que sepa más de contrainteligencia rusa. Callado y reservado, resulta imposible no respetarlo.

Y ahora mismo no hay nada raro en su expresión. Tan sólo la pregunta. ¿Voy a asistir a la reunión matutina? No creo que la haya visto.

—No puedo —contesto, y la voz me sale extrañamente aguda. Procuro bajarla, intento evitar que me tiemble—. Bella está enferma. Tengo que ir a buscarla.

Asiente, o más bien ladea la cabeza. Su expresión parece serena, imperturbable.

—Espero que se ponga bien —dice, y da media vuelta para marcharse a la sala de reuniones, ese salón de paredes de cristal que es más apropiado para una start-up de tecnología que para la central de la CIA. Lo sigo con la mirada hasta asegurarme de que no voltea.

Volteo hacia la computadora, a la pantalla, en la que ahora no hay nada. Las rodillas me flaquean, me noto la respiración acelerada. La cara de Matt. En la computadora de Yury. Y mi primer instinto: «ocúltala». ¿Por qué?

Oigo a mis compañeros de equipo, que se dirigen a la sala de reuniones. Mi cubículo es el más próximo a ella, todo el que quiere ir a esa sala pasa por delante. Por lo general, aquí no hay mucho alboroto, son los confines del mar de cubículos, a menos que la gente vaya a la sala de reuniones o a la sala de acceso restringido, la habitación que hay justo detrás, el lugar donde los analistas se pueden encerrar para ver los más confidenciales de los archivos confidenciales, los que contienen una información tan valiosa, tan difícil de obtener, que los rusos no dudarían en localizar y matar a la fuente si supieran que la teníamos.

Tomo aire con nerviosismo, una vez, otra. Volteo cuando los pasos se acercan. La primera es Marta. Trey y Helen, juntos, manteniendo una conversación en voz queda. Rafael y después Bert, nuestro jefe de sección, que hace poco más que revisar documentos. El verdadero jefe es Peter, y todo el mundo lo sabe.

Los siete somos el equipo de agentes encubiertos. Un grupo rarito, la verdad, porque tenemos muy poco en común con los otros equipos del Centro de Contrainteligencia, sección de Rusia. Ellos tienen tanta información que no saben qué hacer con ella; nosotros no tenemos prácticamente nada.

—¿Vienes? —me pregunta Marta, parándose en mi cubículo, mientras apoya una mano en una de las altas paredes.

Cuando habla me llega su aliento, que huele a menta y enjuague bucal. Tiene ojeras, y lleva una gruesa capa de corrector. A juzgar por su aspecto, ayer por la noche se tomó una copa de más. A Marta, antigua agente de operaciones, le gustan en igual medida el whisky y revivir sus días de gloria sobre el terreno. En una ocasión me enseñó a abrir una cerradura con una tarjeta de crédito y un pasador que me encontré por casualidad en la bolsa que llevo al trabajo, de los que uso para hacerle el moño a Bella cuando va a ballet.

Niego con la cabeza.

—Tengo a la niña enferma.

—Son gérmenes andantes.

Baja la mano y sigue su camino. Sonrío al resto a medida que van desfilando: aquí no pasa nada. Cuando están todos en el cuarto de cristal y Bert cierra la puerta, me centro de nuevo en la pantalla. Los archivos, el galimatías cirílico. Estoy temblando. Miro el reloj de la esquina de la pantalla: debería haber salido hace tres minutos.

El nudo que tengo en el estómago es fuerte y denso. Yo diría que ahora no puedo marcharme, pero no tengo elección. Si llego tarde a buscar a Bella, recibiré un segundo aviso. Y, al tercero, hasta nunca: la escuela tiene listas de espera para todas las clases, y no se lo pensaría dos veces. Además, ¿qué haría si me quedara?

Sólo hay una manera segura de averiguar exactamente por qué está ahí la foto de Matt, y no es revisando más archivos. Trago saliva, siento náuseas y cierro Athena con el cursor y apago la computadora. Después agarro la bolsa y el abrigo y me dirijo hacia la puerta.

Matt es un objetivo.

Cuando llego al coche, con los dedos como hielos, el aliento formando pequeñas bocanadas blancas, estoy segura.

No sería el primero. Los rusos se mostraron más agresivos que nunca el año anterior. Empezaron por Marta. Una mujer con acento de Europa del Este se hizo amiga suya en el gimnasio, tomó algo con ella en O'Neill's. Después de unas cuantas copas, la mujer le preguntó directamente si le interesaría seguir con su «amistad» y hablar sobre el trabajo. Marta se negó y no la volvió a ver.

El siguiente fue Trey. Aún en el closet por aquel entonces, siempre venía a los eventos del trabajo con su «compañero de departamento», Sebastian. Un día lo vi, descompuesto y pálido, subiendo a Seguridad. Después me enteré de que habían intentado chantajearlo: le enviaron al correo electrónico fotos de los dos en situaciones comprometedoras y lo amenazaron con enviárselas a sus padres si no accedía a reunirse con los chantajistas.

De manera que cabe suponer que los rusos saben quién soy. Y si saben eso, llegar hasta Matt sería pan comido. Como también lo sería averiguar dónde somos vulnerables.

Intento arrancar y el Corolla emite su ruido habitual, como si se ahogara.

—Vamos —farfullo, haciendo girar la llave de nuevo, escuchando cómo vuelve a la vida el motor, con dificultad.

Segundos después, una ráfaga de aire gélido entra por las rejillas de ventilación. Pongo la calefacción al máximo, me froto las manos y meto la reversa. Debería esperar a que calentara, pero no hay tiempo. Nunca hay suficiente tiempo.

El Corolla es el coche de Matt, el que tenía antes incluso de que nos conociéramos. Decir que está en las últimas es quedarse corto. Del mío nos deshicimos cuando estaba embarazada de los gemelos, y compramos una camioneta de segunda mano. Matt utiliza ésa, el coche familiar, porque es quien más va a llevar y a recoger a los niños.

Conduzco aturdida, como una autómata. Cuanto más avanzo, más se aprieta el nudo que tengo en el estómago. Lo que me preocupa no es que Matt sea un objetivo. Es esa palabra: Amigos. ¿Acaso no sugiere cierto grado de complicidad?

Matt es ingeniero de software. No sabe lo refinados que son los rusos. Lo despiadados que pueden ser. Que aprovecharían la menor oportunidad, la menor señal de que podría estar dispuesto a colaborar con ellos para explotarla, para tergiversarla y obligarlo a ir más allá.

Llego a la escuela con dos minutos de antelación. Cuando entro, me recibe una bocanada de aire caliente. La directora, una mujer de rasgos marcados y siempre ceñuda, mira el reloj de soslayo, intencionalmente, y me observa con severidad. No estoy segura de si me quiere preguntar por qué tardé tanto o quiere insinuar que si volví tan pronto es evidente que la niña ya estaba enferma cuando la dejamos aquí. Al pasar por delante le ofrezco una sonrisa bastante desganada a modo de disculpa, aunque por dentro estoy enojada. Sea lo que sea que tiene Bella, lo agarró en este sitio.

Enfilo el pasillo, repleto de cosas que han hecho los niños —huellas de manos convertidas en osos polares, copos de nieve con brillantina y acuarelas de manoplas navideñas—, pero tengo el pensamiento en otro sitio. «Amigos.» ¿Hizo Matt algo que les indujera a pensar que estaría dispuesto a colaborar con ellos? Lo único que necesitarían sería una mínima señal. Algo, cualquier cosa, que puedan explotar.

Llego a la clase de Bella: sillitas, casilleros y organizadores de juguetes, una explosión de colores primarios. Está en el rincón más alejado del salón, sola en un sillón de tamaño infantil rojo vivo, en el regazo un libro ilustrado abierto. Al parecer, apartada de los otros niños. Lleva unos leotardos morados que no reconozco; recuerdo vagamente que Matt mencionó que la había llevado de compras. Sí, lo comentó. Le queda toda la ropa pequeña.

Voy hacia ella con los brazos abiertos y una sonrisa exagerada. Mi hija levanta la cabeza y me mira con cautela.

—¿Dónde está papi?

Me hundo por dentro, pero sigo con la sonrisa en la cara.

—Papá fue al médico con Caleb. Hoy vine a buscarte yo.

29

Cierra el libro y lo pone en la estantería.

—Bueno.

—¿Me das un abrazo? —Sigo con los brazos abiertos, pero desanimada. La niña los mira un instante y se refugia en ellos. La estrecho con fuerza, enterrando la cara en su suave pelo—. Lamento que no te sientas bien, cariño.

—Estoy bien, mamá.

«¿Mamá?» Me quedo helada. Esta misma mañana era mami. Por favor, que no deje de llamarme mami. No estoy lista para eso. Y menos hoy.

La miro y esbozo otra sonrisa.

—Vamos a buscar a tu hermano.

Bella se sienta en el banco que hay a la puerta del salón de bebés mientras yo entro a buscar a Chase. Hoy la habitación me deprime tanto como me deprimió hace siete años, cuando dejé a Luke: el cambiador de pañales, la hilera de cunas, la hilera de periqueras.

Chase está en el suelo cuando entro. Una de sus profesoras, la joven, lo carga antes de que llegue yo a él, lo abraza y le da besos en el cachete.

—Es un encanto —afirma, sonriéndome.

Siento una punzada de envidia al verlos. Ésta es la mujer que lo vio dar sus primeros pasos, aquélla hacia cuyos brazos él fue con paso inseguro mientras yo estaba en la oficina. Actúa con tanta naturalidad con él, parece tan cómoda... Claro, es normal: está con él todo el día.

—Sí, lo es —contesto, y mi voz suena rara.

Les pongo a los dos niños sendas chamarras, les pongo el gorro —hoy hace un frío que no es normal, estando en marzo— y los siento en sus respectivas sillas en el coche, esas que son duras y lo bastante estrechas para que quepan tres en la parte de atrás del Corolla. Las buenas, las seguras, están en la camioneta.

—¿Qué hiciste esta mañana, cariño? —pregunto, mirando a Bella por el retrovisor mientras salgo del estacionamiento.

Guarda silencio un instante.

—Soy la única niña que no fue a yoga.

—Lo siento —digo, y en cuanto las palabras salen de mi boca sé que no son las adecuadas, que debería haber dicho otra cosa.

El silencio que sigue es denso. Pongo música, la de los niños.

A través del retrovisor veo que Bella está mirando por la ventana, callada. Debería preguntarle otra cosa, hacer que me hable de su día, pero no digo nada. No puedo quitarme la foto de la mente. La cara de Matt. Reciente, creo. Tendrá un año, aproximadamente. ¿Cuánto tiempo llevan vigilándolo, vigilándonos?

El recorrido de la escuela a casa es corto, el camino serpentea por barrios que son el espíritu de la contradicción: McMansiones de nueva construcción entremezcladas con casas más antiguas, como la nuestra, que es demasiado pequeña para seis personas, tan vieja que mis padres podrían haberse criado en ella. Todo el mundo sabe que las zonas residenciales de Washington son caras, y Bethesda es una de las peores. Sin embargo, las escuelas son de los mejores del país.

Llegamos a nuestra casa, de líneas puras, similar a un cubo, con un garage para dos autos. Hay un pequeño porche que añadieron los anteriores propietarios en la parte delantera. No tiene el estilo del resto de la casa, y no lo usamos ni la mitad de lo que pensé que lo utilizaríamos. Compramos la casa cuando estaba embarazada de Luke, cuando, teniendo en cuenta las escuelas, parecía que merecía la pena pagar la barbaridad que pagamos por ella.

Miro la bandera que ondea cerca de la puerta principal. La colgó Matt. Sustituyó la que había cuando perdió el color. Matt no accedería a trabajar en contra de nuestro país. Sé que no lo haría. Pero ¿hizo algo? ¿Hizo lo suficiente para que los rusos pensaran que sería capaz de hacerlo?

Hay una cosa que sé a ciencia cierta: es un objetivo por mí. Por mi trabajo. Y por eso he ocultado la foto, ¿no? Si está en un aprieto, es culpa mía. Y tengo que hacer lo que pueda para sacarlo de ahí.

31

Dejo que Bella vea caricaturas en el sillón, unas tras otras. Normalmente la limitamos a un episodio, un premio para después de cenar, pero está enferma, y yo no consigo pensar en nada que no sea aquella imagen. Mientras Chase duerme y Bella está embobada delante de la tele, limpio la cocina. Paso un trapo por los mosaicos azules de la barra, que cambiaríamos si tuviéramos dinero. Quito manchas de la estufa, alrededor de los tres fuegos que aún funcionan. Organizo la alacena donde guardamos los tuppers de plástico, poniendo cada tapa con su recipiente, metiendo unos dentro de otros.

Por la tarde tapo a los niños y vamos caminando hasta la parada del autobús a buscar a Luke. Me saluda igual que Bella:

—¿Dónde está papá?

—Papá fue al médico con Caleb.

Le preparo algo de comer y lo ayudo con la tarea. Una hoja de ejercicios de matemáticas, sumar números de dos cifras. No sabía que ya estaban con dos cifras. Por lo general, es Matt quien los ayuda.

Bella oye la llave en la cerradura antes que yo, sabe que es Matt, y sale disparada del sillón para ir a la puerta.

—¡Papi! —exclama cuando abre él, con Caleb en un brazo y comida en el otro.

Aun así, se las arregla para agacharse, darle un abrazo y preguntarle cómo se encuentra mientras le quita el abrigo a Caleb. A pesar de todo, la sonrisa de su cara parece genuina, es genuina.

Se levanta, se acerca a mí y me da un beso.

—Hola, cariño —saluda.

Lleva los *jeans* y la sudadera que le regalé en Navidad, la café con cierre en la parte de arriba, encima una chamarra. Deja la bolsa con las compras en la barra y se acomoda en la cadera a Caleb. Bella se abraza a una pierna, y él pone la mano que le queda libre en su cabeza y le acaricia el pelo.

—¿Cómo les fue? —Cargo a Caleb y casi me sorprende que acceda a venir conmigo. Lo abrazo y le doy un beso, aspiro el olor dulzón del champú para niños.

—Pues la verdad es que muy bien —me contesta Matt, quitándose la chamarra y dejándola en la barra. Se acerca a Luke y le alborota el pelo—. Qué pasa, amigo.

Luke levanta la cabeza y muestra una sonrisa radiante. Veo el diente que le falta, el primero que se le cayó, que fue a parar debajo de su almohada antes de que yo llegara a casa de trabajar.

—Hola, papá. ¿Jugamos beisbol?

—Dentro de un rato. Primero quiero hablar con mamá. ¿Ya estás haciendo el trabajo de ciencias?

«¿Hay un trabajo de ciencias?»

—Sí —responde Luke, y me mira como si se le hubiera olvidado que yo estoy delante.

—Di la verdad —le pido, la voz más áspera de lo que pretendía. Nuestras miradas se encuentran, y veo que levanta un poco las cejas, pero no dice nada.

—He estado pensando en el trabajo de ciencias —oigo farfullar a Luke.

Matt vuelve a la barra y se apoya en ella.

—El doctor Misrati está muy satisfecho con los progresos. La eco y el electro estaban bien. Quiere volver a vernos dentro de tres meses.

Estrujo de nuevo a Caleb. Por fin buenas noticias. Matt empieza a sacar las compras: cinco litros de leche, un paquete de pechugas de pollo, una bolsa de verduras congeladas. Galletitas de la panadería, de las que siempre le pido que no compre, porque podemos hacerlas nosotros por mucho menos dinero. Tararea algo, una canción que no identifico. Está contento. Tararea cuando está contento.

Se agacha, saca una cazuela y un sartén del cajón de abajo y los pone al fuego. Beso de nuevo a Caleb mientras lo observo. ¿Cómo se maneja tan bien con todo esto? ¿Cómo puede tener tantas bolas en el aire y que no se le caigan?

Me desentiendo de él para mirar a Bella, que ha regresado al sillón.

—¿Estás bien ahí, cariño?

—Sí, mamá.

Veo que Matt deja de hacer lo que está haciendo.

—«¿Mamá?» —repite en voz baja. Volteo y veo la preocupación escrita en su cara.

Me encojo de hombros, pero estoy segura de que ve en mis ojos que me duele.

—Supongo que no había más días.

Matt deja el paquete de arroz que tiene en la mano y me abraza, y de repente el muro de emociones que se ha estado levantando en mi interior amenaza con venirse abajo. Oigo los latidos de su corazón, noto su calor. «¿Qué pasó? —me entran ganas de preguntarle—. ¿Por qué no me lo contaste?»

Me contengo, respiro y me aparto.

—¿Te ayudo con la cena?

—No hace falta. —Voltea, enciende el fuego, se inclina y toma una botella de vino del botellero metálico. Veo cómo la descorcha y saca una copa de la alacena. La llena hasta la mitad, con cuidado, y me la da—. Toma, bebe algo.

«Si supieras cuánta falta me hace...» Le dedico una sonrisa tímida y doy un sorbo.

Les lavo las manos a los pequeños y los acomodo en las periqueras, uno a cada lado de la mesa. Matt llena unos tazones con lo que ha salteado y nos los trae a la mesa. Está hablando con Luke de algo, y yo pongo la cara que hay que poner, como si formara parte de la conversación, pero tengo la cabeza en otra parte. Hoy está tan contento... Últimamente está más contento que de costumbre, ¿no?

Me acuerdo de aquella imagen. El nombre de la carpeta: «Amigos». No creo que haya accedido a nada, pero estamos hablando de los rusos. Lo único que tendría que haber hecho es darles la menor oportunidad, la más leve indicación de que podría pensarlo y se le echarían encima.

Me corre la adrenalina por el cuerpo, tengo una sensación parecida a la deslealtad. Esa idea ni siquiera debería pasar por mi mente. Pero pasa. Y está claro que el dinero nos hace falta. ¿Y si pensó que nos estaba haciendo un favor, proporcionando otra fuente de ingresos? Intento acordarme de la última vez que discutimos por dinero. Al día siguiente vino a casa con un billete de lotería, que dejó en el refrigerador, bajo una esquina del pizarrón blanco magnético. En el pizarrón escribió: «Lo siento», y dibujó una carita sonriente debajo.

¿Y si lo reclutaron y él pensó que era como ganar la lotería? ¿Y si ni siquiera sabe que lo reclutaron? ¿Y si lo engañaron, si cree que ha conseguido un trabajo extra perfectamente legítimo, que nos ayuda a llegar a fin de mes?

Por Dios, al final todo se reduce al dinero. Cómo odio que al final todo se reduzca al dinero.

Si lo hubiera sabido, le habría dicho que tuviera paciencia. Las cosas mejorarán. Es verdad que ahora estamos en números rojos, pero Bella casi va a preescolar, y los gemelos pronto dejarán el salón de bebés y ahorraremos algo. El año que viene estaremos mejor, mucho mejor. Éste es un año complicado. Sabíamos que sería un año complicado.

Ahora Matt está hablando con Bella, y su vocecita dulce se abre paso lentamente a través de mi neblina mental.

—Soy la única niña que no fue a yoga —cuenta, lo mismo que me dijo a mí en el coche.

Matt come un poco, masticando a conciencia, sin dejar de mirarla en ningún momento. Yo contengo el aliento, esperando a ver qué contesta. Al final traga y dice:

—¿Y cómo te sientes?

Bella ladea la cabeza de una manera casi imperceptible.

—Bien, creo. Me dejaron sentarme delante en la hora de los cuentos.

La miro, el tenedor suspendido en el aire: no le importó. No necesitaba una disculpa. ¿Cómo es que Matt siempre encuentra las palabras adecuadas, siempre sabe qué decir?

Chase está tirando al suelo lo que le queda de cena con sus manos regordetas, manchadas de comida, y Caleb se echa a reír, estampando las manos en su bandeja y haciendo que la salsa del salteado salga volando. Matt y yo quitamos la silla a la vez y nos abalanzamos sobre el papel de cocina para empezar a limpiarles la cara y las manos llenas de salsa y trozos de comida, una rutina para la que a estas alturas tenemos bastante práctica, la limpieza en equipo.

Damos permiso a Luke y a Bella para que se levanten de la mesa y vayan a la sala. Cuando los gemelos están limpios, los dejamos en esa misma sala y nos ponemos a recoger la cocina. Hago una pausa para rellenarme la copa mientras meto los restos en recipientes de plástico. Matt me observa y me lanza una mirada interrogativa al tiempo que limpia la mesa de la cocina.

—¿Tuviste un mal día?

—Un poco —contesto, e intento pensar en cómo habría respondido esa pregunta el día anterior.

¿Qué más habría dicho? No es que le dé a Matt información clasificada. Quizá alguna anécdota de mis compañeros. Insinuar cosas, mencionar problemas, como la tremenda carga de información de hoy. Pero son migajas. Nada que pudiera interesar a los rusos. Nada por lo que pagarían.

Cuando la cocina por fin está limpia, tiro el último trozo de papel a la basura y me dejo caer en mi silla frente a la mesa. Miro la pared, la pared desnuda. ¿Cuántos años llevamos ya aquí, y todavía no la hemos decorado? De la sala me llega el sonido de la televisión, el programa de camiones modificados, el que le gusta a Luke. La suave melodía de uno de los juguetes de los gemelos.

Matt se acerca, saca su silla y se sienta. Me observa, con cara de preocupación, esperando a que hable. Tengo que decir algo. Tengo que saber toda la verdad. La alternativa es acudir directamente a Peter, a Seguridad, contarles lo que he descubierto. Permitir que empiecen a investigar a mi marido.

Debe de haber una explicación inocente para todo esto. Todavía no han abordado a Matt. Lo han hecho, pero él no se ha dado cuenta. No ha accedido a hacer nada. Seguro que no ha accedido a hacer nada. Apuro lo que me queda de vino. La mano me tiembla cuando dejo la copa en la mesa.

Miro a mi marido, sin saber lo que voy a decir. Ya se me podría haber ocurrido algo en todas estas horas, sería lo lógico.

Su expresión parece absolutamente franca. Debe de saber que se avecina algo gordo. Estoy segura de que me lo nota en la cara. Pero no lo veo nervioso. No lo veo de ninguna manera. Sólo veo a Matt.

—¿Cuánto hace que trabajas para los rusos? —pregunto.

Las palabras sin filtrar, sin procesar. Pero me han salido, así que estudio su cara atentamente, porque su expresión me importa mucho más que sus palabras. ¿Veré sincera perplejidad? ¿Indignación? ¿Vergüenza?

No veo nada. En su rostro no se asoma ninguna emoción. No cambia. Y eso hace que el miedo me asalte.

Me mira sin alterarse. Tarda un poco en responder, demasiado.

—Veintidós años.

3

Es como si el suelo desapareciera bajo mis pies. Como si estuviera cayendo, flotando, suspendida en un espacio en el que me veo a mí misma; veo cómo se desarrolla esto, pero no formo parte de ello, porque no es real. Siento un ruido en los oídos, un extraño sonido metálico.

No me esperaba un sí. Cuando pronuncié esas palabras, con las que lo acusaba de la peor transgresión posible, creí que quizá admitiría algo menos importante. «Una vez quedé con alguien —diría—. Pero te juro que no trabajo para ellos, Viv.»

O que simplemente se indignaría, con toda la razón: «¿Cómo puedes pensar tal cosa?».

De ningún modo esperaba un sí.

Veintidós años. Me centro en el número porque es algo tangible, algo concreto. Treinta y siete menos veintidós: tenía quince años. Iba a la secundaria, en Seattle.

No tiene sentido.

A los quince años jugaba beisbol en el equipo juvenil. Tocaba la trompeta en la banda de la secundaria. Cortaba el pasto de los vecinos para ganar dinero.

No lo entiendo.

«Veintidós años.»

Me llevo los dedos a las sienes. El ruido no cesa. Es como si hubiera algo, una certeza, sólo que es tan espantosa que no soy capaz de aceptarla, de reconocer que es real, porque todo mi mundo se vendrá abajo.

«Veintidós años.»

Se suponía que mi algoritmo me llevaría hasta un agente ruso que trataba con agentes encubiertos en Estados Unidos.

«Veintidós años.»

Entonces me acuerdo de una frase de un viejo informe de inteligencia. Un activo del SVR familiarizado con el programa. «Reclutan a chicos de tan sólo quince años.»

Cierro los ojos y presiono con fuerza mis sienes.

Matt no es quien dice ser.

Mi marido es un operativo encubierto ruso.

El destino. Así es como siempre pensé que nos habíamos conocido. Como en las películas.

Fue el día que me trasladé a Washington. Un lunes por la mañana de julio. Salí de Charlottesville al amanecer, con todas mis cosas en el Accord. Me estacioné en doble fila, con las luces de emergencia puestas, delante de un viejo edificio de ladrillo recorrido por desvencijadas escaleras de emergencia, lo bastante cerca del zoológico para olerlo. Mi nuevo departamento. Iba por el tercer viaje del coche a la puerta, por la banqueta, cargando una gran caja de cartón, cuando choqué contra algo.

Matt. Llevaba unos pantalones de mezclilla y una camisa azul clara con las mangas subidas hasta los codos, y acababa de tirarle encima el café que iba bebiendo.

—¡Ay, Dios! —exclamé, dejando deprisa la caja en el suelo. Él estaba cargando un vaso de café que goteaba en una mano, con la tapa de plástico ahora a sus pies, y sacudía la otra, haciendo que saltaran gotas de líquido. En la cara tenía una mueca de dolor. Varias manchas le humedecían la camisa—. Cuánto lo siento.

Me quedé allí parada, sin poder hacer nada, con las manos extendidas hacia él, como si de alguna manera mis manos desnudas pudieran hacer algo en una situación así.

Él sacudió el brazo un par de veces más y me miró. Sonrió, una sonrisa encantadora a más no poder, y juro que el corazón se me paró. Esos dientes blancos perfectos, los intensos, brillantes ojos café.

—No te preocupes.

—Tengo servilletas, si quieres. Deben de estar en una de las cajas...

—No pasa nada.

—¿O prefieres quitarte la camisa? Puede que tenga una camiseta que te quede...

Se miró la camisa y guardó silencio un instante, como si estuviera pensándolo.

—De verdad no pasa nada. Pero gracias. —Me dirigió otra sonrisa y siguió su camino.

Yo me quedé parada en mitad de la banqueta y lo seguí con la mirada, esperé para ver si volteaba, si cambiaba de opinión, durante todo ese tiempo me invadió una abrumadora sensación de decepción, una necesidad imperiosa de hablar un poco más con él.

«Amor a primera vista», dije más tarde.

El resto de la mañana no me lo pude quitar de la cabeza. Esos ojos, esa sonrisa. Esa misma tarde, con mis cosas a buen recaudo ya en mi departamento, investigaba mi nuevo barrio cuando lo vi, hojeando libros en un cajón que estaba a la puerta de una pequeña librería. El mismo chico con una camisa nueva, blanca esta vez. Totalmente absorto en los libros. Es difícil describir lo que sentí: excitación, adrenalina y una extraña sensación de alivio. Después de todo, iba a tener una segunda oportunidad. Respiré hondo, fui hasta donde estaba y me puse a su lado.

—Hola —lo saludé risueña.

Me miró, en un principio con cara inexpresiva, pero luego me recordó. Sonrió a su vez, dejando a la vista sus dientes perfectos y blancos.

—Ah, hola.

—Esta vez no hay cajas —comenté, y sentí vergüenza: ¿eso era lo mejor que se me ocurría?

Seguía sonriendo. Tosí. Nunca había hecho eso. Señalé el café de al lado.

—¿Quieres un café? Creo que te debo uno.

Miró el letrero del café y luego a mí, la expresión cautelosa. «Dios mío, seguro que tiene novia —pensé—. No debería habérselo dicho. Qué tonta.»

—O una camisa. Creo que también te debo una. —Sonreí; había intentado quitarle hielo al asunto bromeando.

«Bien pensado, Viv. Le acabas de dar una escapatoria. Se puede tomar a risa la invitación.»

Para mi sorpresa, dijo algo que me hizo sentir alivio, ilusión y puro vértigo.

—Lo del café suena bien.

Nos sentamos en un rincón del fondo del café, hasta que la noche cayó en la ciudad. La conversación fluía, no había silencios incómodos. Teníamos muchas cosas en común: éramos hijos únicos, católicos no practicantes, apolíticos en una ciudad política. Los dos habíamos viajado por Europa solos, con muy poco dinero. Nuestras madres eran profesoras, ambos habíamos tenido un golden retriever de pequeños. Las semejanzas casi eran inquietantes. Que nos hubiésemos conocido parecía cosa del destino. Matt era divertido, encantador, listo, educado y guapo a más no poder.

Luego, cuando hacía ya tiempo que habíamos terminado el café y una empleada limpiaba las mesas a nuestro alrededor, me miró, con un nerviosismo incontrolable escrito en la cara, y me preguntó si quería cenar con él.

Fuimos a un pequeño restaurante italiano que estaba al lado, tomamos una cantidad ingente de pasta casera con una botella de vino y un postre que no nos cabía a ninguno de los dos, pero que pedimos de todas formas, a modo de excusa para seguir allí. En ningún momento nos quedamos sin conversación.

Estuvimos hablando hasta que el restaurante cerró, después me acompañó a casa, tomados de la mano. Nunca me había sentido más a gusto, más tranquila, más feliz. Me dio un beso de buenas noches en la banqueta, delante de mi edificio, en el mismo sitio donde le había tirado el café. Y cuando me quise quedar dormida esa noche, supe que había conocido al hombre con el que me iba a casar.

—Viv.

Parpadeo y el recuerdo se desvanece, así, sin más. De la sala me llegan sonidos de la música del programa de camiones modificados. Balbuceos. Un juguete golpeando otro, plástico contra plástico.

—Viv, mírame.

Ahora veo el miedo. Su rostro ya no es inexpresivo. Tiene la frente fruncida, esas líneas onduladas que le salen cuando está preocupado, más profundas ahora que nunca.

Se inclina hacia delante en la mesa, pone una mano sobre la mía. Yo la quito, aprieto ambas manos en el regazo. Parece asustado de verdad.

—Te quiero.

No puedo mirarlo, no soporto ver la fuerza de su mirada. Observo la mesa. Hay una mancha de plumón rojo, pequeña. La contemplo. Se metió en la veta de la madera, una cicatriz de alguna manualidad, de hace tiempo. ¿Cómo es que nunca la había visto?

—Esto no cambia lo que siento por ti, lo juro por Dios, Viv. Tú y los niños son todo para mí.

Los niños. Dios mío, los niños. ¿Qué les voy a decir? Levanto la cabeza, miro hacia la sala, aunque no los veo desde donde estoy. Oigo que los gemelos están jugando. Los dos mayores están tranquilos, sin duda entretenidos con el programa.

—¿Quién eres? —susurro. No tengo intención de susurrar, pero es como me sale. Como si no pudiera hacer que me brotara la voz.

—Soy yo, Viv. Lo juro por Dios. Me conoces.

—¿Quién eres? —repito. Esta vez se me quiebra la voz.

Me mira, los ojos abiertos como platos, la frente fruncida. Lo miro fijamente, intentando averiguar lo que dicen sus ojos, pero no estoy segura de poder hacerlo. ¿Alguna vez he podido?

—Nací en Volgogrado. —Habla en voz baja, serena—. Me llamaba Alexander Lenkov.

«Alexander Lenkov.» Esto no es real. Debe de ser una pesadilla. Es una película, una novela. No es mi vida. Miro de nuevo la mesa. Hay una constelación de pequeñas marcas donde uno de los niños clavó un tenedor.

—Mis padres se llamaban Mijaíl y Natalia.

«Mijaíl y Natalia.» No Gary y Barb. Mis suegros, las personas a las que mis hijos llaman abuelita y abuelito. Miro las muescas de la mesa, esos cráteres minúsculos.

—Murieron en un accidente de coche cuando yo tenía trece años. No tenía más familia. Acabé en un orfanato, y unos meses después me llevaron a Moscú. Por aquel entonces no me di cuenta de lo que estaba pasando, pero me metieron en un programa del SVR.

Siento una punzada de compasión al imaginar a Matt como un niño huérfano asustado, pero se ve eclipsada de pronto por una abrumadora sensación de traición. Aprieto las manos con más fuerza aún.

—Pasé dos años de inmersión total en la lengua inglesa. Cuando tenía quince años, me reclutaron oficialmente. Me dieron una nueva identidad.

—Matthew Miller. —De nuevo un susurro.

Asiente y se inclina hacia delante, la mirada vehemente.

—No tuve elección. Viv.

Me miro los anillos que llevo en la mano izquierda. Recuerdo esas primeras conversaciones, en las que me di cuenta de que teníamos tantas cosas en común. Parecía tan real... Pero era todo inventado: había ideado una infancia que no había tenido.

De pronto, todo es mentira. Mi vida es una mentira.

—Mi identidad no era real, pero todo lo demás sí —asegura, casi como si me leyera el pensamiento—. Mis sentimientos son reales. Te lo juro.

El diamante de mi mano izquierda atrapa la luz; miro las facetas, una por una. Soy vagamente consciente de los sonidos que llegan de la sala. Sonidos nuevos, más altos. Luke y Bella se están peleando. Dejo de mirar el anillo, y veo que Matt me está observando, pero tiene la cabeza ladeada, lo bastante para que me dé cuenta de que está escuchando a los niños.

—Ustedes dos, dejen de pelearse —dice, sin apartar los ojos de mí.

Nos miramos, ambos escuchando a los niños. La pelea sube de tono, y Matt se aleja de la mesa y va a separarlos. Oigo fragmentos, cada uno de los niños intenta ganarse a Matt con sus argumentos, él los regaña, les sugiere que busquen una solución intermedia. Me noto confusa. Puede que sea el vino.

Matt vuelve con Caleb y se sienta. Caleb me sonríe, se mete un puño lleno de babas en la boca. Soy incapaz de sonreír, así que miro a Matt.

—¿Quién es el verdadero Matt Miller? —pregunto.

Pienso en el acta de nacimiento que tenemos en la caja fuerte. La cartilla del Seguro Social, el pasaporte.

—No lo sé.

—¿Qué hay de Barb y Gary? —pregunto.

Los veo a los dos: la mujer con cara de matrona, las blusas de color pastel que siempre me recuerdan a algo que podría haber llevado mi abuela. El hombre con la barriga colgando fuera del cinturón, la camisa siempre metida, los calcetines siempre blancos.

—También son como yo —contesta.

Chase empieza a llorar, una distracción que, curiosamente, resulta grata. Me levanto y voy a la sala. Está en el suelo, cerca del sillón donde están sentados Luke y Bella, y entreveo una pelotita azul metida debajo. La saco y después lo cargo a él y me lo acomodo en la cadera. Ahora se ha tranquilizado un poco, tan sólo gimotea, con la pelota bien agarrada.

Estoy completamente confundida. ¿Cómo pudieron engañarme con tanta facilidad? Sobre todo en lo que respecta a Barb y Gary. Está claro que había cosas raras: no los conocí hasta el día de la boda. Sólo fuimos a Seattle una vez, y ellos no vinieron nunca a vernos. Había motivos, desde luego. Motivos que por aquel entonces tenían sentido, que ahora no parecen muy sólidos: a Barb le da miedo volar. No teníamos bastantes días de vacaciones. Tuvimos un hijo tras otro, ¿y quién se quiere arriesgar a meter a un niño que chilla en un vuelo al otro extremo del país?

Me sentía culpable. Ver a mis padres tan a menudo y a los suyos tan poco. Incluso me disculpé. «La vida tiene la mala costumbre de entrometerse», dijo Matt con una sonrisa. Una sonrisa un tanto triste, sí, pero nunca pareció que le preocupara mucho el asunto. Le sugerí las videollamadas, pero a ellos no les hacía mucha gracia la tecnología, se conformaban con hablar por teléfono cada quince días. Y a Matt también le parecía bien.

Y yo nunca insistí. ¿No insistí porque en mi fuero interno me alegraba? Me alegraba de no tener que alternar las navidades, de no tener que arruinarnos para cruzar el país cada cierto tiempo, de no tener unos suegros que se metieran en todo. Quizá incluso me alegraba de que Matt no tuviera su cariño dividido. De que se dedicara por completo a los niños y a mí.

Vuelvo a la cocina y me siento a la mesa con Chase en el regazo.

—¿Y todas esas personas que fueron a nuestra boda? —Había más de una veintena de familiares. Tías, tíos, primos.

—Igual.

Imposible. Niego, como si así se pudiera dotar de cierto orden a todos esos datos aleatorios. Algo que tenga sentido. He conocido a más de veinticinco agentes encubiertos. ¿Cuántos tienen los rusos aquí? Muchos más de los que pensábamos.

«Dmitri el Anzuelo.» De pronto, sólo puedo pensar en él. Dijo que había decenas de células de agentes encubiertos en Estados Unidos. Nos dijo tantas cosas que no tenían sentido que acabamos convencidos de que era un anzuelo: que los contactos llevaban encima la identidad de los agentes, en todo momento, cuando sabíamos que las guardaban en dispositivos electrónicos. El código de desencriptado, que no coincidía con el que habíamos obtenido de otras fuentes. Y esas afirmaciones descabelladas: que había agentes encubiertos infiltrados en el gobierno, cada vez más arriba. Que había decenas de células aquí, en Estados Unidos, cuando nosotros pensábamos que sólo había unas pocas.

Por lo visto, después de todo esto último no era tan descabellado. Entonces me doy cuenta de otra cosa.

—Eres un espía —afirmo en voz baja.

He estado tan centrada en la mentira, en el hecho de que no era quien decía ser, que no había asimilado por completo lo evidente.

—No quiero serlo. No hay nada que quiera más que ser Matt Miller, de Seattle. Librarme de ellos.

Tengo una sensación de opresión en el pecho, como si no pudiera respirar.

—Pero estoy atrapado. —Parece tan sincero, da tanta pena... Claro que está atrapado. No puede dejarlo sin más. Han invertido demasiado en él.

Chase se retuerce en mi regazo, quiere bajar. Lo dejo en el suelo y se va gateando, lanzando grititos de alegría.

—Me mentiste.

—No tenía elección. Tú más que nadie deberías entenderlo...

—No te atrevas —lo corto, pues sé adónde quiere llegar.

Nos veo, hace tanto tiempo, en la mesita en el rincón del café, delante de unas tazas de café enormes.

—¿En qué trabajas? —me preguntó.

—Acabo de terminar el posgrado —contesté, con la esperanza de que bastara, sabiendo que no sería así.

—¿Tienes algún trabajo en mente?

Asentí. Bebí un trago de café para ganar tiempo.

—¿Haciendo qué? —insistió.

Miré la taza, el vapor humeante que salía.

—Consultoría. Una empresa pequeña —repuse, la mentira me sabía amarga. Pero era un desconocido, y no iba a contarle a un desconocido que me había contratado la CIA—. ¿Y tú? —pregunté a mi vez, y por suerte la conversación pasó a centrarse en la ingeniería de software.

—No es lo mismo. No es ni parecido —digo ahora—. Has tenido diez años. Diez años.

—Lo sé —responde arrepentido.

Ahora es Caleb el que se retuerce. Se retuerce y me sonríe, sin duda preguntándose por qué no sonrío yo. Estira los brazos hacia mí, y Matt lo levanta y me lo pasa por encima de la mesa cuando hago ademán de cargarlo. Se acomoda en mi regazo, tranquilo.

—¿Eso es lo que hacen? ¿Fingir ser la familia de alguien? —pregunto.

No sé por qué es importante. Por qué quiero saber precisamente eso, de todas las cosas posibles.

Niega con la cabeza.

—No quieren correr ese riesgo.

Por supuesto que no. Es más valioso que eso, claro. Porque está casado conmigo, y yo trabajo para la CIA.

Dios, los rusos se anotaron un buen punto con él. Deben de estar celebrando. Qué suerte, un operativo encubierto casado con una analista de contrainteligencia de la CIA.

En ese momento me recorre un frío similar a una descarga eléctrica.

Nos veo a los dos, en mi departamento, pocas semanas después de que nos conocimos. Sentados frente a frente, a la mesa plegable del rincón del estudio, comiendo pizza en platos desechables.

—No he sido del todo sincera contigo —admití, estrujándome las manos, preocupada por cómo reaccionaría cuando reconociera que había mentido, pero aliviada por aclarar las cosas, de modo que no tuviera que volver a mentir nunca más a ese hombre—. Trabajo para la CIA.

Recuerdo perfectamente su cara, en un principio igual, como si la noticia no lo sorprendiera. Luego vi un destello en sus ojos, y pensé que había tardado un poco en asimilar la información.

Pero no fue así, no. Ya lo sabía.

Siento opresión en el pecho. Cierro los ojos y me veo en el auditorio de la escuela de posgrado, en la presentación del reclutador de la CIA. La certeza de que eso era lo que podía hacer con mi vida, una forma de cambiar el mundo, de prestar un servicio a mi país, de conseguir que mi familia se sintiera orgullosa. Pasó algún tiempo, después de presentar la solicitud, de ser objeto de una investigación, de la sarta de evaluaciones. Hasta que un día, un año después, cuando ya pensaba que no había nada que hacer, recibí una carta, remitida desde una dirección gubernamental genérica. El papel blanco, normal y corriente, sin membrete. Tan sólo la fecha en que empezaría, el sueldo, instrucciones. Y la oficina a la que me habían asignado: el Centro de Contrainteligencia.

Eso fue dos semanas antes de que me trasladara a Washington. Y de que conociera a Matt.

Ahora me noto la respiración acelerada. En mi cabeza estoy en aquel café, sentada en aquel rincón, reviviendo la primera conversación que tuvimos, en la que descubrimos lo parecidos que éramos. No sólo me siguió el juego, también creó un personaje a medida que iba hablando: fue el primero en decir que lo habían educado en el catolicismo, que su madre era profesora, que tenía un golden retriever. Lo dijo porque ya sabía esas cosas de mí.

Me llevo una mano a la boca y soy vagamente consciente de que me tiembla.

Los rusos no tuvieron suerte: fueron concienzudos. Todo fue deliberado, planeado. No fue el destino.

Yo era su objetivo.

4

Matt se echa hacia delante de nuevo, las arrugas más profundas, los ojos más abiertos. Estoy convencida de que me lee el pensamiento, de que sabe de lo que me acabo de dar cuenta.

—Juro que todo lo que siento por ti y por los niños es real. Lo juro por Dios, Viv.

He tomado cursos de detección de mentiras, y soy vagamente consciente de que no muestra ninguna señal que delate que está mintiendo. Dice la verdad.

Pero ¿no habrá recibido él la misma formación? Es probable que más. ¿No sabrá mentir de manera convincente?

¿Acaso no lo lleva haciendo veintidós años?

Caleb me muerde el dedo, los dientecillos puntiagudos clavándoseme en la piel. El dolor me resulta extrañamente agradable, y no lo regaño, porque ahora mismo es lo único que me parece real.

—El día que nos conocimos... —empiezo. Y no puedo seguir. No consigo terminar, preguntar lo que quiero preguntar, lo que en el fondo ya sé. Me supera.

Tarda un momento en contestar.

—Te había estado observando toda la mañana. Cuando te vi con esa caja, me planté delante de ti. —Parece culpable cuando lo dice. Al menos parece culpable.

Pienso en la cantidad de veces que he contado cómo nos conocimos. En la cantidad de veces que lo ha contado él. En cómo nos reímos cuando nos teníamos que reír, interviniendo para aportar nuestro punto de vista al respecto.

Todo era mentira.

—Eras mi objetivo —afirma, y me quedo helada. Que lo haya dicho prueba que está siendo sincero. Lo prueba, por fuerza. Pero es la esposa la que habla, claro. La analista de contrainteligencia dice que me está contando lo que ya sé. El truco más viejo del manual, una forma de intentar parecer más sincero de lo que en realidad es—. Pero luego me enamoré de ti —añade—. Me enamoré locamente de ti.

Parece sincero. Y está claro que me quiere. Uno no se pasa diez años casado con alguien a quien no quiere. Niego con la cabeza. Ya no sé qué pensar. Y la idea de que quizá no me quiera es más de lo que puedo asimilar.

—En un principio, no me podía creer la suerte que había tenido. Tardé mucho en ser consciente de lo espantoso que es que nuestra relación esté basada en una mentira. Y una mentira que no puedo compartir con nadie, porque si lo hago todo se vendrá abajo...

Para de pronto y centra la atención en un punto detrás de mí. Volteo y veo a Luke en la puerta, en silencio. Me pregunto cuánto lleva ahí. Qué habrá oído. Mira a Matt y luego a mí, la mirada grave que me recuerda tanto a su padre.

—¿Están peleando? —pregunta con un hilo de voz.

—No, cariño —respondo. Y el corazón se me parte por él, aunque mi cerebro no es capaz de procesar del todo por qué—. Sólo estamos teniendo una conversación de adultos.

No dice nada, se limita a observarnos, y por primera vez me doy cuenta de que no soy capaz de interpretar su expresión, no sé lo que está pensando. Es el hijo de Matt, siempre será el hijo de Matt. Quizá no llegue a saber nunca lo que piensa, si me está diciendo la verdad. Tengo la inquietante sensación de que toda mi vida se escurre entre mis dedos y no puedo hacer nada para evitarlo.

—Papá, ¿podemos jugar beisbol ahora? —pregunta.

—Ahora no, hijo. Estoy hablando con mamá.

—Pero lo prometiste.

—Hijo, no...

—Ve —digo, interrumpiéndolo. Es lo que necesito ahora. Que no esté. Tener tiempo para pensar. Lo miro con serenidad y añado, más calmada—: No creo que quieras mentirle a él.

Veo que se siente dolido, claro que es lo que yo pretendía. Que sienta dolor. No es nada en comparación con el que siento yo.

Y sigo mirándolo con serenidad. De pronto, estoy enfadada con él. Muy enfadada. Ha traicionado mi confianza. Me ha mentido durante diez años.

Parece que va a decir algo, pero no lo hace. Sigue teniendo esa expresión dolida. Se levanta sin añadir nada, da la vuelta a la mesa, hasta donde estoy yo. Continúo mirando al frente, a la pared ahora. En cuanto llega a mi lado vacila, después me pone una mano en el hombro. De nuevo me recorre un escalofrío.

—Ya hablaremos de todo esto —afirma.

Su mano permanece en mi hombro un instante y después la deja caer, sale detrás de Luke. Me quedo en la mesa, aún mirando al frente, y oigo cómo se ponen las chamarras, agarran dos guantes de beisbol y una bola y salen fuera. Espero hasta que se cierra la puerta, me levanto, me acomodo a Caleb en la cadera y me acerco al fregadero. Los miro por la ventana. Padre e hijo, lanzándose una y otra vez una bola de beisbol en el jardín trasero, la noche cayendo a su alrededor. Una instantánea perfecta de Estados Unidos. Sólo que uno de los dos no es estadounidense.

Entonces me doy cuenta, y la verdad me golpea con tanta fuerza que me agarro al borde del fregadero para no perder el equilibrio. Esto no es sólo una traición. No es algo que se vaya a solucionar con una pelea o una conversación o algo por el estilo. No se puede solucionar, punto. Tengo que entregarlo. Es un espía ruso, y tengo que entregarlo. La ira parece desvanecerse y da paso a la desesperanza.

Miro mi celular, en la barra. El que contiene una serie interminable de mensajes con Matt, infinidad de fotos de nuestra familia, de nuestra vida en común. Debería agarrarlo. Debería llamar a Seguridad ahora mismo. Al FBI. A Omar.

Miro fuera de nuevo: Matt sonríe a Luke mientras echa atrás un brazo, despacio, y lanza la bola. Tan relajado, tan cómodo. Y está mal, todo esto está mal, porque los agentes encubiertos salen corriendo. Intentan subirse a un avión que los lleve de vuelta a casa antes de que las autoridades se los impidan.

Pero Matt no sale corriendo. No se va a ninguna parte.

Caleb bosteza, y lo cambio de postura para que pueda apoyar la cabeza en mi pecho. Se acurruca y deja escapar un leve suspiro.

Sigo mirando a Matt por la ventana. Veo que enseña a Luke a mantener las piernas relajadas y flexionadas, a echar el brazo atrás de la misma manera. Parece de lo más normal.

Al cabo de un rato, mira hacia la casa, a la ventana de la cocina, a mí, como si supiera que estaría ahí. Nos miramos, y no aparto la vista hasta que él voltea, de nuevo centrado en el juego. Después echo un ojo de nuevo al celular. Matt sabe que estoy aquí, sola, con el teléfono. Un agente encubierto no lo permitiría. Un agente encubierto se protegería. Todo ello es una prueba más de que éste es Matt. Mi marido, el hombre al que quiero. Alguien que no saldría corriendo nunca.

«Ya hablaremos de todo esto.» Sus palabras resuenan en mi interior. Es lo que necesito, ¿no? Necesito escuchar lo que tenga que decir. Y después tendré que entregarlo.

Me alejo del teléfono. No lo puedo agarrar. Ahora no. No hasta que haya hablado con él.

Y él lo sabe, claro.

El pensamiento me asalta espontáneamente y se aloja en mi cabeza. Matt me conoce. Me conoce mejor que nadie. ¿Y si no sale corriendo porque sabe que yo no tomaría el teléfono ahora mismo, que no lo entregaría?

Me noto atontada. Esto no puede estar pasando.

Salgo de la cocina, me alejo de la ventana, me alejo del teléfono.

Voy a la sala. Bella está acurrucada en el sillón con un libro para colorear, las pinturas desplegadas en los cojines. Dejo a Caleb en el suelo, junto a sus juguetes, y me siento en el sillón, a su lado. Le toco la frente, ahora más caliente. Bella me quita la mano, y la abrazo.

—Para, mamá. —Me aleja con desgana, después se ablanda y se deja hacer, la pintura suspendida en el aire.

La beso en ese pelo que huele a champú para niños. Su pregunta de antes resuena en mi interior: «¿Dónde está papi?». Luego oigo otra frase, una que no ha pronunciado, pero aun así me la imagino diciéndola: «¿Por qué se fue papi?».

Caleb está entretenido en el suelo, golpeando la tapa de su clasificador de formas contra la base, a un ritmo constante. Chase se acerca y mordisquea una de sus tazas de apilar. Son demasiado pequeños para que se puedan acordar de esto, claro está. De lo normal que es nuestra vida ahora. Veo a Bella hacer garabatos, apretando con fuerza las gruesas pinturas, en la cara una expresión de concentración máxima, y me brotan las lágrimas. Dios mío, ojalá pudiera protegerlos de esto.

Oigo que se abre la puerta trasera. Las voces de Matt y Luke, sosteniendo una conversación, algo sobre la Liga Menor. Matt será entrenador este año. Iba a serlo. Me levanto antes de que las lágrimas aumenten.

—Hola —me saluda al entrar en la habitación. Parece vacilante, inseguro.

—Voy a bañar a los gemelos —respondo, rehuyendo su mirada.

Agarro a uno en cada brazo, dándole la espalda a Matt, y los subo al baño. Abro la llave, añado un chorro de gel, dejo que el agua vaya llenando la tina mientras los desvisto y les quito los pañales. Meto a Chase en el agua y después a Caleb, les paso la esponja distraídamente por la piel suave, por los hoyuelos de los muslos y el trasero, los cachetes regordetes, la papada. Parece que fue ayer cuando eran minúsculos recién nacidos, prematuros, cuando los llevábamos al médico para que les controlara el peso. ¿Cómo ha pasado tan rápido el tiempo?

Me llega la voz de Matt desde la sala. Un cuento, uno que sé que les he leído a los niños, pero ahora mismo no recuerdo cuál es. Escucho las risitas de Bella.

Me pongo en cuclillas y veo jugar a los gemelos. Chase se agarra al borde de la tina, se levanta, ríe encantado. Caleb está sentado sin hacer ruido, hipnotizado, maravillado con las salpicaduras que levantan sus manitas al golpear el agua una y otra vez. Sólo los bañamos cuando estamos los dos en casa, cuando uno de los dos se puede ocupar de los pequeños y el otro, de los dos mayores. Sería mucho más difícil sin Matt.

Todo sería mucho más difícil.

Envuelvo a los gemelos en toallas y les pongo la pijama. Oigo que Matt está en la habitación de al lado, preparando a Bella para que se meta en la cama.

—¿Yo no me baño? —pregunta.

—Hoy no, princesa —le responde Matt.

—Pero me quiero bañar.

¿Cuándo ha querido bañarse?

—Mañana por la noche —propone él.

Mañana por la noche. ¿Seguirá aquí mañana por la noche? Intento verme bañando a los niños sola, entreteniendo a los gemelos mientras lavo a Bella, metiéndolos en la cama a todos, sola. La idea me abruma.

Meto a Caleb en una cuna, a Chase en la otra, los beso en el cachete, aspirando su olor dulzón. Enciendo la lamparita y apago la del techo, y entro en la habitación de Bella, cuya decoración iba a girar en torno al sol. Tenía pensado pintar nada menos que un mural, pintar el ventilador del techo, todo. Luego las cosas se complicaron en el trabajo, y ahora es un cuarto amarillo: paredes desnudas amarillas, alfombra amarilla. Eso es todo lo que llegué a hacer.

Está en su camita, Matt sentado a su lado, con un libro ladeado para que ella pueda ver las ilustraciones. Es el de la princesa bombero, el que lleva eligiendo cada noche desde hace una semana y media.

La niña voltea para mirarme, los párpados pesados. Le sonrío y me quedo en la puerta, observándolos. Matt está haciendo las voces que hace siempre, y Bella se ríe, con esa risita aguda suya. Todo parece tan normal que verlo duele. La niña no sabe nada. No sabe que todo está a punto de cambiar.

Matt termina el libro, le da un beso de buenas noches y me dirige una larga mirada al ponerse de pie. Me acerco a la cama y me arrodillo. La beso en la frente, tan caliente contra mis labios.

—Que duermas bien, cariño.

Me echa los bracitos al cuello, abrazándome con fuerza.

—Te quiero, mami.

«Mami.» Siento que podría ablandarme, que la emoción que he logrado contener a duras penas podría arrollarme.

—Yo también te quiero, cariño.

Le apago la luz y salgo al pasillo. Matt está ahí, cerca de la puerta del cuarto de Luke.

—Le di media hora más para leer si se metía en la cama pronto —dice en voz baja—. Pensé que así podríamos hablar.

Asiento y paso por delante de él para entrar en la habitación de Luke, toda azul y dedicada al beisbol y al futbol. Está sentado en la cama, con un montón de libros al lado. Ahora mismo parece muy mayor. Lo beso en la cabeza y noto otra punzada de dolor en el pecho. Él será el que peor lo tomará, claro. De todos los niños, él será el que lo tomará peor.

Bajo y entro de nuevo en la sala. La casa está sumida en ese silencio inquietante que se hace al pasar tan deprisa del caos a la calma. Matt está en la cocina, lavando los platos. Yo me pongo a recoger, metiendo en sus cajas los distintos juguetes de plástico de colores vivos, desperdigados, separando las vías de madera del tren de Bella, una por una. Ahora estamos solos, los dos. Podemos hablar.

«¿Qué importancia tiene?» Debo entregarlo, diga lo que diga. En el fondo lo sé. Pero hay una parte de mí que no quiere creerlo. Que confía en que haya una forma de salir de ésta.

Lo miro, aún en el fregadero, ahora secando un sartén con un trapo. Dejo de desarmar las vías del tren y me siento en cuclillas. Me doy cuenta de que ni siquiera sé por dónde empezar.

—¿Qué clase de información les das? —pregunto.

Deja de hacer lo que está haciendo y levanta la mirada.

—Nada importante. Cómo está el ambiente. Si estás estresada en el trabajo o contenta. Cosas así.

—Tienes que darles más por fuerza. —Me paro a pensar en lo que puedo haber soltado a lo largo de los años y que no debería haber dicho, y me acuerdo de mis compañeros. El alma se me cae al suelo—.Dios mío. Marta, Trey. Tú eres el motivo de que los abordaran, ¿no? Nosotros somos el motivo de que los abordaran.

A su rostro asoma una expresión de sorpresa, después de confusión.

—No.

Le doy vueltas como una loca a lo que puedo haberle contado. Que Marta siempre es la primera en sugerir una copa en la oficina, esos momentos raros en los que una decena de personas se sienta media hora por la tarde en la sala de reuniones, con bolsas de papas fritas, a veces unas galletitas, unas botellas de vino. Que ella suele llevar dos y siempre caen al final de la jornada, aunque la mitad de la oficina no bebe y ella es la única que se rellena el vasito de plástico. Y la botella de whisky que guarda en el cajón de abajo, eso también se lo he contado. Y la vez que la vi echarse un poco en el café.

Y Trey. Recuerdo claramente una conversación que mantuvimos hace años. «Dice que Sebastian es su "compañero de departamento" —le comenté a Matt, entrecomillando las palabras con los dedos y guiñando un ojo—. ¿Por qué no admite la verdad de una vez? Como si a nosotros nos importara.»

—Te conté esas cosas en confianza —ahora susurro; me invade una abrumadora sensación de traición.

—Viv, te lo juro, no dije una sola palabra de eso.

—Los abordaron, Matt. ¿Se supone que tengo que pensar que es una coincidencia?

—Mira, yo no sé nada de eso, pero te prometo que nunca he dicho nada de ellos.

Lo miro. Parece sincero. Pero ya no sé qué creer. Niego con la cabeza, observo las vías del tren, sigo separando piezas. Oigo que vuelve a ponerse a secar los platos, a meterlos en sus correspondientes cajones.

Guardamos silencio unos minutos, hasta que él vuelve a hablar.

—Te estoy diciendo la verdad, Viv. No les he contado nada útil, y no parece importarles. Creo que me consideran una victoria.

—Porque estás casado conmigo.

—Sí. —Parece avergonzado.

Echo las últimas vías en su caja, la tapo y la pongo contra la pared. Así es como organizamos esta sala: cajas de plástico transparente con juguetes, apilados contra la pared.

—¿Eres leal... a Rusia? —Las palabras suenan extrañas saliendo de mi boca.

—Soy leal a ti.

Pienso en la bandera que ondea fuera, los desfiles del Cuatro de julio, las bengalas. Matt quitándose la gorra, llevándose la mano al corazón mientras canta el himno nacional en los partidos de beisbol. La vez que oí cómo le decía a Luke que tenemos mucha suerte de vivir en el mejor país del mundo.

—¿Rusia o Estados Unidos?

—Estados Unidos. Sin duda, Estados Unidos. Me conoces, Viv. Sabes en lo que creo.

—¿De veras?

—Era un niño, huérfano. No tuve elección.

—Siempre se puede elegir.

—En Rusia, no.

No digo nada.

—Tu lealtad. En su día fue para Rusia.

—Claro. Al principio creía en lo que estaba haciendo. Era ruso, y me habían lavado el cerebro. Pero al vivir aquí..., ver la verdad...

Descubro una mamila detrás de la cocinita de juguete y la agarro.

—¿Por qué no me lo contaste?

—¿Cómo te lo iba a contar?

—Has tenido diez años. Cualquier día de los últimos diez años. «Viv, tengo algo que contarte.» Y lo dices sin más.

Se acerca y se sienta en el brazo del sillón, el trapo de cocina al hombro.

—Quería hacerlo. Por favor, Viv, ¿acaso no crees que quería? Y he estado a punto muchas veces, pero entonces ¿qué? Veo cómo me miras, como me estás mirando ahora. Traicionada, tremendamente dolida. Y lo temía. Estaba aterrorizado. ¿Qué harías? ¿Agarrar a los niños e irte? No podía perderte. No podía perder a los niños. Tú y los niños —la voz se le quiebra— son todo para mí. Todo.

No digo nada. Después él añade:

—Te quiero, Vivian. —Lo miro, esa mirada que parece tan sincera, y para mí todo es como hace diez años.

Un mes después de conocernos, un mes de vernos prácticamente a diario, me acompañaba a casa por la noche. Nos veo en la calle, delante de mi departamento, los árboles a cada lado meciéndose con la brisa, los faroles arrojando una luz tenue. Su brazo rodeándome la cintura, el paso lento, acompasado. Se acababa de reír de algo que había dicho yo, algo que ya se me olvidó. «Te quiero, Viv», dijo, y después guardó silencio. Los dos nos quedamos callados. De pronto, la noche estaba en calma. Vi que se ruborizaba. No tenía intención de decirlo. Se le había escapado, y eso hizo que fuera aún más tierno, porque lo dijo sin pensar, y debía de sentirlo. Imaginé que intentaría suavizarlo. «Me encanta tu sentido del humor, Viv. Me encanta pasar tiempo contigo.» Algo por el estilo. Pero no lo hizo. Se detuvo, me miró y me estrechó contra él. «Te quiero, Vivian. De verdad.»

Bajo la vista. Aprieto la mamila con tanta fuerza que se me tensan los nudillos. Apenas puedo pronunciar las siguientes palabras.

—¿Cómo pudiste meter a los niños en esto?

—Porque quería tener una vida contigo. Quería que tuvieras todo con lo que siempre soñaste.

—Pero seguro que sabías que algún día...

—No —me corta, con voz firme—. No lo sabía. Creía firmemente que podría hacer esto hasta que te jubilaras. Hasta que yo me jubilara. Y después podría librarme de ellos.

Guardo silencio. Guarda silencio. En la casa entera reina un silencio desconcertante.

—Habrían dejado que me quedara —afirma en voz baja—. Ya ha pasado antes. Podría haber vivido lo que me quedara de vida y morir y nadie lo habría sabido.

Podría, habría. El tiempo verbal me irrita. Sabe que no podemos hacer como si esto no hubiera pasado, como si no me hubiera enterado. Sabe que tengo que entregarlo.

Me dedica una sonrisa sin fuerza.

—Ojalá no fueras tan buena en tu trabajo.

Las palabras hacen que se me revuelva el estómago. Si no hubiera insistido en ese algoritmo, no habría pasado nada de esto. Llevo la mamila a la cocina, desenrosco la parte superior y meto ambas piezas en el lavaplatos, arriba. Matt me observa, en silencio. Cierro el lavaplatos y me apoyo en la barra.

Viene a la cocina y se pone detrás de mí. Con aire vacilante, como si no estuviera seguro de lo que haré yo, de cómo reaccionaré. Yo tampoco estoy segura, pero no me muevo. Lo dejo que se acerque, que me ponga las manos en los hombros y las baje hasta mis caderas, que me abrace. El cuerpo se me ablanda al notar el familiar abrazo y, cuando cierro los ojos, se me salen dos lágrimas.

Estoy de nuevo en esa calle, delante de mi departamento. Devolviendo ese beso, pegada a él, con ganas de más. Entrando en el edificio precipitadamente, subiendo la escalera dando un traspié. Sintiendo sus caricias, viendo su mirada, rebosante de deseo. Y después, tendidos juntos sobre las sábanas, entrelazados. Despertando entre sus brazos, viendo cómo abría los ojos y asimilaba que yo estaba con él; la sonrisa que asomó poco a poco a su cara. Todo aquello era real. Tenía que serlo.

—¿Qué se supone que voy a hacer ahora? —pregunto en voz baja.

En realidad es una pregunta retórica que le planteo a mi mejor amigo, a la persona a la que siempre he acudido, en la que siempre he confiado. Mi compañero, mi roca.

O puede que sea un salvavidas. «Sácame de ésta. Dime qué tengo que hacer para que esto desaparezca.»

—Sólo puedes hacer una cosa. —Entierra la cabeza entre mi cuello y mi hombro, y noto la barbita, que me raspa. Un escalofrío me recorre el cuerpo—: Entregarme.

5

Las palabras no parecen reales al principio. Se supone que tendría que intentar convencerme de que no lo haga, pero en vez de eso hay silencio, un gran agujero en lugar de la conversación que debería haber. Y tengo la sensación de que estoy suspendida sobre el borde, a punto de perderlo todo.

Entonces sufro un cambio repentino. Como si fuera un interruptor que se acciona. Giro por completo para mirarlo. Él no se aparta, sigue cerca de mí, lo bastante para percibir su olor, notar su calor.

—Debe de haber otra manera —aseguro. Matt no debería estar admitiendo su derrota, tirando la toalla.

Se separa, y noto una ráfaga de aire frío donde antes estaba él. Va a la alacena y saca una copa de vino, que pone junto a la mía. Lo observo, mi cerebro trata de poner en orden lo que está pasando. Sirve vino en las dos copas, me da la mía.

—No la hay.

—Siempre hay...

—No la hay, Viv, confía en mí. Lo he estado pensando todo con detenimiento. —Toma su copa y bebe un trago largo—. He tenido mucho tiempo para pensar en ello. En lo que se podía hacer si llegaba este día.

Miro mi copa. No debería beber más. Ahora mismo necesito pensar con la mayor claridad posible. Pero, al mismo tiempo, la idea de beber lo bastante para hacer que todo esto desaparezca se me antoja extrañamente atractiva.

—¿Qué más quieres saber? —pregunta en voz baja.

Ya está pasando al punto siguiente. Esa parte de la conversación ha concluido para él. Entregarlo, es lo que se supone que tengo que hacer. Matt no tiene un plan, una forma de sacarnos de ésta.

Para mí no ha concluido. En absoluto. Niego con la cabeza con terquedad y sopeso su pregunta. ¿Qué más quiero saber? «Quiero saber si estás siendo del todo sincero conmigo. Si puedo confiar en ti al ciento por ciento. Si de verdad estamos en el mismo equipo.» Levanto la mirada y me topo con la suya.

—Todo.

Él asiente, como si esperara esa respuesta. Remueve el vino, deja la copa y se apoya en la barra.

—Tengo un contacto. Se llama Yury Yakov.

Permanezco impasible.

—Háblame de él.

—Pasa el tiempo entre Rusia y Estados Unidos. Es la única persona que conozco que está implicada en esto. Está todo muy compartimentado...

—¿Cómo se comunican?

—Buzones.

—¿Dónde?

—En el noroeste de la ciudad. En nuestro antiguo barrio.

—¿Dónde exactamente?

—¿Te acuerdas del edificio del banco en la esquina y que acababa en una especie de cúpula? A un lado hay un jardincito, con dos bancos. Pues el de la derecha, el que mira a la puerta. El buzón está debajo del banco, a la derecha.

Es muy concreto. Y parte de la información la desconocía. Es nueva, valiosa.

—¿Con cuánta frecuencia se ven?

—Cuando uno de los dos hace la señal.

—Más o menos.

—Una vez cada dos o tres meses.

¿Cada dos o tres meses? Trago saliva, me noto un nudo en la garganta. Siempre hemos dado por sentado que los contactos pasan la mayor parte del tiempo en Rusia, que no se reúnen a menudo con los agentes encubiertos en Estados Unidos —cada año o dos años— o en otros países. Yury tiene un historial reducido de viajes a Estados Unidos, viajes cortos. Lo que significa que está aquí con una identidad falsa, claro.

—¿Cuál es la señal? —quiero saber.

—Una marca de gis en el banco. Como en las películas. —Esboza una leve sonrisa.

Podría insistir. Podría averiguar si se trata de un gis especial, dónde se hace la marca exactamente, cómo es. Y con esa información bastaría para llevar allí a Yury, encontrarlo, detenerlo.

Pero la analista que hay en mí piensa: «O me está engañando, me daría instrucciones para que se diera cuenta de que está en peligro. Para asegurarse de que Yury desaparezca». El nudo en la garganta me oprime.

—¿Qué dejas? ¿Qué recoges?

—Memorias USB encriptadas.

—¿Cómo los desencriptas?

—En el armario que está debajo de la escalera. Hay una tabla que se levanta; en el hueco hay una *laptop*.

Las respuestas son muy rápidas, no hay nada que indique que me está mintiendo. Intento pasar por alto el hecho de que esa *laptop* esté escondida en nuestra casa y pensar en lo siguiente que voy a preguntar.

—Y no le dices nada de lo que yo te cuento, ¿verdad?

Niega con la cabeza.

—No, Viv, te lo juro.

—¿Nunca mencionaste a Marta o a Trey?

—Nunca.

Miro el vino. Le creo. De verdad. Pero no sé si tiene sentido. Levanto la vista.

—Dime qué sabes del programa.

—Probablemente tú sepas más que yo, la verdad. Es jerárquico, autónomo. Yo sólo conozco a Yury. Aparte de eso, no sé nada.

Remuevo el vino y veo cómo se adhiere al cristal. Me veo sentada a mi mesa, los vacíos de información que tengo, las cosas que siempre he querido saber. Alzo la vista de nuevo.

—¿Cómo te pones en contacto con Moscú? Si algo le pasara a Yury, por ejemplo. ¿Con quién te pondrías en contacto? ¿Cómo?

—No lo haría. No hasta que hubiera pasado un año. Tenemos instrucciones estrictas de no hacerlo. Por nuestra propia seguridad. Por si hay espías infiltrados en el SVR o lo que sea. Se supone que no debo hacer nada, tan sólo esperar hasta que alguien ocupe el sitio de Yury y se ponga en contacto conmigo.

Eso es lo que me temía. Una respuesta —un diseño de programa— que indica que hallar contactos y jefes es casi imposible. Pero se me queda grabado algo que dijo. Algo nuevo: «Un año».

—¿Qué sucede cuando pasa un año?

—Restablezco el contacto.

—¿Cómo?

—Hay una dirección de correo electrónico. Iría a otro estado, crearía una cuenta nueva... Hay toda una lista de protocolos.

Lo que dice tiene sentido. Siempre me he preguntado qué pasaría si el contacto sustituto no pudiera acceder a los nombres de los cinco agentes. Al parecer, los propios agentes restablecerían el contacto.

—Siento no saber más, pero creo que es intencional. Así, si un agente se aleja de la manada, el programa permanece intacto... —Deja la frase sin terminar, se encoge de hombros, en la cara una expresión de impotencia.

Claro que es intencional. Eso sí que lo sé. Me ha contado todo lo que yo podía esperar que supiera. Sin vacilar, sin señal alguna de engaño.

Apura el vino y deja la copa en la barra.

—¿Algo más?

Veo la derrota escrita en su rostro, la mirada de un hombre que no puede hacer nada para ayudar. Matt nunca es así. Él es el que puede arreglar cualquier cosa, resolver cualquier problema, hacer algo. Niego con la cabeza.

—No lo sé.

Me mira un rato y baja la vista al suelo, de nuevo se encoge de hombros.

—Entonces vamos a la cama, anda.

Lo sigo hasta nuestra habitación, nuestros pasos más pesados que de costumbre en la escalera. Me viene a la mente la *laptop* que está escondida en el armario bajo la escalera. Una *laptop* del SVR, en mi casa. Que mi marido utiliza para intercambiar mensajes secretos con sus contactos rusos.

Ya en nuestro cuarto, Matt va al closet y yo hacia el otro lado, al baño. Cierro la puerta y me quedo en silencio, sola por primera vez; después me dejo caer al suelo y me siento apoyada en la puerta. Estoy agotada, exhausta, sobrepasada. Las lágrimas deberían llegar. La emoción que se ha estado acumulando debería desbordarse. No obstante, no lo hace. Simplemente me quedo sentada, mirando a la nada, ida.

Al cabo de un rato me obligo a levantarme. Me cepillo los dientes y me lavo la cara. Luego salgo del baño, dispuesta a cederle el abarrotado espacio a Matt, para que entre antes de acostarse. Sin embargo, cuando salgo no lo veo. No está ni en el closet ni en la cama. ¿Adónde ha ido? Camino al pasillo y lo veo. Está en la puerta de la habitación de Luke. Lo veo de perfil, pero no me hace falta ver más. Las lágrimas le corren por las mejillas.

Me llega al alma. En los diez años que hace que lo conozco, es la primera vez que lo veo llorar.

En la cama, en silencio, escucho la respiración de Matt, regular pero rápida, y sé que está despierto. Yo abro y cierro los ojos de nuevo en la oscuridad, mi mente pugnando por convertir las ideas en palabras. Tiene que haber otra solución. No es posible que la única opción sea entregarlo.

Me pongo de lado, de frente a él. Con la luz de la lámpara nocturna que entra del pasillo basta para que le vea la cara.

—Podrías dejarlo.

Matt voltea hacia mí.

—Sabes que eso no lo puedo hacer.

—¿Por qué? Quizá...

—Probablemente me matarían. O como mínimo me hundirían.

Observo su rostro con atención, las arrugas de la frente, esos ojos que dan la impresión de estar procesando la sugerencia, analizando las consecuencias.

Mira de nuevo al techo.

—Matt Miller no existe sin el SVR. Si me quitan mi identidad, ¿adónde iría? ¿Cómo viviría?

Me acuesto boca arriba, mirando al techo.

—En ese caso, podríamos ir al FBI. —Acudir a Omar, nuestro amigo, el hombre que quería permitir que los agentes encubiertos salieran de las sombras e intercambiaran información por inmunidad.

—¿Y qué les diría?

—Les dirías quién eres. Les darías información. Harías un trato. —Incluso al decirlas, las palabras suenan vacías. El Buró rechazó el plan de Omar, deprisa y de plano. ¿Cómo puedo estar segura de que accederían?

—No tengo bastante que darles. No tengo nada que valga para hacer un trato.

—Pues entonces a la Agencia. Podrías ofrecerte de agente doble.

—¿Ahora? Qué me dices del momento. Dos décadas de silencio y ahora, cuando me estás cercando, me ofrezco para trabajar de agente doble. No creerían que estoy siendo sincero. —Voltea para mirarme—. Además, siempre dije que no haría eso. Si fuera yo solo, bueno, pero no les haría correr un peligro así a ti y a los niños. El riesgo es excesivo.

Digo, con pesar:

—Pues entonces lo dejaré yo. Si no estuvieras casado con alguien de la CIA...

—Saben que no lo harías. Saben la situación económica en la que nos encontramos.

Me recorre una sensación extraña al pensar que los rusos conocen los detalles de nuestra vida, de nuestros puntos débiles. De lo atrapados que estamos. Procuro pasarla por alto, centrarme en el problema que nos ocupa.

—En ese caso, haré que me despidan.

—Se darán cuenta. Y, aunque lo hicieras, después ¿qué? ¿Y si me ordenan que te deje?

La puerta de nuestra habitación cruje levemente, y al mirar veo a Bella, enmarcada en la luz que entra del pasillo, apretando contra el pecho su raído dragón de peluche.

—¿Puedo dormir con ustedes? —pregunta, sorbiéndose la nariz. Mira a Matt para que le conteste, pero soy yo quien responde.

—Claro, cariño. —Cómo no va a poder, si está enferma.

Y me preocupa tanto Matt que no le he prestado atención a Bella, no le he hecho cariños.

Se sube a la cama y se mete en medio. Se pone cómoda, se sube la sábana hasta la barbilla y hace lo propio con el dragón. Después en la habitación vuelve a reinar el silencio. Clavo la vista en el techo, a solas con mis miedos. Sé que Matt está haciendo lo mismo. ¿Cómo vamos a dormir en un momento así?

Noto el calor de Bella a mi lado. Escucho cómo se va ralentizando su respiración, que se vuelve cada vez más suave. La miro, la boquita abierta, el halo de su fino cabello infantil. Se agita, lanza un leve suspiro. Volteo, miro de nuevo al techo. Casi no soy capaz de pronunciar las palabras, pero debo hacerlo:

—¿Y si nos vamos todos a Rusia? —susurro.

—No podría hacerles eso a ti y a los niños —responde en voz baja—. No volverías a ver a tus padres. Ninguno de ustedes habla ruso. La educación de allí..., las oportunidades..., y Caleb. Los médicos, las operaciones... No tendría la misma vida allí.

Volvemos a sumirnos en el silencio. Noto el escozor de las lágrimas, es la sensación de impotencia. ¿Cómo es que no hay otra solución? ¿Cómo es que ésta es la única opción que tenemos?

—Tal vez abran una investigación —dice. Me pongo de lado, de frente a él, con Bella en medio. Él también voltea para mirarme—. Cuando hables con Seguridad. Vigilarán todo lo que diga y haga, no sé durante cuánto tiempo, pero no podremos hablar ni una palabra de esto. En ninguna parte, en ningún momento.

Imagino nuestra casa vigilada, una habitación llena de agentes escuchando cada frase que digamos a los niños, entre nosotros. Todo siendo transcrito. Analistas como yo estudiando cada palabra. ¿Durante cuánto tiempo? ¿Semanas? ¿Meses incluso?

—No admitas que me lo dijiste, nunca —continúa—. Es necesario que sigas allí, por los niños.

Mi cabeza vuelve a las pantallas de advertencia de Athena, los contratos de confidencialidad que firmé. Era información clasificada. Información secreta, compartimentada. Y la compartí.

—Prométeme que no lo admitirás —pide, la voz teñida de urgencia.

El nudo de la garganta se me hace insoportable.

—Te lo prometo —susurro.

Veo el alivio escrito en su cara.

—Yo tampoco lo diré, nunca, Viv. Te lo juro, yo nunca te haría eso.

Matt se queda dormido. No sé cómo, porque yo soy incapaz. Observo el reloj, cómo van pasando los minutos, hasta que no puedo más. Bajo, la casa a oscuras, sumida en un profundo silencio que resulta de lo más solitario. Enciendo la televisión, y la habitación se inunda de una tenue luz azulada, titilante; pongo un reality absurdo, mujeres en biquini y hombres sin camisa que beben, discuten. Cuando soy consciente de que no me estoy enterando de nada, apago la tele. Vuelve la oscuridad.

Debo entregarlo. Los dos lo sabemos. Es la única solución. Intento imaginarme haciéndolo. Sentada con Seguridad, o con Peter, o Bert, contándoles lo que he averiguado. Se me hace imposible. Traición. Estoy hablando de Matt, el amor de mi vida. Y luego están nuestros hijos. Intento imaginarme diciéndoles que Matt se ha ido, que está en la cárcel, que mintió, que no era quien decía que era. Y después, cuando averigüen que yo fui la responsable de que lo encarcelaran, de que crecieran sin padre.

Oigo el despertador de Matt a las seis y media. Un minuto después se oye la regadera, como cualquier otra mañana, como si esto no fuera más que un sueño. Subo a vestirme, me pongo mi chamarra y mi pantalón preferido. Me maquillo un poco, me paso un cepillo por el pelo. Matt sale de la regadera con una toalla a la cintura y me besa en la cabeza, como todas las mañanas. Huelo el gel de baño, veo sus movimientos en el espejo, va al closet.

—Bella está ardiendo —afirma.

Me acerco a la cama y le toco la frente.

—Pues sí. —Me invade un sentimiento de culpa: ni siquiera he pensado en comprobarlo.

—Me quedaré trabajando en casa. ¿Puedes dejar a los gemelos de camino al trabajo?

—Claro.

Lo observo en el espejo y me asalta una sensación inquietante, como si de verdad esto pudiera ser un sueño. ¿Cómo es capaz de actuar como si todo fuera normal cuando nuestra vida está a punto de romperse en pedazos?

Durante el resto de la mañana reina nuestro caos habitual. Vestimos y damos de desayunar a los gemelos y a Luke, nuestra trillada rutina en equipo. Me sorprendo mirándolo más de lo debido, como si en cualquier momento fuera a encontrarme a una persona distinta. Pero no. Es Matt. El hombre al que quiero.

Bajo a Bella al sillón, la tapo con una cobija y le dejo las pinturas y el libro de colorear al lado. Me despido de ella con un beso, y le doy otro a Luke. Luego cargo a Caleb, Matt sujeta a Chase, y, sin decir palabra, los acomodamos en sus sillitas del coche. Cuando están listos, Matt y yo nos quedamos parados a la entrada, incómodos, solos los dos.

Voy a hacer esto, claro. No hay otra opción. Querría que se me ocurriera alguna cosa, alguna solución, pero no la hay. Necesito decirle algo, pero no soy capaz de encontrar las palabras adecuadas.

Me dirige una sonrisa triste, casi como si me leyera el pensamiento.

—No pasa nada, Viv.

—No se me ocurre otra cosa —alego, la voz cargada con el peso de la disculpa—. Le he estado dando vueltas toda la noche...

—Lo sé.

—Si sólo fuéramos tú y yo, irnos..., allí..., sería una opción. Pero los niños, sobre todo Caleb...

—Lo sé, y no pasa nada, Viv, de verdad. —Vacila, y sé que quiere decir algo más. Abre la boca y la cierra.

—Dime.

—Es sólo que... —Deja la frase sin terminar, empieza a retorcerse las manos—. Estaremos justos de dinero —acaba diciendo. Y después deja escapar un sollozo ahogado, que me aterroriza, porque Matt no pierde así el control. Me acerco a él, lo abrazo por la cintura, mi cara contra su pecho. Noto que sus brazos me rodean, ese gesto que siempre me ha hecho sentir tan segura, tan en casa—. Dios, Viv, lo siento. ¿Qué he hecho? ¿Cómo afectará esto a los niños?

No sé qué decir. Y, aunque lo supiera, sería incapaz de articularlo.

Se aparta y respira hondo.

—Ojalá no hubiera pasado nada de esto. —Una única lágrima le rueda por la mejilla—. Sea lo que sea que encontraste, ojalá pudiera hacerlo desaparecer.

—Ojalá, sí —susurro. Veo que la lágrima se abre paso hasta llegar a la barbilla. Hay algo más, algo que necesito decir, pero no sé cómo. Al final me obligo a pronunciar las palabras—. Te puedes ir, ¿sabes? —No puedo evitar pensar en lo extraño que es, y triste, que hayamos llegado a esto. Diez años, cuatro hijos, una vida en común. Y, ahora, ¿un adiós a la puerta de la casa?

Me mira sin dar crédito y niega con la cabeza, entristecido.

—Allí no tengo nada.

—Lo entendería.

Me pone las manos en los hombros.

—Mi vida está aquí. —Parece sincero al decirlo.

—De todas formas, si cambias de opinión..., al menos llama a una niñera...

Baja los brazos, es como un animal herido. Ni siquiera estoy segura de por qué he dicho eso cuando no creo que dejara sola a Bella.

No sé qué más decir. Aunque lo supiera, no sé si me saldrían las palabras sin derrumbarme. Así que aparto la mirada, me subo al coche, meto la llave en el contacto. Arranca a la primera. ¿Qué más da? Meto la reversa y veo que me mira mientras salgo, alejándome por el camino de la vida que conozco, la que hemos construido juntos, y sólo entonces empiezo a llorar.

Una hilera continua de coches pasa por la caseta de vigilancia, a cargo de hombres armados. Los estacionamientos, que responden a un código de color, empiezan a llenarse: en la central trabajan miles de personas. Desde mi lugar, en uno de los estacionamientos más alejados, camino hacia la oficina, aturdida, atontada. Me siento los pasos pesados. Otros me adelantan por ambos lados de la ancha banqueta. Miro los cuidados jardines que se extienden a mi derecha, las plantas, los colores, porque es mejor que pensar en lo que viene a continuación. Es mejor fingir que nada de esto ha pasado.

Recibo una cachetada de aire caliente al cruzar las puertas automáticas de la recepción. Centro la atención en la enorme bandera suspendida del techo en el patio central. Hoy me parece ominosa, insultante. Estoy a punto de traicionar al hombre al que más quiero en el mundo. Porque no tengo elección. Por esa bandera, por mi país, y por el hecho de que, a decir verdad, no es su país.

Los responsables de seguridad están junto a los torniquetes, vigilando, observando, como siempre. Ron, al que veo aquí casi todas las mañanas, el que no sonríe nunca, ni siquiera cuando yo le sonrío. Molly, la que siempre parece aburrida. La gente hace fila, a la espera de pasar por el escáner de identificaciones e introducir códigos. Me formo, me quito el gorro y los guantes, me aliso el pelo. ¿Por qué estoy nerviosa? Como si estuviera haciendo algo malo. No tiene sentido. Ninguno.

Iré a ver a Peter primero. Lo he decidido en el camino. Tengo que practicar las palabras antes de decirlas a Seguridad, porque aún no soy capaz de imaginarme pronunciándolas: «Encontré la foto de mi marido...». No sé cómo lo voy a hacer sin venirme abajo.

Camino por el largo pasillo hasta llegar a mi lugar: la serie de cubículos y oficinas cerrados, situados detrás de una pesada puerta acorazada, como todos los demás. Otra identificación, otro código. Paso por delante de Patricia, la secretaria, y por delante de los despachos de los jefes, entre las hileras de cubículos, hasta el mío. Ése en el que he puesto tanto empeño para que me haga sentir como en casa: los dibujos con pinturas, fotos de mis hijos, de Matt. Mi vida, afianzada con tachuelas.

Enciendo la computadora, otra serie de contraseñas, y me levanto a preparar café mientras espero que el sistema me dé acceso. La computadora tarda menos que el café; abro Athena. Más contraseñas. Me sirvo un poco en mi taza, la que me regaló Matt por el día de la madre, la que tiene la foto de nuestros hijos. Una de las raras ocasiones en que los cuatro están mirando a la cámara, y tres de ellos incluso sonríen. Tardamos diez minutos en tomarla, yo haciendo ruiditos absurdos y Matt dando saltitos y moviendo los brazos detrás de mí; estoy segura de que cualquiera que nos viera pensaría que estábamos locos.

Athena se abre y voy haciendo clic en las pantallas de advertencia, las que pasé por alto ayer cuando hablé con Matt. Sus palabras resuenan en mí, tienen vida propia. «Yo tampoco lo diré, nunca. Te lo juro.» Y no lo hará, está claro. También resuenan otras palabras suyas: «Soy leal a ti». Eso lo creo. Firmemente.

Vuelvo a estar en la computadora de Yury, la misma que ayer. El mismo fondo azul, las mismas burbujas, los mismos iconos ordenados en cuatro filas. Me fijo en el último: «Amigos». La cámara está tranquila. Echo un vistazo, no hay nadie cerca. Hago clic dos veces y la carpeta se abre, desplegando el listado de cinco imágenes. Abro la primera: el mismo tipo, el de los lentes redondos. Después la segunda: la pelirroja. Mis ojos se detienen en la tercera, la que contiene la imagen de Matt, pero no la abro. No puedo. Paso a la siguiente, la cuarta, una mujer de tez blanca y cabello rubio escaso. La quinta es de un joven con el cabello de punta. La cierro, cierro la carpeta y me quedo mirando la pantalla, las burbujas azules, el icono de la carpeta. «Amigos.» Todos agentes encubiertos. ¿Cómo es posible?

Paso a la parte superior de la pantalla, a la derecha. Dos botones. Activo y Pasivo. El Pasivo está resaltado, es el único modo que podemos utilizar los analistas, el que crea un espejo de la pantalla del objetivo, que no permite ser manipulado. Sin embargo, es el botón Activo el que me llama, el que hace que no pueda apartar los ojos de él.

Oigo algo detrás. Volteo y veo a Peter. Me pongo a temblar, aunque es imposible que haya visto lo que estaba mirando, cuál era mi foco de atención. Es imposible que sepa lo que estoy pensando.

Mira de soslayo mi pantalla y experimento un subidón de adrenalina. La carpeta está ahí mismo. Pero sólo es una carpeta, y sólo ha sido una mirada de soslayo. Sus ojos vuelven a mí.

—¿Qué tal está la niña? —pregunta con interés.

—Con fiebre, pero por lo demás bien. —Procuro que mi voz parezca lo más tranquila posible—. Matt se quedó en casa con ella.

—Matt. Trago el nudo que se me formó en la garganta.

—Tina vino ayer —señala—. Quiere verte.

—¿Por qué? —digo deprisa. Demasiado deprisa. Tina es la directora del Centro de Contrainteligencia. Temible, seria y eficiente. Fuerte y resuelta.

Peter parece confuso.

—Sabe que estamos analizando la computadora y quiere saber qué encontramos.

—Pero no he tenido tiempo...

—Ya se lo dije, no te preocupes. Pasé la reunión a mañana por la mañana. Sólo quiere saber si hay algo que parezca prometedor.

—Es que...

—Sólo serán diez minutos. Ponte a escarbar hoy. Estoy seguro de que hallarás algo.

«¿Como por ejemplo imágenes de cinco agentes encubiertos? ¿Uno de los cuales es mi marido?»

—De acuerdo.

Vacila.

—¿Quieres que te eche una mano? Si quieres puedo ayudarte.

—No —respondo, nuevamente demasiado deprisa, con demasiado énfasis—. No, no te preocupes. Tú ya tienes bastante con lo tuyo. Encontraré algo que llevarle.

Peter asiente, pero parece raro. Inseguro. Titubea.

—¿Te encuentras bien, Vivian?

Lo miro con cara de asombro, y sé lo que tengo que decir. Debo hacer esto. No tengo elección.

—Tengo que hablar contigo. En privado. —El estómago se me

76

revuelve al decirlo, pero debo acabar con esto de una vez por todas, antes de que me falte el valor.

—Dame diez minutos. Te aviso cuando esté listo.

Asiento y lo sigo con la mirada, va a su despacho. Acabo de poner esto en marcha. Diez minutos. Dentro de diez minutos mi mundo cambiará. Todo será distinto. La vida tal y como la conocía habrá terminado.

Me centro de nuevo en la pantalla. En la carpeta «Amigos». Luego miro a otro lado, porque debo hacerlo. A la pared que tengo más lejos, pasando por alto las fotos de mi familia, porque ahora mismo no las puedo mirar o me vendría abajo. Me detengo en un pequeño papel, algo que lleva ahí años sin que le haya hecho el menor caso. Una hoja de un curso de formación sobre rigor analítico. Me fijo en ella ahora, por primera vez desde hace años, algo que no me haga pensar en la realidad. «Tome en consideración implicaciones de segundo y tercer orden... Piense en las consecuencias imprevistas...»

Me acuerdo de las palabras de Matt esta mañana, delante de casa. «Estaremos justos de dinero.» Perderemos su sueldo, eso ya lo tuve en cuenta. Tendré que sacar de la escuela a los tres más pequeños, eso sin duda, probablemente contratar a una niñera, una que no salga muy cara, y tendré que tragarme el miedo de que una desconocida cuide de mis hijos, que los lleve por ahí.

Sin embargo, ahora me doy cuenta de que yo también perderé mi empleo. Tina no consentirá que me quede, de eso no cabe la menor duda, no permitirá que conserve mi autorización estando casada con un espía ruso. Una cosa es perder el sueldo de Matt, pero ¿cómo sobreviviremos si también perdemos el mío?

Dios mío, perderemos mi seguro médico. Caleb. ¿Y la atención médica que necesita Caleb?

Veo a Matt desmoronándose. «¿Cómo afectará esto a los niños?» De pronto, veo el futuro ante mis ojos. El espectáculo mediático que sin duda acabará siendo esto. Mis hijos sin padre, sin dinero, privados de todo cuanto conocen. La mala fama que los perseguirá siempre. La vergüenza, el recelo, porque después de todo son carne de su carne. Los hijos y la hija de un traidor.

El miedo me paraliza. Nada de esto debería haber pasado. De no haberme tropezado con la foto, de no habérseme ocurrido ese maldito algoritmo, de no haber entrado en la *laptop* de Yury no sabría lo de Matt. Nadie lo sabría. Me acuerdo de sus palabras. «Ojalá no fueras tan buena en tu trabajo.»

Mi mirada vuelve a detenerse en los botones de la parte superior de la pantalla. Activo. Pasivo. No puedo hacer esto. No puedo. Sin embargo, estoy llevando el cursor hasta ahí, hasta que la flecha se sitúa en Activo. Hago clic, y el borde de la pantalla pasa de rojo a verde. El sentimiento de culpa amenaza con sobrepasarme. Recuerdo mi primer día de trabajo, levantando la mano, prestando juramento.

«... proteger y defender la Constitución de Estados Unidos contra todos los enemigos, extranjeros y nacionales...»

Pero Matt no es un enemigo. No es malo. Es una persona buena, honrada, alguien de quien se aprovecharon cuando era pequeño, que se ha visto atrapado en unas circunstancias que escapan a su control. No ha hecho nada malo, no ha causado ningún daño a nuestro país. No lo haría. Sé que no lo haría.

Guío el cursor hasta la carpeta. Hago clic con el botón derecho, bajo la flecha hasta el comando Eliminar. La dejo suspendida ahí, la mano me tiembla.

Tiempo. Sólo necesito más tiempo. Tiempo para pensar, para entender las cosas, para encontrar una solución. Tiene que haber una solución, una manera de salir de ésta. Una manera de que las cosas vuelvan a ser como antes. Cierro los ojos y me veo en el altar con Matt, mirándolo a los ojos, pronunciando mis votos.

«... en lo próspero y en lo adverso...»

Prometí serle fiel, todos los días de mi vida. Después oigo su voz, esta noche. «Yo tampoco lo diré, nunca, Viv. Te lo juro, yo nunca te haría eso.» No lo haría, seguro. Y aquí estoy yo, a punto de hacérselo a él.

Por mi cabeza desfilan imágenes de nuestros hijos. Cada una de sus caras, tan inocentes, tan felices. Esto acabaría con ellos.

Después, otro recuerdo de nuestra boda, nuestro primer baile, lo que Matt me dijo al oído, unas palabras que durante todos estos años no habían tenido ningún sentido. Cuyo significado entiendo de repente con claridad.

Abro los ojos y van directos a la palabra Eliminar. Destacada, el cursor aún encima. Pienso en más palabras, y ni siquiera sé si son de Matt o mías, si acaso importa. «Ojalá no hubiera pasado nada de esto.»

«Ojalá pudiera hacerlo desaparecer.»

Y hago clic.

6

La carpeta ha desaparecido.

Contengo la respiración y miro la pantalla, a la espera de que pase algo más. Pero no pasa nada. La carpeta ha desaparecido sin más, como si nada de esto hubiera sucedido. Justo lo que yo quería, ¿no?

Respiro de nuevo, tomo aire deprisa, atropelladamente. Llevo el cursor arriba, al botón de la parte superior de la pantalla. Pasivo. Hago clic, y el borde se vuelve rojo.

Y la carpeta no está.

Sigo mirando el lugar donde debería estar, donde estaba hace un momento. Las mismas burbujas azules de fondo, un icono menos en la última fila. Un teléfono suena unas hileras más allá. Un teclear en computadoras cercanas. La cabecera de un canal de noticias de veinticuatro horas, una de las televisiones que está suspendida del techo.

Dios mío, ¿qué acabo de hacer? Me asalta el pánico. He eliminado archivos de la computadora de un objetivo. Pasar al modo Activo, entrar en territorio operacional: sólo eso bastaría para que me despidieran. ¿En qué estaba pensando?

Miro la parte superior izquierda, el familiar icono, el símbolo de la papelera. Está en esa papelera, sin duda. No me he deshecho de ella, no del todo. Hago clic dos veces en el icono y ahí está: «Amigos». El archivo.

Miro los botones de nuevo. Activo. Pasivo. Podría restaurar el archivo, fingir que no ha pasado nada. O podría eliminarlo de manera definitiva, acabar con lo que he empezado. En cualquier caso, debo hacer algo. No puedo dejar las cosas así.

Eliminarlo definitivamente. Eso es lo que quiero hacer, lo que necesito hacer. Si lo he eliminado ha sido por algo, para proteger a Matt, a mi familia. Volteo: no hay nadie. Hago clic en el botón Activo, muevo el cursor, hago clic en Eliminar y cambio a modo Pasivo un segundo después.

Listo. Me quedo mirando la papelera vacía y me devano los sesos intentando recordar lo que sé de eliminar archivos. El que borré sigue ahí, en alguna parte. Podría recuperarlo un software de recuperación de datos. Me hará falta algo para sobrescribirlo. Algo como...

Oigo un ruido y en el centro de mi pantalla aparece un pequeño cuadro blanco. De mí se apodera el miedo. Se acabó, es una señal de que me han encontrado, de que me han descubierto. Pero en el cuadrito está la cara de Peter y las palabras que ha escrito: «Ven a verme».

Flaqueo. Sólo es Peter. Se me olvidó que le pedí que habláramos. Cierro el cuadro y bloqueo la computadora, las manos me tiemblan. Después voy a su despacho.

¿Qué le diré? Reproduzco mentalmente la conversación que mantuvimos hace unos minutos: «Tengo que hablar contigo. En privado». Dios mío, ¿qué demonios le voy a decir?

Tiene la puerta entreabierta. Lo veo delante de la computadora, de espaldas a mí. Llamo deprisa a la puerta, y voltea en la silla para mirarme.

—Pasa.

Abro la puerta. Su despacho es minúsculo —todos lo son—, tan sólo hay una mesa, modular y gris como la mía, y una mesita redonda, llena de montones de papeles. Me siento en la silla que hay a su lado.

Peter cruza las piernas por los tobillos, me mira por encima de los lentes. Sé que está esperando que hable. Me noto la boca seca.

¿No debería haber pensado en lo que iba a decir antes de entrar? Me devano los sesos. ¿De qué habla la gente con su jefe en privado?

—¿Qué ocurre? —me pregunta.

Sé cuáles son las palabras que debería decir. A las que llevo toda la mañana dándoles vueltas: «Encontré una foto de mi marido». Pero ya es demasiado tarde para eso, aunque pudiera obligarme a pronunciarlas.

Miro los mapas que recubren las paredes. Grandes, de Rusia. Mapas políticos, de carreteras, topográficos. Reparo en el de mayor tamaño, en el contorno del país. Me centro en la franja de tierra que se extiende entre Ucrania y Kazajistán: Volgogrado.

—Tengo un problema familiar —comento. Distingo a duras penas las letras del mapa. No sé adónde voy a llegar con esto. No tengo un plan.

Él suelta el aire con suavidad.

—Ay, Vivian. —Cuando lo miro, sus ojos rebosan preocupación, empatía—. Lo entiendo.

Tardo un instante en asimilar lo que me dice, y cuando lo hago me siento culpable. Miro las fotografías enmarcadas que tiene en la mesa, detrás de él. Todas de la misma mujer. Una imagen amarillenta de ella con un vestido de encaje blanco. Una instantánea informal de ella abriendo un regalo, con un suéter exagerado, un peinado exagerado, la expresión de puro deleite. Una más reciente, de ella y Peter, con unas montañas de fondo; los dos parecen muy cómodos, relajados, felices.

Trago saliva y miro de nuevo a Peter.

—¿Cómo está? ¿Cómo está Katherine?

Mira hacia otro lado. Katherine tiene cáncer de mama. En el estadio tres, se lo diagnosticaron el año pasado. Todavía me acuerdo del día en que nos lo contó a todos. Una reunión de equipo en la sala de reuniones. Un silencio anonadado al ver que Peter, el estoico Peter, se derrumbaba y se echaba a llorar.

Poco después, su mujer entró en un ensayo clínico. Peter nunca dijo gran cosa al respecto, pero daba la impresión de que ella estaba peleando. Luego, hace unas semanas, faltó al trabajo unas cuantas veces —algo nada propio de él—, y cuando por fin volvió, pálido y cansado, nos dijo que su mujer ya no estaba en el ensayo. Esta vez no hubo lágrimas, pero sí se hizo el mismo silencio. Sabíamos lo que significaba eso: el tratamiento no estaba surtiendo efecto. Su mujer se hallaba al final del camino. Sólo era cuestión de tiempo.

—Es una luchadora —contesta, pero sus ojos dicen que es una batalla que Katherine no puede ganar. Aprieta la mandíbula—. Como tu hijo.

Por un momento me siento perpleja, después lo recuerdo: sabe que Caleb tenía cardiólogo ayer. Ha supuesto que ha sufrido un revés. Debería sacarlo de su error, pero no lo hago. Bajo la mirada y asiento, el estómago revuelto.

—Si hay algo que pueda hacer... —ofrece.

—Gracias.

Se hace una pausa violenta y después habla.

—¿Por qué no te vas a tu casa? Ocúpate de ese asunto.

Levanto la mirada.

—No puedo. No me quedan días...

—¿Cuántos años has pasado trabajando horas que no has pedido?

Le dirijo una sonrisa poco entusiasta.

—Muchos.

—Tómate libre el resto del día.

Estoy a punto de decirle que no, pero vacilo. ¿De qué me preocupo? ¿Perder mi trabajo por esto? ¿No pasar la siguiente prueba del polígrafo por esto? Noto que parte de la tensión me desaparece. Esto es lo que necesito, salir de aquí, despejarme, intentar averiguar qué voy a hacer después.

—Gracias, Peter.

—Rezaré por ti —añade en voz queda cuando me pongo de pie para irme. Me mira un buen rato—. Para que Dios te dé fuerza.

Vuelvo a mi mesa. Helen y Raf han salido con la silla al pasillo, cerca de mi cubículo, están platicando. Ahora no hay nada que pueda hacer respecto a ese archivo. No sin que ellos lo vean.

Mañana. Me ocuparé de ello mañana.

Tras vacilar un momento, apago la computadora y agarro la bolsa y el abrigo. Me quedo mirando la pantalla, esperando que se ponga negra. Y mientras tanto los ojos se me van a la esquina de la mesa, a la fotografía de Matt y mía del día de nuestra boda, y me asalta una sensación extraña, la sensación de que hemos esquivado una bala, pero que no sé cómo, de manera inexplicable, estoy sangrando.

A los seis meses de conocernos por fin iba a ver el entorno de Matt. Conocer a sus padres, ver la casa donde creció, su secundaria. Conocer a sus amigos de la infancia. Tenía una semana libre. Matt compró los boletos, o al menos eso dijo. Y yo estaba entusiasmada con el viaje, apenas me podía contener.

Él acababa de conocer a mis padres: habíamos pasado la Navidad juntos en Charlottesville, y la cosa fue mejor de lo que podría haber esperado. A mis padres les encantó. Y verlo con ellos hizo que yo lo quisiera más aún. Sabía sin lugar a dudas que quería casarme con él. Sin embargo, daba la impresión de que comprometernos era cosa de un futuro lejano. Yo ni siquiera conocía a sus padres, y desde luego no me iba a comprometer con nadie sin conocer a sus padres. No me parecía bien. Y se lo había dicho a él. O por lo menos eso pensaba.

Estábamos en el aeropuerto, un día glacial de enero. Me había pasado horas decidiendo lo que me iba a poner, llevaba unos pantalones y una chamarra tejida, unas prendas bonitas pero conservadoras, que había escogido para causar buena impresión a mis —con un poco de suerte— futuros suegros. Estábamos en la serpenteante fila del control de seguridad, jalando tremendas maletas negras con ruedas. Matt estaba muy callado. Parecía nervioso, y eso me ponía nerviosa a mí, porque lo último que quería era que le preocupara que conociera a sus padres. Que tuviera dudas sobre lo nuestro.

Cuando ya casi nos tocaba, me acordé de que él tenía mi pase de abordar, lo había imprimido antes de salir.

—¡Ay! —exclamé—. ¿Me das mi pase de abordar?

Me dio un papel doblado, sin dejar de mirarme, esforzándose por poner una cara inexpresiva.

Esa actitud me puso más nerviosa aún.

—Gracias —le dije.

Dejé de mirarlo y ojeé el pase para asegurarme de que me había dado el mío y no el suyo, ya que lo había hecho sin mirarlos. Leí mi nombre, Vivian Grey, y tres letras, grandes y en negrita, que no tendrían que estar ahí: HNL.

Ése no era el código del aeropuerto de Seattle, hasta ahí llegaba. Me quedé mirando las letras, intentando ubicarlas, intentando averiguar su significado.

—Honolulu —dijo Matt, y noté que me pasaba los brazos por la cintura.

—¿Qué? —Giré sobre mis talones para mirarlo.

Sonreía.

—Concretamente, Maui. Tomaremos un avión cuando lleguemos.

—¿Maui?

Me dio un golpecito con el codo para que avanzara. Sorprendida, miré y vi que me tocaba pasar el control. El agente de la TSA me miraba con cara de pocos amigos. Le di mi pase de abordar y saqué la licencia de manejo, con torpeza, con las mejillas encendidas, muy confusa. El hombre me selló el pase y me dirigí hacia la cinta transportadora, donde empecé a quitarme los zapatos. Matt se me acercó y subió a la cinta mi maleta y luego la suya. Acto seguido sentí que me abrazaba de nuevo, pegando su mejilla a la mía.

—¿Qué te parece? —me preguntó, el aliento caliente en mi oreja. Su voz me reveló que sonreía.

¿Que qué me parecía? Que quería ir a Seattle. Quería conocer a sus padres, conocer su entorno.

—Pero tu familia...

Pasé yo primero por el detector de metales, después lo hizo él, y volvimos a estar juntos cuando mi maleta llegó al extremo de la cinta.

—No podía permitir que pasaras todas tus vacaciones en Seattle —adujo.

¿Qué iba a decir yo? ¿Que habría preferido Seattle? ¿No sería una desagradecida? Me acababa de regalar un viaje a Maui. ¡Maui! Y había renunciado a pasar ese tiempo con su familia.

Por otro lado, ¿acaso no sabía lo importante que era para mí conocer a su familia? ¿Y que ahora Seattle tendría que esperar, durante meses, hasta que consiguiera reunir más días libres?

Dejó el equipaje en el suelo.

—Rehíce tu maleta —afirmó. Levantó el asa e hizo girar la maleta hacia mí—. Ahora está llena de ropa de verano. Metí muchos trajes de baño. —Sonreía, y acto seguido me pegó a él, mis caderas contra las suyas—. Claro que lo que espero es que pasemos más tiempo sin ella. —Los ojos le bailoteaban.

—No sé qué decir —contesté, preguntando mentalmente a gritos: «¿Es demasiado tarde para cambiar los boletos?».

La sonrisa se le borró del rostro, y dejó caer los brazos.

—Ah —dijo. Una sola sílaba. Y entonces me sentí culpable, teniendo en cuenta lo que acababa de hacer por mí.

—Es sólo que... tenía muchas ganas de conocer a tus padres.

Parecía totalmente abatido.

—Lo siento. De veras. Pensé que esto..., pensé que... —Negó con la cabeza deprisa—. Ven, vamos a ver si podemos cambiar los boletos...

Le tomé la mano.

—Espera. —Ni siquiera sabía por qué lo paraba, qué iba a decir. Sólo sabía que no me gustaba nada verle esa cara, que no me gustaba nada cómo lo había hecho sentir.

—No, tienes razón. No debería haber hecho esto. Es sólo que quería que todo fuera perfecto cuando te pidiera... —Frenó en seco, poniéndose rojo.

«Cuando te pidiera que te casaras conmigo.» Casi era como si hubiera oído las palabras. Estaba segura de que eso era lo que vendría a continuación. Sentí que el corazón se me paraba. Clavé la vista en él, su expresión de pánico; nunca le había visto las mejillas tan rojas.

Dios mío, me iba a pedir que me casara con él. Nos íbamos a Hawái porque había planeado la pedida de mano perfecta. Una playa, un lugar exótico. Nada me habría gustado más. Y lo había arruinado yo solita.

—Pídemelo —dije. Las palabras me salieron de la boca antes de que tuviera tiempo de pensarlas.

Pero, una vez fuera, tenían sentido: el viaje habría sido de lo más incómodo después de lo que acababa de pasar. La única forma de salvarlo era dándole un giro. Librarnos del elefante que había en la habitación.

—¿Cómo? —preguntó.

—Pídemelo —repetí, con más confianza.

—¿Aquí? —Parecía no dar crédito.

Tenía delante al hombre con el que me iba a casar, el hombre al que quería con toda mi alma. ¿Qué más daba dónde nos comprometiéramos? Asentí.

La vergüenza dio paso a una sonrisilla, a una expresión de asombro, de entusiasmo, y supe que había tomado la decisión adecuada. Después de todo, la situación se podía salvar.

Me tomó la otra mano.

—Vivian, te quiero más que a nada en el mundo. Me haces más feliz de lo que nunca creí posible, más de lo que merezco.

Se me salieron las lágrimas. Ése era mi futuro, el hombre con el que iba a pasar el resto de mi vida.

—Nada me gustaría más que pasar la vida contigo. —Entonces me soltó una de las manos, metió la suya en el bolsillo y sacó un anillo. Un anillo sin más, sin caja; debía de haberlo dejado en la bandeja al pasar por el detector de metales, junto con la cartera y las llaves, y yo ni siquiera lo había visto. Apoyó una rodilla en el suelo y me lo ofreció, tan esperanzado, tan vulnerable—. ¿Quieres casarte conmigo?

—Claro que quiero —susurré, y vi que a su cara asomaban alivio y felicidad cuando me lo ponía en el dedo.

Oímos aplausos a nuestro alrededor, de una multitud que no sabía que se había formado. Me reí aturdida. Abracé a Matt, lo besé, allí mismo, en medio del aeropuerto. Me miré el anillo en el dedo, el diamante que brillaba bajo la luz fluorescente. Y en ese momento no me importó lo más mínimo que no hubiera visto nada en absoluto de su pasado, porque el futuro era todo cuanto importaba.

Meto el coche en el garage. Estoy completamente aturdida. Hice lo correcto, creo. Me refiero a que fue un impulso. Y mañana tendré que hacer algo para rematarlo, para deshacerme definitivamente de ese archivo. Pero hice bien haciéndolo desaparecer. Para que nuestra vida siga igual.

Sólo que tengo la abrumadora sensación de que debería haber pensado a fondo las cosas antes de actuar. De que ahora, cuando menos, tendré que pensar a fondo las consecuencias. Sin embargo, mi cerebro se muestra reacio. Es como si supiera que no podré controlar lo que averigüe.

Entro y veo a Matt por la puerta de la cocina, que está entreabierta. Me mira, con un trapo, secándose las manos. Parece sereno, sumamente sereno. No como si fuera alguien que pensara que lo acabo de entregar. Todo en la casa parece normal. Me llega el murmullo de la televisión de la sala, el programa sobre los peluches que cobran vida.

—Llegas temprano —comenta.

Claro que cuando hablamos dijimos que mantendríamos la normalidad. Para protegerme. Es probable que dé por sentado que hay alguien escuchando ahora mismo, incluso viéndonos. Me quito el abrigo y lo cuelgo en el perchero que hay junto a la puerta. Dejo la bolsa en el suelo, al lado. Luego me acerco a él.

—No pude hacerlo —admito en voz baja.

El trapo se queda quieto. Matt tarda un instante en hablar.

—¿Qué quieres decir?

—No pude hacerlo. No pude entregarte.

Dobla el trapo de cocina y lo deja en la barra.

—Viv, lo hablamos. Tienes que hacerlo.

Hago un gesto de negación.

—No. Me deshice de él.

Me mira con tal fuerza que me recorre un escalofrío.

—¿Te deshiciste de qué?

—De... lo que... te relaciona con todo esto.

—¿Qué hiciste?

—Lo hice desaparecer. —El pánico tiñe mi voz. Pero no lo hice. O no del todo. ¿Acaso puedo hacer que desaparezca?

Los ojos le brillan.

—¿Qué hiciste, Viv?

«¿Qué hice?» Dios mío.

Se pasa una mano por el pelo y se tapa la boca.

—Se suponía que debías entregarme —dice en voz baja.

—No pude —respondo con voz queda.

Y es la verdad. En el fondo sabía que era lo que tenía que hacer. Lo único que podía hacer. Pero cuando llegó el momento de la verdad, de poner en marcha una bola que ya no podría parar, que nos aplastaría a todos, no fui capaz de hacerlo.

Niega con la cabeza.

—Las cosas como ésta no desaparecen sin más. —Da un paso hacia mí—. Acabará saliendo, antes o después. Averiguarán lo que hiciste.

Es como si alguien me estrujara el corazón. No podrán averiguarlo. Nadie podrá averiguarlo.

—Necesitaba que siguieras allí por los niños —afirma.

—Hice esto por los niños —replico. ¿Cómo se atreve a actuar como si yo no estuviera pensando en los niños? Lo único que he tenido en mente es a nuestra familia.

—¿Y ahora qué? ¿Qué será de los niños cuando nos condenen a los dos por espiar para Rusia?

Me siento como si no tuviera aire en los pulmones. Apoyo una mano en la pared para no perder el equilibrio. Espiar para Rusia. Espionaje. ¿Es eso lo que hice?

¿Qué sería de los niños? ¿Los enviarían a Rusia? ¿A un país que no conocen, con un idioma que no entienden, truncando todos sus sueños?

Estoy aterrorizada, pero también enfadada, furiosa con él, y es esta parte de mí la que acaba saliendo.

—Si te entregara, ¿qué sería de los niños? ¿Qué sería de nosotros?

—Es mejor que...

Doy un paso hacia delante.

—Perderíamos tu sueldo, a mí me despedirían y también perderíamos el mío. Perderíamos el seguro médico, la casa.

Parece hecho polvo, se queda blanco. Y me gusta. Me gusta verlo así, tan desesperado y abatido como lo estoy yo.

—Serían para toda la vida los hijos de un espía ruso. ¿Cómo les afectaría eso?

Se pasa la mano por el pelo otra vez. Se le ve inseguro. Muy distinto del Matt que conozco, tan imperturbable, siempre tan sereno y compuesto.

—No te atrevas a echarme la culpa —añado.

Parezco combativa, soy combativa, pero en el fondo estoy aterrorizada. Sus palabras vuelven a mí. «Necesitaba que siguieras allí por los niños.» «Necesitaba», pretérito imperfecto. No quería quitarles a su padre, pero ¿y si hice algo mucho peor?

Ocultar pruebas intencionalmente. Conspiración, espionaje: estaríamos hablando de todo esto. ¿Y si voy a la cárcel por ello?

—Tienes razón —admite. Lo miro sorprendida: está asintiendo. A su cara ha vuelto la confianza. Y también la determinación. Como si supiera lo que tiene que hacer—. Esto es culpa mía. Tengo que arreglarlo.

Es justo lo que necesitaba oír. «Sí, arréglalo. Sácanos de ésta.» Noto que empiezo a sentir menos tensión en los hombros. Me ha aventado un salvavidas, justo cuando el ahogamiento parecía inevitable. Y ya estoy alargando la mano, ya me estoy aferrando a él.

Baja la voz y se echa hacia delante hasta que su cara está justo delante de la mía.

—Pero para hacerlo necesito que me lo cuentes todo. Que me digas qué averiguaste. Y cómo lo hiciste desaparecer exactamente.

7

Clavo la mirada en él. Me está pidiendo que comparta información clasificada. Que me convierta en la clase de persona a la que me he pasado toda mi carrera persiguiendo. Y él lo sabe. «Te está manipulando», me advierte una voz dentro de mí.

Sin embargo, no da la impresión de estar manipulándome. Parece tan sincero, tan desesperado... Intenta encontrar la manera de sacarnos de ésta. Algo que ahora mismo yo no sé cómo hacer. Y la verdad es que tiene sentido. Debo decirle lo que sé. Si no, ¿cómo va a poder hacer algo?

Ya crucé una línea que no debería haber cruzado: contarle que descubrí quién era. Eliminar el archivo. Pero ¿esto? ¿Explicarle exactamente lo que averigüé y lo que hice? En ese caso estaría revelando información sobre Athena, uno de los programas más confidenciales de la Agencia. Información que juré proteger. Trago saliva, la garganta tan tensa que casi me atraganto.

Necesito pensar. Necesito procesar si esto de verdad tiene sentido. Paso por delante de él, sin decir nada, y voy a la sala, donde Bella, envuelta en una manta, está viendo la tele. Me obligo a sonreír.

—¿Cómo estás, cariño?

Me mira y esboza una sonrisa, y de sonreír pasa deprisa a hacerse la enferma.

—Mala, mami.

La semana anterior me habría costado no reírme al ver el teatro, pero ahora me deja helada, porque está mintiendo, desde luego. Algo que a su padre se le da muy bien.

Sigo con la sonrisa en la cara.

—Lamento mucho que no te sientas bien —contesto. La miro un poco más y veo que centra la atención de nuevo en la pantalla. Estoy intentando dotar de cierto orden a mis pensamientos. Después veo a Matt, y le digo a Bella sin dejar de mirarlo—: Papi y yo vamos a salir a charlar.

—Bueno —farfulla, con los ojos fijos en el programa.

Salgo por la puerta principal, dejándola abierta. Matt me sigue, cierra al salir. Siento una cachetada de aire frío. Tendría que haberme puesto el abrigo. Me siento en el escalón de arriba del porche y me abrazo el cuerpo, me hago bolita.

—¿Quieres que te traiga el abrigo? —pregunta Matt.

—No.

Se sienta a mi lado, tan cerca que nos rozamos. Noto el calor que desprende, la presión de su rodilla contra la mía. Mira al frente.

—Sé que es pedir mucho, pero necesito tener más información si quieres que arregle esto.

«Manipulación.» Pero ¿lo es? No sé por qué recuerdo el día que nos comprometimos. Ese momento en el aeropuerto, nosotros dos. Toda esa gente a nuestro alrededor, dispersándose, con una sonrisa en la cara. Yo también tenía una sonrisa en la cara. Mirando ese anillo, viendo cómo reflejaba la luz, tan nuevo, tan puro, tan perfecto.

Entonces me doy cuenta de ello: me comprometí sin conocer a sus padres. Algo que era muy importante para mí. Y eso que se lo había dicho. Noté que se me borraba la sonrisa de la cara. Sentí su brazo rodeándome los hombros, alejándome, adentrándonos en el aeropuerto, yendo hacia nuestra puerta de embarque. Estábamos comprometidos, íbamos a Hawái, como él quería.

Al mismo tiempo, sin embargo, había organizado una pedida de mano perfecta. ¡En Hawái! Y tenía pensado sorprenderme con ella. Lo miré, vi la sinceridad escrita en su rostro, la felicidad y el entusiasmo, y le sonreí. Estaba siendo ridícula. Bueno, sí, Matt había cometido un error. Yo ni siquiera estaba completamente segura de haber mencionado que quería conocer a sus padres antes de comprometernos. Quizá no lo hice.

Sin embargo, las dudas nunca se despejaron del todo. A lo largo de todos esos días que pasamos en la playa, las excursiones a las cascadas, las cenas a la luz de las velas, la idea se me olvidó. Me había comprometido en un aeropuerto, delante de un montón de desconocidos, sin tan siquiera haber conocido a sus padres. No era eso lo que yo quería, de ninguna manera. «Pero tú lo animaste a pedírtelo, en ese preciso lugar y en ese preciso instante», me dije.

Llegó nuestra última mañana. Estábamos fuera, en el balconcito, sentados con grandes tazas de café, viendo cómo se mecían las palmeras, dejándonos acariciar por la cálida brisa.

—Sé que querías conocer a mis padres primero —dijo de repente.

Lo miré sorprendida. Así que lo había dicho, y él lo sabía.

—Pero soy yo, Viv. Sean quienes sean mis padres. —Me miró con tal vehemencia que me quedé desconcertada—. El pasado es el pasado.

«Se avergüenza de sus padres —pensé—. Le preocupa lo que yo pueda pensar de ellos. Lo que pueda pensar de él cuando los conozca. —Me miré el anillo—. Aun así, ¿qué hay de lo que yo quería?»

—Pero lo que hice estuvo mal —admitió. Lo miré, vi la sinceridad en sus ojos. El pesar, tanto pesar—. Lo siento.

Quería que las dudas se disiparan. Lo quería con toda mi alma. Matt había cometido un error. Lo había reconocido, se había disculpado. Pero lo cierto es que nunca se me olvidó por completo. Que supiera que yo quería conocer a sus padres primero, que se adelantara y me propusiera matrimonio igualmente. Tenía la sensación de que me había manipulado.

Sin embargo, ahora, cuando miro el anillo, ese diamante ya no brilla tanto como antes, en una mano que es mucho mayor. No es así. Tengo la sensación de que fue sincero.

Si ésos no eran sus verdaderos padres, ¿acaso no era más honrado que no los conociese antes de comprometernos? Quizá hubieran influido en lo que opinaba de él, lo que sentía por él. Y, a decir verdad, ¿no habría sido ésa la manipulación?

Volteo hacia él y me separo lo bastante para poder mirarlo con comodidad, de manera que pueda ver su expresión. Parece sincera, franca. La misma que tenía cuando me pidió que me casara con él. La misma que vi el día de nuestra boda, hace tantos años. Nos veo delante del sacerdote, en la vieja iglesia de piedra de Charlottesville, veo la mirada que puso cuando pronunció sus votos. Una sinceridad así no se puede fingir, ¿o acaso sí? Trago saliva a pesar de la opresión que noto en la garganta.

No lo sé. Lo cierto es que no sé si creerle o no, pero necesito que me eche una mano. Necesito ayuda. Me metí en un agujero y se ofreció a ayudarme a salir de él. Su pregunta sigue atormentándome: «¿Qué será de los niños cuando nos condenen a los dos por espiar para Rusia?». No puedo permitir que eso ocurra. Debo creer en él.

—Accedimos a la computadora de Yury —cuento, y decirlo me cuesta más de lo que pensaba.

Con cada sílaba que pronuncio tengo la sensación de que estoy cometiendo un delito. Estoy cometiendo un delito. Estoy revelando información clasificada, infringiendo la Ley de Espionaje. Muy poca gente en la Agencia está al tanto de lo que es capaz Athena, se trata de un programa sumamente restringido. La gente va a la cárcel por compartir esta clase de información.

—Estaba echando un vistazo y encontré una carpeta con cinco imágenes. —Lo miro—. La tuya era una de ellas.

Matt está mirando al frente. Asiente ligeramente.

—¿Sólo la foto? ¿Había algo más?

Hago un gesto negativo.

—No me topé con nada más.

—¿Encriptada?

—No.

Guarda silencio un instante y voltea para verme.

—Dime qué hiciste.

—La borré.

—¿Cómo?

—Ya sabes, di clic en Eliminar. La eliminé.

—¿Y después qué?

—Después la eliminé de la papelera de reciclaje.

—¿Y...? —pregunta con aspereza.

Trago saliva.

—Nada más, de momento. Sé que tengo que hacer algo, sobrescribir el disco duro, o algo por el estilo. Pero había gente cerca y no pude hacerlo.

Desvío la mirada, hacia la calle. Oigo un motor, un vehículo que se acerca. Sigo mirando la calle y lo veo, una camioneta naranja, el servicio de limpieza que utilizan muchos vecinos. Para delante de la casa de los Parker. Veo que tres mujeres con un chaleco naranja se bajan de la camioneta y sacan de atrás artículos de limpieza. Cuando están dentro y la puerta se cierra, en la calle vuelve a reinar el silencio.

—Quedará constancia de que lo eliminaste —afirma Matt—. Es imposible que no registren la actividad de los usuarios.

Veo que mi aliento cristaliza en el aire, en nubecitas. Eso ya lo sé, cómo no lo voy a saber. ¿Acaso no fui haciendo clic en pantallas que me advertían de que mis acciones quedan registradas? ¿En qué estaba pensando?

No pensaba. Ése es el problema. Sólo quería que aquello desapareciera.

Observo a Matt, que tiene la vista fija al frente, el ceño fruncido, con cara de estar muy concentrado. El silencio que nos rodea es denso.

—Bueno —dice finalmente. Me pone una mano en la rodilla, me la aprieta. Voltea para mirarme, las arrugas de la frente pronunciadas, la mirada empañada por la preocupación—. Te sacaré de ésta.

Se pone de pie, entra en casa. Yo me quedo sentada, temblando, recordando sus palabras. «Te sacaré de ésta.»

«Te sacaré.»

¿Por qué no habla en plural?

Sigo en el escalón unos minutos después cuando Matt vuelve con las llaves del coche en la mano. Se detiene a mi lado.

—Regresaré dentro de un rato —dice.

—¿Qué vas a hacer?

—No te preocupes por eso.

Podría marcharse. Subirse a un avión y volver a Rusia, dejarme para que sea yo quien se enfrente a las consecuencias. Pero él no haría eso, claro que no.

Sin embargo, ¿qué piensa hacer? ¿Y por qué no lo hizo desde un primer momento?

—Creo que tengo derecho a saberlo.

Empieza a caminar, va hacia su coche, estacionado delante.

—Cuanto menos sepas, mejor, Viv.

Me levanto.

—¿Qué se supone que significa eso?

Se detiene, voltea para mirarme y contesta en voz baja:

—El polígrafo, un juicio. Es mejor si desconoces los detalles.

Seguimos mirándonos el uno al otro. Parece preocupado. Enojado, incluso. Y me pone furiosa.

—¿Se puede saber por qué estás enojado conmigo?

Levanta las manos, las llaves del coche están tintineando.

—¿Que por qué? Porque si me hubieras hecho caso, no estaríamos metidos en este problema.

Nos miramos hechos una furia, el silencio casi es opresivo. Entonces niega con la cabeza, como si lo hubiera decepcionado. Veo que se va sin decir nada más. Mis emociones están agitadas, confusas, no tienen ningún sentido.

Celebramos nuestro primer aniversario en las Bahamas, cinco días tomando el sol con un sinfín de bebidas tropicales y alguno que otro baño en el océano para refrescarnos, donde no tardábamos en buscarnos, encontrando unos labios que sabían a ron y a sal.

La última noche que pasamos allí estábamos en un bar en la playa, un coctel en la arena con el techo de palma e hileras de lucecitas y cócteles con frutas. Estábamos sentados en unos taburetes descoloridos, lo bastante cerca como para que nuestras piernas se rozaran, su mano pudiera descansar en mi muslo, un tanto demasiado arriba. Recuerdo que escuchaba el sonido de las olas al romper, respiraba el aire salado, todo mi cuerpo acalorado.

—Dime... —empecé, pasando un dedo por la sombrillita que decoraba mi copa, formulando la pregunta a la que llevaba dando vueltas toda la noche, a la que había estado dando forma muy despacio, durante semanas, meses. Intenté encontrar la mejor manera de plantearla, y cuando no fui capaz la solté sin más—: ¿Cuándo deberíamos tener un hijo?

Matt prácticamente escupió en su copa. Me miró, los ojos abiertos como platos, rebosantes de amor, de sinceridad, de excitación. Luego, algo cambió, y su mirada se volvió más cautelosa. Miró hacia otro lado.

—Los hijos suponen dar un gran paso —contestó, e incluso con el aturdimiento provocado por el ron me sentí confusa: le encantaban los niños. Habíamos hablado de tenerlos. Dos con toda probabilidad, quizá tres.

—Llevamos casados un año —aduje.

—Todavía somos jóvenes.

Miré mi copa, algo rosa, y moví los cubitos de hielo medio derretidos con el popote. No era ésa la respuesta que esperaba. En absoluto.

—¿Qué pasa?

—Es sólo que creo que no hay prisa, ¿sabes? Podríamos esperar unos años, centrarnos en el trabajo.

—¿En el trabajo? —¿Desde cuándo quería que nos centráramos en el trabajo?

—Sí. —Rehuía mi mirada—. A ver, está el tuyo. —Bajó la voz, se inclinó hacia mí y esta vez me miró fijamente—: África. ¿De verdad es la parte del mundo en la que te quieres centrar?

Desvié la mirada. Estaba encantada de la vida con mi trabajo de contrainteligencia en la sección de África. Bastaba para tenerme ocupada, para hacer que mis días fueran interesantes. Tenía la sensación de que estaba aportando mi granito de arena, aunque no fuera gran cosa. Y eso era todo lo que quería. África no era tan importante como algunas de las otras secciones, pero a mí me daba lo mismo.

—Claro.

—Me refiero a si no sería más interesante trabajar en algo como... ¿Rusia?

Bebí un trago largo por el popote. Desde luego que sería más interesante. Y más estresante también. Habría que dedicarle más horas, eso seguro. Y había muchas personas trabajando en esa sección; ¿qué huella dejaría una única persona?

—Supongo que sí.

—Y quizá fuera mejor para tu carrera. Para ascender y demás.

¿Cuándo le habían importado los ascensos? ¿Y por qué pensaba que me importaban a mí? Si el dinero fuera mi objetivo, no me habría metido a trabajar para el gobierno. El calorcito que sentía estaba empezando a bajar un poco.

—Está claro que es cosa tuya, desde luego, cariño. Es tu trabajo. —Se encogió de hombros—. Sólo creo que serías más feliz si hicieras algo más..., importante, ¿sabes?

Esas palabras me hirieron. Era la primera vez que tenía la impresión de que mi trabajo no era lo bastante bueno para Matt. De que yo no era lo bastante buena.

Su expresión se suavizó, y puso una mano en la mía y me miró con gravedad. Como pidiendo disculpas, como si supiera que había herido mis sentimientos.

—Es sólo que... que ahí es donde ponen la mira los mejores analistas, ¿no? En Rusia.

¿A qué venía eso? Estaba muy confusa. Cierto que se trataba de una sección competitiva, muy codiciada, pero también tenía sus ventajas trabajar en una menos importante. Asegurarse de que no se escapaba nada, de que no se pasaba nada por alto. Poder ver la huella que estaba dejando.

—Eres una de esas personas que siempre quieren ser la mejor. Eso es lo que me gusta de ti.

¿Eso era lo que le gustaba de mí? El cumplido fue como una cachetada.

—Y probablemente sea más complicado hacer ese movimiento cuando tengamos hijos —continuó—. Así que quizá sea preferible que llegues a donde quieras llegar primero y después nos planteemos lo de los hijos. —Se puso a remover la copa con el popote al decirlo, evitando mirarme.

Me tomé lo que quedaba de la mía; el dulzor había desaparecido, ya sólo había amargor.

—Bueno —repuse, mientras me recorría un escalofrío.

En cuanto las luces traseras del coche de Matt dan la vuelta a la esquina y desaparecen, entro en la casa. Voy a ver cómo está Bella, que sigue delante de la televisión, y después al armario bajo la escalera. Tengo que ver qué hay en esa *laptop*.

Es un espacio reducido, lleno de cajas de plástico azul amontonadas. Jalo la cadena para prender la luz y miro al suelo, a la pequeña parte donde no hay cajas. Nada llama la atención. Me pongo de rodillas y voy palpando hasta que encuentro una tabla que está levantada ligeramente por un lado. Paso la mano por ella para intentar quitarla, pero no lo consigo.

Miro a mi alrededor y descubro un desarmador sobre una de las cajas de plástico. Lo utilizo para sacar la tabla haciendo palanca. Después miro dentro: algo refleja la luz. Meto la mano y saco una pequeña *laptop* plateada.

Me siento cruzando las piernas, alzo la tapa y la enciendo. Arranca deprisa, y veo una pantalla negra con una única barra blanca, un cursor que parpadea. No hay texto, pero está protegido con una contraseña; hasta ahí, todo claro.

Pruebo con las contraseñas habituales de Matt, las que utiliza para todo; varias combinaciones del nombre y la fecha de nacimiento de nuestros hijos. Después pruebo con la contraseña que utilizamos para las cuentas que tenemos en común. Nada. Claro que es normal. Pienso en otras combinaciones: «Alexander Lenkov. Mijaíl y Natalia. Volgogrado». Quién sabe en qué estaría pensando Matt cuando eligió la contraseña, eso si es que la eligió él. Lo que estoy haciendo no vale para nada.

Frustrada, cierro la *laptop* y dejo todo como lo encontré. Después voy a la sala para ver cómo sigue Bella.

—¿Te sientes bien, cariño? —le pregunto.

—Sí —farfulla, sin apartar los ojos de la televisión.

Me quedo un instante y subo a nuestro cuarto, me detengo en la puerta. Primero me acerco a la mesita de Matt. Abro el cajón, busco: recibos arrugados, algunas monedas, unos dibujos que le hizo Bella. Nada ni remotamente sospechoso. Miro debajo de la cama, saco una caja de plástico. Está llena de su ropa de verano: trajes de baño, shorts, camisetas. La cierro y la vuelvo a meter debajo.

Abro el primer cajón de su cómoda. Revuelvo el montón de calzones, la pila de calcetines, buscando algo que me llame la atención. Hago lo mismo con el segundo cajón, y con el siguiente. Nada.

Voy al closet. Paso la mano por sus ganchos: playeras, camisas, pantalones. Ni siquiera estoy segura de qué estoy buscando. Algo que demuestre que no es la persona que creo que es; o que no exista ese algo. ¿Bastaría para demostrar que Matt es quien creo que es?

Arriba, en la repisa, hay una vieja bolsa de deporte. La alcanzo, la bajo y la dejo en la alfombra. Abro el cierre y busco: un montón de corbatas —que hace años que no utiliza— y algunas gorras de beisbol viejas. Abro todos los bolsillos y los reviso. No hay nada.

Pongo la bolsa en su sitio y bajo una pila de cajas de zapatos; me arrodillo en la alfombra con ellas. La primera está llena de facturas antiguas. La segunda, de recibos. En la tercera están sus zapatos de vestir, relucientes y negros. Me acuclillo con la caja en el regazo. ¿Qué estoy haciendo? ¿Cómo llegué a esto?

Estoy a punto de ponerle la tapa cuando algo me llama la atención. Algo negro dentro de uno de los zapatos. Sé lo que es antes incluso de tomarla.

Un arma.

La saco por la culata y la miro. La corredera metálica negra, el gatillo ancho. Una Glock. Deslizo la corredera, veo latón dentro.

Está cargada.

Matt guarda un arma cargada en nuestro closet.

Oigo que Bella me llama. Con manos temblorosas, meto la pistola en el zapato, pongo la tapa y regreso las cajas de zapatos al estante. Les echo un último vistazo, apago la luz y bajo.

Matt vuelve tres horas después. Entra agitado, se quita la chamarra, me sonríe a modo de disculpa, incómodo. Luego se me acerca y me abraza.

—Lo siento —me dice, la boca contra mi pelo. Viene con frío de fuera; tiene las manos y las mejillas heladas. Me estremezco—. No debí haber dicho lo que dije. No es justo que me desquite contigo cuando esto es culpa mía.

Me separo y lo miro. Parece un desconocido, tengo la sensación de que es un desconocido. Lo único que veo es esa pistola en el vestidor.

—¿Hiciste lo que tenías que hacer?

Baja las manos y voltea, pero no antes de que vea la expresión de su cara: tensa.

—Sí.

—Entonces..., ¿todo en orden?

Vuelvo a ver el arma. Ya hace unas horas de eso, y sigo sin saber qué pensar. ¿Es la prueba de que Matt no es quien yo creo que es? ¿De que es peligroso? ¿O es un modo de protegernos, de proteger a su familia de las personas que de verdad son peligrosas?

Está muy callado, de espaldas a mí. Veo que sus hombros suben y bajan, como si hubiera respirado hondo y echado el aire.

—Eso espero.

A la mañana siguiente, cuando llego a mi mesa veo que la lucecita roja de mi teléfono parpadea: el buzón de voz. Reviso las llamadas: tres de Omar, dos de ayer y una de esta mañana. Cierro los ojos. Sabía que esto pasaría, lo sabía. O al menos debería haberlo sabido si hubiera pensado bien las cosas.

Tomo el teléfono y marco su número. Necesito terminar con esto.

—Vivian —dice al contestar.

—Omar. Lo siento, acabo de ver las llamadas. Ayer me fui pronto, llegué hace un minuto.

—No te preocupes. —Hay una pausa.

—A ver, la computadora de Yury. —Me clavo las uñas en la palma de la mano—. No parece muy prometedor. Me temo que no hay nada.

Odio esto, tener que mentirle. Me acuerdo de una imagen de nosotros dos, hace tantos años, desanimados cuando el Buró rechazó su plan operativo, comentándolo. Y las demás veces, en O'Neill's y en la oficina, o incluso en nuestras respectivas casas, compartiendo nuestra frustración al no ser capaces de encontrar nada que valiera la pena. Nuestra convicción de que los agentes encubiertos constituyen una amenaza seria y nosotros no podemos hacer nada para detenerla. Una amistad cimentada sobre una sensación de inutilidad compartida. Y ahora que por fin tengo algo, no me queda más remedio que mentirle.

Guarda silencio al otro lado de la línea.

Cierro los ojos, como si de algún modo así fuera más fácil mentir.

—Evidentemente, tenemos que esperar a que todo se haya traducido y analizado, pero por el momento no he encontrado nada interesante. —Por extraño que pudiera parecer, mi voz suena bastante segura.

Otra pausa.

—¿Nada?

Me clavo más las uñas.

—Siempre cabe la posibilidad de que haya algo oculto en los archivos, esteganografía o algo por el estilo. Pero por el momento no he encontrado nada.

—Tú siempre encuentras algo.

Ahora me toca a mí hacer la pausa. La decepción la entiendo, pero hay algo más. Algo inquietante.

—Sí.

—Con los otros cuatro. Encontraste algo en cada uno. Lo bastante como para que mereciera la pena pedir una traducción urgente.

—Lo sé.

—Pero con éste nada. —Es una afirmación, no una pregunta. Y percibo en su voz un tono de escepticismo inequívoco. Me noto el corazón desbocado.

—Pues no —contesto, esforzándome para que no me tiemble la voz—, todavía no encuentro nada.

—Mmm —replica—. No es eso lo que dijo Peter.

Es como si me hubieran dado un puñetazo en el estómago y me hubiera quedado sin aire. Tienen que ser las imágenes. Encontró las imágenes. Sea lo que fuere que hizo Matt, no bastó. Y, de pronto, me doy cuenta de que hay alguien detrás de mí. Volteo y es Peter. De pie, en silencio, mirándome. Escuchando.

—No sabía que había encontrado algo —afirmo al teléfono, sin dejar de mirar a Peter, permitiendo que oiga lo que digo. Me noto la boca muy seca.

Peter asiente, imposible descifrar la expresión de su cara.

Omar está hablando, dice algo de pasar por la central, de una reunión, pero no escucho las palabras. El cerebro trabaja a toda velocidad. ¿Encontró Peter la foto de Matt? Imposible, porque de ser así ya habría acudido a Seguridad. ¿Vio que eliminé el archivo? Una vez más, habría ido a Seguridad. No estaría aquí, hablando conmigo.

—Vivian...

Sorprendida, intento centrarme en la conversación, escucho la voz de Omar.

—¿Nos vemos luego?

—Sí —musito—. Nos vemos luego.

Cuelgo y uno las manos en el regazo para que Peter no vea que me tiemblan. Después volteo y espero a que diga algo, porque yo soy incapaz de hacerlo.

—Estabas llamando por teléfono antes de que pudiera hablar contigo. Entré a Athena esta mañana para echar un vistazo. Supuse que no te vendría mal una ayuda, alguien que te aligerara la carga.

Por Dios, debí haber imaginado que lo haría.

—Encontré un archivo. Lo habían eliminado.

Mis hijos. Voy viendo a cada uno de ellos: sus sonrisas, sus miradas dichosas, inocentes.

—... llamado «Amigos»...

Luke es lo bastante mayor para entenderlo. ¿Cuántas veces le hemos dicho que no mienta? Y ahora sabrá que toda la vida de su padre, el matrimonio de sus padres, todo era mentira.

—... cinco fotos...

Y Bella. Bella adora a Matt, es su héroe. ¿Cómo le afectará esto?

—... reunión a las diez con el Buró...

Chase y Caleb. Son demasiado pequeños para entenderlo, demasiado pequeños para conservar recuerdos de su familia antes de que pasara esto.

—... estará Omar...

Omar. Omar conoce a Matt. Yo los presenté, cuando Omar y yo empezamos a pasar demasiado tiempo juntos. Ha estado en nuestra casa, nosotros en la suya. Quizá Peter no lo reconocería, pero Omar sí. Y, en cualquier caso, si estoy en la habitación cuando enseñen su imagen...

Necesito fingir. Hacerme la sorprendida.

—¿Vivian?

Me sobresalto. Peter me está mirando mientras enarca las cejas.

—Lo siento —digo—. ¿Qué?

—¿Estarás? ¿En la reunión?

—Sí. Sí, claro.

Vacila un instante, tiene cara de preocupación. Luego se marcha, vuelve a su despacho. Clavo la vista en la pantalla, intentando recordar cómo me sentí al ver la cara de Matt, porque voy a tener que poner esa expresión exactamente: incredulidad, confusión, miedo.

Lo que pensé después: lo abordaron.

Podría pedir ver el archivo ahora, fingir que es la primera vez que lo veo, delante de Peter. Pero sería mejor dejar que viera mi reacción más gente, que me vieran procesar las emociones.

Si es que lo puedo hacer de manera convincente.

«Si es que», no, cuando lo pueda hacer de manera convincente. Tengo que hacerlo de manera convincente. Porque si les doy la más mínima impresión de que ya lo sabía, no tardarán mucho en darse cuenta de que no fue Yury quien eliminó el archivo.

Sino que fui yo.

Peter vuelve a las cinco para las diez. Caminamos por el pasillo juntos, rumbo a las dependencias que albergan las oficinas ejecutivas del CIC, el Centro de Contrainteligencia.

—¿Te sientes bien, Vivian? —me pregunta mientras vamos caminando, mirándome por encima de los lentes.

—Sí —contesto. Mentalmente ya estoy en la sala de reuniones, viendo la imagen de Matt.

—Si necesitas más tiempo libre, pasar más tiempo con Caleb...

Niego con la cabeza; ahora mismo no me saldrían las palabras. Debería haber hecho lo que dijo Matt. Debería haberlo entregado. De todas formas, lo van a descubrir, y ahora yo también estoy metida en un lío. ¿Por qué no le hice caso?

Entramos, y la secretaria nos acompaña a la sala de reuniones. Ya he estado aquí unas cuantas veces, y cada una es igual de intimidadora que la última. Más oscura de lo necesario, una mesa de madera que brilla demasiado, sillas de piel muy caras. Cuatro relojes en la pared: Washington, Moscú, Beijing, Teherán.

Omar está en la mesa, junto con otros dos tipos trajeados del Buró. Sus jefes, creo. Me saluda con una inclinación, pero no con su sonrisa habitual. Tan sólo ese gesto, sin apartar los ojos de mí.

Me siento al otro lado de la mesa y me dispongo a esperar. Peter se acerca a la computadora, la enciende y veo que la gran pantalla de la pared cobra vida. Lo veo ir hasta Athena, abrir el programa, y clavo la vista en el reloj, el que refleja la hora local. Veo cómo da la vuelta el segundero, me concentro en eso, porque sé que si pienso en Matt, en los niños, me vendré abajo. Todo se vendrá abajo y no conseguiré salvar la situación. Y tengo que salvar la situación.

Tina entra instantes después, seguida de Nick, el jefe del CIC para Rusia, y dos asistentes, ambos con un traje negro. Saluda a cada uno de los que ocupamos la habitación y se sienta a la cabecera de la mesa, en la cara una expresión desagradable. Desagradable e intimidatoria.

—De manera que estamos en la *laptop* número cinco —observa—. Confío en que hayamos tenido más suerte con ésta que con las otras cuatro. —Sus ojos escudriñan la sala y se detienen en Peter, que se aclara la garganta.

—Sí, señora —dice, y señala la pantalla, la página de inicio de Athena.

Hace clic dos veces en el icono con el nombre de Yury, e instantes después veo el espejo del portátil de Yury, las burbujas azules, tan familiares a estas alturas. Mis ojos van a la última hilera de iconos, allí donde debería estar la carpeta y no está.

Peter está hablando, pero no escucho las palabras. Estoy concentrada en cómo me haré la sorprendida, intentando parecer impasible, porque sé que Omar me está observando. Veo que la pantalla se convierte en cadenas de caracteres: el programa de recuperación de datos en funcionamiento. Instantes después reaparece la carpeta «Amigos».

Se acabó. La vida que llevo y conozco se terminó.

Intento olvidar la cara de los niños. Respirar por la nariz, inspirar, espirar.

Hace clic dos veces y veo el listado de cinco imágenes. Mueve el cursor hasta la parte superior, cambia el modo de visualización de texto a iconos de gran tamaño. De pronto, aparecen cinco rostros en la pantalla. Soy vagamente consciente de los lentes redondos del primero, el vivo pelo rojo del segundo. Pero mis ojos se centran en el tercero, en Matt.

Sólo que ya no es Matt.

8

Es alguien que se parece a Matt. Por lo menos un poco: cabello y ojos oscuros, sonrisa franca. Y desde luego tiene un aire a la foto de Matt que estaba en este sitio, con un archivo con este mismo nombre. La misma inclinación de cabeza, la misma distancia a la cámara, el mismo fondo. Sin embargo, los rasgos son claramente distintos. Es una persona distinta. No es mi marido.

Parpadeo. Una, dos veces. No doy crédito a mis ojos. Después, poco a poco, la sensación pasa a ser de alivio. Un alivio abrumador, de lo más estimulante. Fue cosa de Matt. Él lo arregló, como dijo que haría. No sé cómo lo hizo, pero su imagen ha desaparecido. Nuestra familia sigue intacta.

Estamos a salvo.

Cuando por fin logro apartar los ojos de la foto, miro a la izquierda, a la primera y segunda imagen, el hombre de los lentes redondos, la mujer pelirroja. Y me quedo sin aliento: el hombre tiene unos rasgos más marcados que ayer, una mandíbula más cuadrada. La mujer tiene los pómulos más altos, la frente más ancha. Ellos también son distintos.

Miro a la derecha, a las dos últimas imágenes, la mujer de tez blanca y el hombre con el pelo de punta, aunque ya sé lo que voy a ver. Rasgos similares, ángulos de cámara similares, pero no las mismas personas de ayer.

Dios mío.

Matt era una cosa, pero ¿otros cuatro agentes encubiertos?

Siento una opresión en el pecho, una presión aplastante. Y no sé por qué. Eliminé las otras cuatro fotos cuando eliminé la de Matt. Estaba dispuesta a ocultarlas para proteger a mi marido, entonces ¿por qué me preocupa ahora ver que son otras imágenes? ¿Por qué es esto distinto?

Unas voces se abren paso entre la bruma de mi interior. Una conversación, Tina y Peter. Si éstos son de verdad agentes encubiertos. Miro de nuevo, procuro centrarme.

—Pero el archivo no está encriptado —aduce Tina.

—Cierto, y según toda la información que tenemos debería estarlo —responde Peter—. Sin embargo, alguien lo eliminó.

Tina ladea la cabeza, el ceño fruncido.

—¿Un error por parte de Yury?

Peter asiente.

—Podría ser. Alguien subió sin querer el archivo o el encriptado falló o algo por el estilo, y la respuesta de Yury fue eliminarlo.

—Sin darse cuenta de que seguiría ahí —añade Tina.

—Exacto.

—Y de que nosotros lo encontraríamos.

Peter asiente de nuevo.

Ella se lleva el índice a la boca, el rojo vivo del esmalte de uñas reflejando la luz. Se da un golpecito, dos. Luego mira a los representantes del Buró, los tres agentes sentados en fila, con traje oscuro, las manos entrelazadas.

—¿Alguna idea?

El de en medio carraspea y dice:

—Parece sensato considerar que es una pista que nos llevará hasta agentes encubiertos rusos.

—Coincido con usted.

—Haremos cuanto esté en nuestras manos para identificar a esos individuos, señora.

Tina asiente con sequedad.

La cabeza me estalla. Éstos no son agentes encubiertos. Es posible que ni siquiera sean personas reales. Collages de individuos modificados por medios informáticos, pistas que el Buró seguirá para nada.

Y en último término la responsable soy yo. Revelé información clasificada. Lo hice para proteger a mi familia, sí, pero ahora hemos perdido la información que teníamos para averiguar la identidad de otros cuatro agentes rusos. Aprieto el brazo de la silla, de pronto mareada. ¿Qué hice?

Más conversación. Intento centrarme con todas mis fuerzas, oigo el nombre de Yury.

—... en Moscú —dice Peter.

—¿Sabemos dónde en Moscú? —inquiere Tina.

—No. Desde luego asignaremos recursos adicionales a lo largo de los próximos días para encontrarlo.

—¿La computadora? ¿Sabemos algo de la ubicación?

—No. No la ha utilizado para conectarse a internet.

«Está aquí», exclamo mentalmente. En Estados Unidos, en la zona metropolitana. Con papeles falsos. Pasándose por la plaza de un banco del noroeste cada pocos meses, o cuando mi marido se lo indica. Aprieto la mandíbula, y cuando levanto la mirada veo que Omar me está observando. Fijamente, sin sonreír. El resto de la conversación se desvanece, hasta que todo cuanto oigo es la sangre martillándome los oídos.

Tan pronto como termina la reunión salgo al pasillo, intentando volver a toda prisa a mi mesa, pero Omar me alcanza, casi al trote para lograrlo. Noto el corazón desbocado. No sé qué le voy a decir, qué me va a decir él, cómo voy a poder responder a sus preguntas.

—¿Te encuentras bien, Vivian?

Volteo y lo veo preocupado, o quizá finja estarlo. De repente siento la boca muy seca.

—Sí. Es sólo que tengo muchas cosas en la cabeza ahora mismo.

113

Unos pasos más, aún a la par, y llegamos al elevador. Aprieto el botón, veo cómo se ilumina, confío en que no tarde en llegar.

—¿Cosas de casa? —inquiere. Su forma de decirlo, esa mirada cuidadosamente inexpresiva, me recuerda a un interrogatorio, una de esas primeras preguntas inofensivas cuya finalidad es empatizar... o tender una trampa.

Desvío la mirada, la fijo en las puertas del elevador, cerradas.

—Sí. Bella ha estado enferma, Caleb ha estado yendo al médico... —Dejo la frase sin terminar, preguntándome irracionalmente si no estaré comprometiendo su salud con estas mentiras. El karma y demás.

Con el rabillo del ojo veo que él también mira al frente.

—Lo siento. —A continuación me mira de soslayo—. Somos amigos, no lo olvides. Si alguna vez necesitas algo, lo que sea...

Asiento deprisa y observo los números que están sobre el elevador. Veo cómo se van iluminando uno detrás de otro, pero despacio, demasiado despacio. ¿Qué ha querido decir con eso? ¿Si alguna vez necesito algo, lo que sea? Estamos uno al lado del otro, esperando.

Al final se oye un sonido metálico y las puertas se abren. Entro y Omar me sigue. Aprieto el botón de mi piso y lo miro de reojo. Debería decir algo, sacar algún tema de conversación. No podemos ir en el elevador en silencio, no sería normal. Intento pensar qué decir cuando se me adelanta:

—Hay un espía infiltrado, ¿sabes?

—¿Qué?

Me está mirando.

—Un espía. En el CIC.

¿Por qué me dice esto? ¿Es que sospechan de mí? Hago un esfuerzo por parecer impasible.

—No lo sabía.

Asiente.

—El Buró está investigando a alguien.

114

Pero no es posible que sea yo. ¿Cuál es la respuesta apropiada?

—Qué disparate.

—Sí.

Se calla, y no sé qué decir a continuación. En medio de ese silencio estoy segura de que Omar oye cómo me late el corazón.

—Quiero que sepas que te defendí —afirma, hablando deprisa y en voz baja—. Dije que eras mi amiga y que tú no harías esto de ninguna manera. Que no deberías ser una prioridad en la investigación.

El movimiento cesa. No respiro. Estoy paralizada. Las puertas del elevador se abren.

—Pero está pasando algo, lo veo. —Baja la voz—. Y al final acabarán investigándote.

Me obligo a mirarlo. Parece preocupado, y comprensivo, y por algún motivo eso me resulta casi más inquietante que la mera sospecha. Lleva la mano a un lado, tapando los sensores para que no se cierren las puertas. Salgo del elevador, esperando que me siga. Cuando me doy cuenta de que no lo hace, volteo. Sus ojos me atraviesan.

—Si tienes algún problema —dice al mismo tiempo que retira la mano, permitiendo que las puertas comiencen a cerrarse—, ya sabes dónde estoy.

El resto del día se vuelve borroso. En nuestros cubículos la actividad es frenética, todo el mundo habla de las cinco imágenes, de cuál es la mejor forma de encontrar a Yury, estrategias sobre cómo llegar a su contacto, al escurridizo jefe. Y yo lo único que quiero es que todo eso desaparezca sin más. Tener tiempo para pensar, tiempo para procesar todo lo que acaba de ocurrir.

La conversación con Omar, para empezar. ¿Por qué me advirtió que hay un espía? ¿Y por qué actuó como si sospechara que mi integridad está comprometida? Si piensa que yo soy el agente doble, ¿por qué se interpone entre mi persona y la investigación?

No tiene ningún sentido.

Por otro lado, están Matt y las fotos. No sé cómo lo hizo. En teoría, no tenía acceso a la computadora de Yury. Parece más probable que hablara con el propio Yury. Pero Matt no me traicionaría así, creo. Prometió no contarlo nunca.

Me invade una sensación de pesadez. De oscuridad. Las cinco imágenes modificadas. Si el objetivo era proteger a nuestra familia, sólo tenía que cambiar la suya. Modificando las cinco hizo algo más que proteger a nuestra familia: protegió el programa de agentes encubiertos.

Me fijo en la fotografía del rincón de mi mesa, la de nuestra boda. Miro a Matt a los ojos hasta que su mirada casi me parece insultante. «¿Estás intentando hacer lo mejor para nosotros? —pienso—. ¿O para ellos?»

Descubrí que estaba embarazada dos meses después de dar el salto a la sección de Rusia de contrainteligencia. Recuerdo estar sentada en el borde de la tina, mientras miraba la pequeña tira, la línea azul que se iba volviendo más oscura poco a poco, la comparaba con el dibujo de la caja, y experimentaba oleadas de incredulidad y entusiasmo.

Tenía un montón de ideas simpáticas para darle la noticia a Matt, cosas que había oído, leído en internet, que había ido guardando en la memoria a lo largo de los años. Pero al ver esa rayita, al saber que llevaba en mi vientre a un niño, a nuestro hijo, no pude esperar. Salí atropelladamente del baño. Matt estaba en el closet, abrochándose la camisa. Vacilé un momento cuando lo tuve delante, pero después sostuve la tirita en alto, en la cara una sonrisa ancha.

Sus manos se detuvieron. Miró la tira y luego mi cara, y abrió mucho los ojos.

—¿Segura? —preguntó. Y, cuando asentí, en su cara se asomó la mayor sonrisa del mundo, una sonrisa que sabía que no olvidaría nunca.

Desde las Bahamas tenía miedo de que quizá no quisiera tener hijos tanto como yo pensaba, tanto como los quería yo. Sin embargo, esa sonrisa hizo que cualquier duda que pudiera albergar se disipara. Era de alegría pura y dura. Nunca lo había visto tan feliz.

—Vamos a tener un hijo —afirmó, y percibí en su voz el mismo asombro que sentía yo.

Hice un gesto afirmativo, y se acercó a mí, me abrazó, me besó como si de pronto yo fuera algo frágil, y sentí que el corazón se me hinchaba como un globo, que amenazaba con salírseme del pecho.

Me pasé el día trabajando en un estupor feliz, me sorprendía con la vista fija en la pantalla de la computadora horas y horas, la misma página, sin ver nada. Cuando nadie miraba, abrí el manual del empleado online y fui a la sección que se ocupaba de la licencia por maternidad y después a la de las excedencias. Di a Imprimir y metí las hojas en la bolsa.

Salí del trabajo pronto y disfruté de una agradable cena con Matt, que preparó él. Debió de preguntarme media docena de veces cómo me sentía y si necesitaba algo. Después me puse unos pants, saqué las páginas del manual y me las llevé al sillón, con Matt, que saltaba de programa en programa en el DVR. Paró un momento, miró las hojas y luego me miró a mí. No fui capaz de interpretar la expresión de su cara.

Se decidió por un programa, uno de esos concursos de cocina, y yo lo vi con él, acurrucada a su lado, apoyada en su pecho. Cuando casi había terminado, cuando todos los concursantes estaban alineados delante de la mesa de los jueces, lo puso en pausa.

—Necesitamos una casa —aseguró.

—¿Qué? —Escuché lo que dijo, pero la noticia era tan inesperada que necesitaba oírla de nuevo para que tuviera sentido.

—Una casa. No podemos criar a un niño aquí.

Señaló el lugar en el que estábamos, el cuarto principal del departamento en el que vivíamos. Vi el salón, la cocina y el comedor de un solo vistazo. Nunca me había parecido tan pequeño.

Claro que, por otra parte, no estábamos atados. No teníamos sobre nosotros el peso de una hipoteca, vivíamos cerca de la ciudad. Yo nunca había sentido el impulso de comprar, y creo que él tampoco.

—Bueno, los primeros años... —empecé.

—Necesitamos espacio. Un jardín. Un barrio de verdad.

Parecía tan firme, tan preocupado... Y al final estaría bien tener todas esas cosas. Me encogí de hombros.

—Supongo que por buscar no perdemos nada.

A la semana siguiente teníamos a un agente inmobiliario, un hombre tímido con un cabello canoso ralo que yo miraba desde el asiento trasero de su auto durante los largos recorridos por los alrededores de Washington. Empezamos cerca de la ciudad, sin salirnos del presupuesto que manejábamos. Las casas eran pequeñas. Para arreglar, en su mayor parte. La cara que ponía Matt cuando las veíamos me decía que no le gustaban nada. Que no le gustaba ninguna. «Esa escalera no sería segura para los niños —alegaba—. Necesitamos más espacio. No caben unos columpios.» Siempre había algo.

Así que nos alejamos de la ciudad, donde las casas eran más grandes, pero no necesariamente mejores. O mejores, pero no más grandes. Después ampliamos el presupuesto. Pensé que de esa manera tendríamos opciones viables. Anticuadas quizá, lo cual sería frustrante, pero habitables. No dispondríamos de mucho espacio, pero podríamos arreglárnoslas. En las afueras, pero ninguno de los dos utilizaba el transporte público.

Sin embargo, en cada una de ellas Matt encontraba algo inaceptable: un descanso que sería peligroso para un niño que gateara, una parte trasera que daba a un riachuelo, ¿y si los niños se caían en él? Nunca lo había visto tan quisquilloso con nada.

—No encontraremos nada perfecto —advertí.

—Sólo quiero lo mejor para el niño. Para los otros niños que tengamos —contestó. Y me miró como diciendo: ¿no es eso lo que tú quieres?

Si el agente inmobiliario no hubiera sido tan paciente —y si no fuera a llevarse una suma tan elevada cuando por fin tomáramos una decisión—, juro que nos habría dejado. Pero seguíamos buscando. Subimos nuestro tope una vez más, miramos más lejos aún, zonas que eran medio urbanas, medio rurales. «Áreas residenciales», nos explicó el agente.

Matt empezó a parecer más interesado. Le gustaban las grandes casas de estilo colonial, los grandes jardines, los barrios llenos de niños que andaban en bicicleta. A mí me echaban para atrás los precios, lo lejos que estaban de la ciudad. «Tú piensa en lo bueno que será para los niños», razonó, ¿y cómo iba a discutir yo eso?

Entonces encontramos una: la distribución estupenda, anticuada, en una calle sin salida, con árboles en la parte de atrás. Por la cara que puso, supe que Matt pensaba que era perfecta, y a mí también me gustaba. Podía vernos criando allí a una familia. Y, aunque no lo admitiría nunca, estaba harta, más que harta, de buscar. Quería estar en casa, leyendo libros sobre niños. Esa noche decidimos que haríamos una oferta.

A la mañana siguiente cuando bajé vi que Matt tenía la *laptop* abierta. Su cara me dijo que pasaba algo. Daba la impresión de no haber dormido.

—Las escuelas —explicó—. Son horribles. —Me situé tras él para echar un vistazo y vi la clasificación en la pantalla. Tenía razón: eran malos—. Necesitamos buenas escuelas —aseguró.

Se centró de nuevo en la pantalla. Minimizó esa ventana y apareció otra: una casa. Pequeña, bastante insulsa, como las que veíamos cuando empezamos a buscar.

—Está en Bethesda —contó—. Todas las escuelas son de diez. —Sonaba entusiasmado, igual que cuando habíamos entrado en la casa de estilo colonial perfecta—. Ésta es nuestra casa, Viv.

—Es pequeña. No te gustaban nada las casas pequeñas.

—Lo sé. —Se encogió de hombros—. No tendremos mucho espacio, ni el jardín más grande. No tendré todo lo que quería. Pero las escuelas son impresionantes. Valdrá la pena, por los niños.

Miré con más atención.

—¿Ya viste el precio?

—Sí, no es mucho más alto que el de la última, la que estábamos dispuestos a comprar.

Notaba que el corazón me daba volteretas. ¿No mucho más? Eran casi cincuenta mil dólares más. Y la última casa ya sobrepasaba con creces nuestro presupuesto, y nuestro presupuesto ya se había disparado mucho más de lo que yo pensaba que nos podíamos permitir. No podíamos comprarnos esa casa, de ninguna manera.

—Nos la podemos permitir —aseguró Matt, como si me leyera el pensamiento. Abrió otra pantalla, una hoja de cálculo—. ¿Ves? —Era un presupuesto. Lo había presupuestado todo—. Pronto me darán un aumento, y a ti te subirán el sueldo todos los años, y acabarás ascendiendo. Podremos arreglárnoslas.

Mi respiración casi era entrecortada.

—Sólo nos las arreglaremos si yo sigo en el trabajo.

Se hizo un silencio extraño.

—¿Lo quieres dejar?

—No. Dejarlo no. Quizá pedir una licencia...

Supongo que era algo de lo que no habíamos hablado. Sencillamente di por sentado que me quedaría en casa algún tiempo. Y di por sentado que era algo que él también quería. Tanto su madre como la mía habían estado en casa cuando nosotros éramos pequeños. No teníamos a la familia cerca. Y no estábamos dispuestos a llevar al niño a una guardería, eso seguro.

—Tú no eres de las que se quedan en casa, ¿verdad? —quiso saber.

«¿De las que se quedan en casa?» ¿Qué se suponía que significaba eso?

—No estoy hablando de quedarme en casa para siempre. —Era como revivir aquel día en la playa, la sensación de que no era lo bastante buena, de que Matt creía que se había casado con alguien mejor—. Sólo durante un tiempo.

—Pero te encanta tu trabajo.

No me encantaba, ya no. No desde que había pasado a la sección de Rusia. No me gustaban el estrés, la cantidad de horas que trabajaba, la sensación de que por mucho que trabajaba no sacaba nada en limpio. Y sabía que me gustaría menos aún cuando hubiera un niño de por medio.

—Me encanta la idea de aportar mi granito de arena, pero desde que empecé a trabajar en Rusia...

—Tienes el mejor trabajo de la Agencia, ¿no es verdad? El que todo el mundo quiere.

Vacilé.

—Es una buena sección, sí.

—¿Y estarías dispuesta a dejarla para pasarte en casa el día entero con un niño?

Lo miré fijamente.

—Con nuestro hijo. Y sí, es posible. No lo sé.

En la habitación volvió a instalarse ese silencio extraño.

—Si no trabajas, ¿cómo ahorraremos para la universidad? ¿Cómo viajaremos con los niños, cómo haremos esa clase de cosas? —preguntó.

Por primera vez desde que la prueba de embarazo había dado positivo empecé a sentir náuseas. Antes de que pudiera decir nada, Matt añadió:

—Viv, todas las escuelas son de diez. ¡De diez! ¿No sería estupendo? —Alargó el brazo y me puso una mano en el vientre al mismo tiempo que me dirigía una mirada elocuente—. Yo sólo quiero hacer lo mejor para nuestro hijo. —Y en el silencio que siguió quedó suspendida la pregunta tácita: «¿Tú no?».

Naturalmente que yo quería eso mismo. ¿Por qué ya estaba teniendo la sensación de que no era una madre lo bastante buena? Miré la pantalla de nuevo. Volvía a estar la casa. La casa que ya parecía una carga, y ni siquiera la habíamos visto. Cuando hablé, lo hice con voz ahogada:

—Vamos a verla.

Esa noche llego a casa más tarde que de costumbre, y los veo a todos sentados a la mesa de la cocina nada más entrar; los restos de espagueti con albóndigas en vivos tazones de plástico y en el plato de las periqueras.

—¡Mami! —exclama Bella, y al mismo tiempo Luke dice:

—Hola, mamá.

Los gemelos están sin camiseta, tienen toda la cara llena de salsa de tomate, con trocitos de pasta pegados en sitios inverosímiles: en la frente, los hombros, el pelo. Matt me sonríe, como si todo fuera normal, como si nada de esto hubiera pasado, luego se levanta, va a la cocina y me sirve la cena en un plato.

Dejo el abrigo y la bolsa al lado de la puerta y entro en la cocina, obligándome a sonreír. Beso a Bella, luego a Luke. Saludo con la mano a los gemelos, uno a cada lado de la mesa. Chase me sonríe enseñando los dientes y golpea el plato, haciendo que varias gotas de salsa salgan volando. Aparto mi silla y me siento cuando Matt me pone delante el plato de pasta. Se sienta frente a mí y lo miro, notando que mi expresión se endurece.

—Gracias —digo.

—¿Todo está bien? —pregunta cauteloso.

Evito la pregunta, volteo hacia Bella.

—¿Cómo te sientes, cariño?

—Mejor.

—Bien.

Miro un instante a Matt. Me está observando. Centro la atención en Luke.

—¿Cómo te fue en la escuela?

—Muy bien.

Intento pensar en algo más que preguntarle, algo concreto. Sobre un examen o una de esas actividades en las que un niño lleva un objeto a clase y habla de él o algo por el estilo, pero no sé qué preguntar. Así que me limito a comer espagueti tibio, cuidándome muy mucho de no mirar a Matt a los ojos.

—¿Está todo bien? —pregunta de nuevo.

Mastico despacio.

—Pensé que no, pero todo está bien, estupendamente —contesto, volviendo a mirarlo.

Lo entiende. Veo que lo entiende.

—Me alegra oír eso —replica.

Se hace una pausa incómoda, y es Bella quien al final rompe el silencio.

—Papi, ya terminé —indica. La miramos los dos.

—Espera hasta que mami también termine, cariño —le pide Matt.

Niego con la cabeza.

—Da lo mismo.

Vacila, y lo miro como diciendo «deja que se vaya. Que se vayan todos, para que podamos hablar».

—Está bien —me dice, y después se dirige a Bella—: Lleva el tazón al fregadero, por favor.

—¿Me puedo ir yo también, papá? —pregunta Luke.

—Claro, hijo.

Luke y Bella se levantan. Matt agarra unas toallitas húmedas y le limpia la cara y las manos a Chase. Como un poco más, mirando cómo limpia a Chase, lo saca de la periquera y lo deja en el suelo. Me mira de soslayo un instante antes de centrarse en la cara de Caleb. Al final dejo el tenedor en el plato. No tengo hambre; no quiero comer más.

—¿Cómo lo hiciste? —quiero saber.

—¿Cambiar las imágenes?

—Sí.

Ahora se está ocupando de las manos de Caleb, limpiando entre los deditos regordetes.

—Te dije que te sacaría de ésta.

—Sí, pero ¿cómo lo hiciste?

No responde, no me mira, sigue limpiando las manos de Caleb. Aprieto los dientes.

—¿Te importaría contestarme?

Saca a Caleb de la periquera y se sienta con él en su silla. Caleb se mete los dedos en la boca y empieza a chupárselos.

—Te expliqué que era mejor que no supieras los detalles.

—No me vengas con eso. ¿Fuiste tú o se lo dijiste a alguien?

Empieza a hacerle caballito a Caleb.

—Se lo dije a Yury.

Me quedo helada, es una puñalada trapera.

—Me aseguraste que no se lo dirías a nadie.

A su rostro asoma la confusión.

—¿Qué?

—Me prometiste que no se lo dirías a nadie.

Me mira sorprendido y después se da cuenta.

—No, Viv, prometí que no se lo diría nunca a las autoridades.

Me quedo mirándolo. Caleb se retuerce, se quiere zafar de Matt.

—Debía contárselo a Yury. No tenía otra opción —aduce. Caleb gimotea, ahora se retuerce con más ganas—. Ahora vuelvo —musita Matt, y sale de la cocina con Caleb en la cadera.

Me miro las manos, el anillo. ¿Así es como se siente uno cuando lo engañan? Cuando me casé con Matt, pensé que sería lo bastante afortunada para no sentirme nunca así. Ni en un millón de años me imaginaba que pudiera traicionarme. Apoyo la mano derecha en la izquierda, el anillo desaparece de mi vista.

Vuelve un instante después, solo. Se sienta de nuevo. Escucho los sonidos que llegan de la otra habitación: Luke y Bella jugando. Bajo la voz, me inclino hacia delante.

—Así que ahora los rusos saben que te di información clasificada.

—Yury lo sabe.

Niego con la cabeza.

—¿Cómo pudiste hacer eso?

—Si hubiera podido solucionarlo yo solo, lo habría hecho. Pero no podía. La única manera era acudiendo a Yury.

—¿Y cambiar todas las fotos, las cinco?

Se recarga en la silla, me mira.

—¿Qué es lo que quieres decir?

No le contesto. ¿Qué quiere que diga? ¿Que no estoy segura de que me sea leal?

—No habría pasado nada de esto si me hubieras entregado. —Me mira como si él fuera el traicionado.

Pero tiene razón. Y noto que parte de la ira que siento empieza a transformarse en sentimiento de culpa. Cierto, me dijo que lo entregara. No fue a ver a Yury de inmediato. Las fotos no cambiaron el primer día.

Si le preocupara más el programa que yo, habría hecho algo al respecto el primer día.

—Así que ahora todo está en orden, ¿no? —consigo decir.

Intento no pensar en la cara de los otros cuatro agentes encubiertos, en el hecho de que van a seguir ocultos, por mi culpa. «Fuiste tú quien eliminó el archivo, Viv. Quien eliminó primero las fotos.»

—¿Estamos a salvo?

Mira hacia otro lado, y antes de que diga nada sé que no lo estamos.

—La verdad es que no del todo.

No del todo. Me devano los sesos.

—Porque aún podrán saber que fui yo la que eliminó el archivo, ¿no? —Veo a Seguridad interrogándome, diciéndome que han descubierto que borré el archivo. Puedo decir que fue un accidente. Que no sabía que lo hice. Podría ser, y podría pasar a estar bajo sospecha, temporalmente. Pero al menos no encontrarán la foto de Matt.

—Sí —replica—. Pero no sólo eso. Athena registra la actividad del usuario.

¿Cómo es que conoce ese nombre, Athena? Estoy segura de que no lo mencioné nunca.

—Así que existe un registro de lo que viste con exactitud en la computadora de Yury, Viv. En teoría, alguien podría entrar y ver cuáles fueron tus movimientos en la computadora de Yury, ver los archivos que abriste.

—Podrían ver que abrí tu imagen.

—Sí.

—Así que tu foto sigue estando en el servidor, ¿no?

—Sí.

Lo que significa que también están las otras cuatro fotos. No sería demasiado tarde para poner las fotos auténticas en manos del FBI. Aún tengo una oportunidad para confesarlo todo, informar a la Agencia que hay otros cuatro agentes encubiertos, y también entregar a Matt. Hacer lo correcto.

Y no habrá sido nada. Quizá me puedan perdonar que eliminara el archivo. Un acto impulsivo de una esposa asustada.

Pero lo cierto es que no. Porque sólo hay una explicación para que esas cinco fotos hayan cambiado: les conté a los rusos detalles sobre un programa que es muy secreto. Cometí traición. Ya sólo eso me llevaría a la cárcel. El miedo hace que se me hiele la sangre en las venas.

Me acuerdo de Omar, su forma de mirarme estos dos últimos días. «Hay un espía en el CIC.» Si sospechan de mí, lo único que tienen que hacer para confirmar sus sospechas es echar un vistazo a ese servidor.

—Hay una forma de salir de ésta . Una forma de borrarlo. —Parece preocupado, reticente.

—¿Cómo? —pregunto, mi voz apenas es un susurro.

Se mete la mano en el bolsillo y saca una memoria USB. Un pequeño rectángulo de plástico negro. Lo sostiene en alto.

—Aquí hay un programa que borrará tu historial de los dos últimos días.

Lo miro. Eso eliminaría cualquier prueba de que di con la foto de Matt. No tendrían nada para declararme culpable. Para apartarme de mis hijos.

—El tuyo y el de todo el mundo —añade—. Hará que los servidores retrocedan dos días.

Lo miro. «Hará que los servidores retrocedan dos días.» Dos días de trabajo perdidos, para la Agencia entera, toda esa gente, todo ese trabajo.

Pero no es para tanto, dada la situación.

Mantendría a mi familia unida. Borraría la foto de Matt de una vez por todas. También borraría la foto de los otros cuatro agentes encubiertos, lo que no significa que quiera que los rusos lo usen. Eso no tengo ni que pensarlo. Permitiría que esos otros cuatro agentes encubiertos no fueran identificados a cambio de mantener unida a mi familia. Sé que está mal. Y siento que soy una traidora sólo por pensarlo. Pero estamos hablando de mis hijos.

—¿Y cómo lo piensan hacer? —pregunto—. ¿Lo conectarán sin más?

—Bueno, ésa es la cuestión. —Me mira—. Lo conectarás tú.

9

Deja la memoria USB en la mesa y me quedo mirándolo como si fuera algo que pudiera estallar.

—Con esto no puedo hacer nada. Las computadoras están modificadas. No hay puertos...

—Hay uno en la sala de acceso restringido.

Lo miro. ¿Mencioné alguna vez la sala de acceso restringido? Desde luego, no he dicho nada de las computadoras que hay en ella. Sin embargo, Matt tiene razón, eso seguro. Hay una computadora aparte que se utiliza para subir datos que se recaban sobre el terreno.

—Pero da lo mismo. La computadora está protegida con una contraseña. No tengo autorización...

—No importa. El programa se ejecuta solo. Únicamente hay que conectar la memoria.

La magnitud de lo que me pide me deja sin palabras.

—Me estás pidiendo que suba algo a la red informática de la Agencia.

—Borrará las pruebas que demuestran que eliminaste el archivo.

«También borrará las fotos. Las cinco.» Miro hacia otro lado y después digo lo que estoy pensando, aunque sé que no debería.

—Eres un agente ruso y me estás pidiendo que suba un programa a una red de la CIA.

—Soy tu marido y estoy intentando que no te metan en la cárcel.

—Pidiéndome que haga algo por lo que podrían encerrarme de por vida.

Estira el brazo y apoya una mano sobre la mía.

—Si descubren lo que hiciste, tal y como están las cosas pasarás mucho tiempo entre rejas.

Oigo a Bella en la otra habitación.

—¡No es justo! —dice gritando.

«Tienes razón —pienso, con la mirada clavada en la memoria USB—. No es justo. Nada de esto es justo.»

—¡Papi! —chilla—. ¡Luke hace trampa!

—¡No es verdad! —grita Luke.

Sigo mirando la memoria. Noto que Matt me observa. Ninguno de los dos piensa levantarse para ir a poner paz a la otra habitación. Los niños continúan discutiendo, pero ahora ya no gritan. Cuando su conversación vuelve a la normalidad, me zafo de Matt y entrelazo las manos.

—Dime, ¿qué contiene de verdad? ¿Algo que permitirá que los rusos entren en nuestros sistemas?

—No. Para nada. Te juro que es sólo un programa que reseteará los servidores y los dejará como estaban hace dos días.

—¿Cómo lo sabes?

—Ya lo comprobé. Ejecuté una prueba de diagnóstico, y es todo lo que hay.

«¿Y por qué iba yo a creerte?» No lo digo, pero no es necesario. Estoy segura de que se me ve en la cara.

—Si no lo haces, irás a la cárcel. —Parece completamente sincero, franco. Y también asustado—. De esta forma te libras.

Vuelvo a mirar la memoria USB, deseando que desaparezca, deseando que todo esto pudiera desaparecer. Tengo la sensación de que estoy cayendo en un pozo sin fondo, y no soy capaz de frenar la caída. ¿De verdad podría hacer esto?

Levanto la vista y lo miro un buen rato. Sus palabras resuenan en mí: «Ejecuté una prueba de diagnóstico».

—Enséñamelo.

Parece confuso.

—¿Qué?

—Dijiste que realizaste un diagnóstico. Enséñamelo.

Hace una mueca, como si le hubiera dado una cachetada.

—No me crees.

—Lo quiero ver con mis propios ojos.

Nos miramos, sin pestañear, hasta que al final dice:

—De acuerdo.

Se levanta y sale de la habitación, y yo me levanto y voy detrás. Va al armario que está bajo la escalera. Enciende la luz, toma el desarmador, el mismo que utilicé yo. Lo veo levantar la tabla, sacar la *laptop*. Voltea y me mira, una mirada larga, que no sé interpretar, después pasa delante de mí y va hacia la mesa.

Abre la tapa de la computadora y se sienta delante. Yo me sitúo detrás, viendo la pantalla. Aparece la barra blanca, el cursor parpadea. Miro el teclado, sigo las teclas que pulsan sus dedos, despacio y deliberadamente. Un patrón que reconozco, una de sus contraseñas habituales: los cumpleaños de los niños. Teclea algo más al final y tardo un instante en darme cuenta de lo que es: el día de nuestro aniversario. Después de todo, estaba pensando en nosotros.

—No creo que entiendas nada de esto, ¿está bien? —observa, sin voltear.

Le agradezco que me dé la espalda, porque tiene razón. Lo mío no es la tecnología, no tendré claros los detalles. Pero no se trata de eso. Se trata de ver cómo actúa ahora, lo que me va a enseñar. Entenderé lo bastante para saber si de verdad realizó un diagnóstico o si me mintió. Y quizá baste con eso.

—Sé más de lo que crees.

Abre un programa, teclea una orden y por la pantalla empieza a desplegarse un texto.

—Un registro de la actividad del usuario —musita. Señala una línea: la fecha de hoy. Otra: un registro de tiempo de hace unas horas.

Va bajando por la pantalla, señala una sección de texto.

—Lo que contiene la memoria USB —asegura.

Miro el texto, la mayor parte es indescifrable, pero algunas cosas tienen sentido, concuerdan con lo que dijo Matt. Nada parece indicar que haya algo más.

Y lo más importante: el registro de fecha y hora. El hecho de que tenga algo que enseñarme. Ejecutó una prueba de diagnóstico de la memoria USB, como me lo dijo.

No mentía.

Voltea en la silla para mirarme. Veo que está dolido, y ello hace que me sienta culpable.

—¿Me crees ahora?

Doy la vuelta a la mesa y me siento enfrente de él. Vacilo antes de hablar.

—Son buenos, ¿sabes? Los de la Agencia. ¿Y si esto los conduce hasta mí?

—No será así —dice en voz baja.

—¿Cómo puedes estar seguro?

—Piensa en lo que te dije. En lo que saben los rusos. —Estira el brazo y una vez más pone su mano sobre la mía—. Ellos también son buenos.

Esa noche tampoco duermo. Deambulo por la casa descorazonada. Observo a los niños, que duermen, el pecho subiendo y bajando, esas caras que parecen más infantiles mientras descansan. Recorro los pasillos mirando cada una de las fotos que hay en las paredes, todos esos momentos fugaces, las sonrisas felices. Los dibujos del refrigerador sujetos con imanes. Los juguetes, esperando ociosos en la oscuridad. Sólo quiero que todo esto continúe igual. La vida normal.

Pero lo cierto es que podría ir a la cárcel. Casi con toda seguridad si averiguan lo que hice. Revelar información compartimentada, poner en peligro operaciones de la Agencia. Y si esto sucede, serán muchas las cosas que me perderé. La emoción me embarga sólo de pensarlo: los primeros pasos de Caleb, sus primeras palabras. El primer diente que se le caiga a Bella, su entusiasmo cuando llegue el ratón de los dientes. Los bailes, el beisbol infantil, aprender a andar en bicicleta. Sobre todo estos pequeños momentos. Abrazarlos cuando tienen una pesadilla o cuando no se encuentran bien. Oírles decir «te quiero, mami» y lo que aprendieron en la escuela, lo que les ilusiona, lo que les da miedo.

Sí, esto significará que el Buró no atrapará a unos agentes encubiertos a los que podría haber atrapado. Pero, tal y como están las cosas, ¿acaso importa mucho? En mi boda había, literalmente, decenas de agentes encubiertos. Este problema es mucho mayor de lo que suponíamos. Cinco es una minucia.

Estoy sentada en el sillón en la oscuridad que precede al alba cuando baja Matt. Enciende la luz de la cocina, parpadea mientras sus ojos se acostumbran a la claridad. Lo observo en silencio. Cuando por fin me ve, se para y me mira. Le sostengo la mirada. Luego, despacio, levanto la mano, sujetando la memoria USB con el índice y el pulgar.

—Dime qué tengo que saber.

Voy a hacerlo. La gravedad es casi apabullante. Miro a Matt, que limpia la memoria con un trapo de los que usa para los lentes de sol. «Para borrar las huellas», aclara. A continuación, lo pone en el doble fondo de un termo para café. Reluciente, metálico, uno que no había visto antes. ¿Dónde estaba? ¿Dónde guarda estas cosas?

¿Cómo pude estar tan ciega?

—Lo único que tienes que hacer es conectar la memoria USB —asegura mientras me entrega el vaso de café. Lo tomo. Me veo reflejada en él, distorsionada. Soy yo, pero parezco otra—. Hay un puerto USB en la parte delantera del CPU.

—De acuerdo. —Sigo mirando el reflejo en el vaso, esta imagen de mí que en realidad no soy yo.

—Conéctala, espera al menos cinco minutos, no más de diez, y quítala. A los diez, los servidores empezarán a resetearse. Si la memoria sigue conectada cuando haya finalizado el reseteo, podrán llegar hasta la computadora.

¿Cinco minutos? ¿Tengo que quedarme sentada allí cinco minutos, con la memoria conectada? ¿Y si alguien la ve?

—En ese caso, tengo que hacerlo fuera del horario de oficina.

Matt niega con la cabeza.

—Imposible. Es necesario que en la computadora se haya iniciado la sesión.

—¿Cómo?

Sus palabras hacen que me invada el miedo: eso significa en horario de oficina. Peter es el único que tiene autorización para hacerlo, y suele iniciar la sesión por la mañana, bloquearlo durante el día y cerrar antes de marcharse. Lo que Matt me pide me parece muy arriesgado.

—¿Y si alguien me ve?

—Eso no puede pasar —replica, y veo el miedo reflejado en su cara, el primer atisbo de incertidumbre desde que me enseñó la memoria USB—. No permitas que pase.

Tengo el vaso a mi lado, en el portavasos del coche, de camino a la oficina. Lo agarro con fuerza cuando empiezo a caminar desde el estacionamiento, con más fuerza aún al entrar en la recepción y al ver la bandera suspendida del techo. Me concentro en parecer tranquila, impasible.

Al entrar paso por delante de tres letreros —no me había dado cuenta nunca de que fueran tantos— en los que se muestra una relación de artículos prohibidos. La lista es larga, cualquier dispositivo electrónico, cualquiera. Aunque la memoria USB estuviera vacía, introducirla seguiría estando prohibido. Y no puedo decir que no lo supiera.

Me pongo en la fila de los torniquetes. A la derecha hay una mujer más o menos de mi edad a la que han apartado para efectuar un control aleatorio: Ron le está revisando la bolsa. A la izquierda le están pasando un detector manual a un señor de más edad, otro control aleatorio. Desvío la mirada. Noto que me suda la frente, el labio superior. Cuando llega mi turno, pongo la identificación sobre el lector e introduzco mi código en la pantalla táctil. Los torniquetes se abren y me dejan pasar.

Los sensores suenan, un ruido grave, y dos agentes a los que no conozco me miran. El corazón me late con fuerza, tanto que estoy segura de que la gente que tengo al lado lo oye. Pongo cara de asombro, durante una décima de segundo, y sonrío, sosteniendo el vaso en alto, para que lo vean. «Ay, sólo es esto. No se preocupen, no es nada electrónico.» Todo el mundo sabe que esos sensores, los que detectan dispositivos electrónicos, son caprichosos.

Uno de los agentes se acerca. Toma un detector manual, me lo pasa por el cuerpo, arriba y abajo, por la bolsa. Sólo pita en el vaso. Con expresión de aburrimiento me indica que pase.

Le sonrío, hago un gesto afirmativo. Sigo por el vestíbulo, a un ritmo regular, con paso uniforme. Cuando no me ve, me limpio el sudor de la frente con el dorso de la mano, temblorosa.

Vuelvo a pasar la identificación para acceder a la oficina, introduzco mi código. La pesada puerta se abre, y la empujo. Veo a Patricia en el acto. Le sonrío al pasar. Le doy los buenos días, como siempre. Luego voy a mi cubículo y enciendo la computadora. La rutina normal, los saludos normales, todo normal.

Me siento a la mesa y me quedo mirando la puerta. acceso restringido, en grandes letras rojas. A un lado los lectores: uno para escanear identificaciones; el otro, huellas. En mi pantalla hay un programa abierto, pero no lo estoy mirando. No efectúo ninguna búsqueda, no abro los correos electrónicos. Simplemente miro la puerta.

Poco después de las nueve llega Peter. Veo que acerca la identificación a uno de los lectores, introduce un código y apoya el dedo en el otro lector, dejándolo un instante. Entra y cierra la pesada puerta. Minutos después la puerta se abre de nuevo y Peter se marcha.

Miro el termo, lo tengo delante, en la mesa. La sesión está iniciada; puedo hacerlo cuando quiera. Tengo que hacerlo. Tomo el vaso, lo rodeo con los dedos. Casi me cuesta levantarme de la silla, hacer que las piernas caminen hacia la puerta.

Acerco mi identificación al lector, después coloco el dedo. La pesada puerta se abre, la jalo. Adentro está oscuro. Enciendo la luz. Es un sitio pequeño, más incluso que el despacho de Peter. Dos computadoras, una al lado de otra en una mesa, las pantallas en ángulo, cada una mirando hacia un lado. Una tercera computadora, contra la pared de enfrente. Ésa es la que llama mi atención. Veo el puerto USB en la parte frontal.

Me siento ante una de los otras dos computadoras, dejo el vaso delante. Inicio sesión: si alguien entra, debo dar la impresión de que estoy trabajando. Busco la información más compartimentada a la que tengo acceso, esa que sólo puede ver un puñado de personas en toda la Agencia. Una información tan confidencial que no tendría más remedio que pedirle a cualquiera que entre que se marche, que vuelva cuando yo haya terminado. Después respiro con suavidad, desenrosco la parte inferior del vaso. Una vez abierto, veo la memoria USB. Me tapo la mano con la manga de la chamarra, tomo la memoria USB y enrosco el fondo.

Me quedo quieta un momento, aguzando el oído, pero no se oye nada.

Me levanto de la silla y me acerco deprisa a la tercera computadora. Con la manga tapándome la punta de los dedos, introduzco la memoria, rápida y fácilmente. En el extremo se enciende una luz anaranjada casi en el acto. Estoy de vuelta en mi silla unos segundos después.

Temblando. No he tenido tanto miedo en mi vida.

Todo sigue en silencio. Miro el reloj que hay en la parte inferior de mi pantalla: cinco minutos. Es todo lo que necesito. Sólo necesito estar sola cinco minutos, retirar la memoria, volver a meterla en el vaso y habré acabado con esto de una vez por todas. Como si nunca hubiera pasado.

Miro la memoria, el extremo anaranjado. ¿Qué estará haciendo ahora mismo? Colándose en los servidores, supongo. Preparándose para borrar los dos últimos días. Pero eso es todo. Dios mío, espero que sí.

Pasa un minuto, que es como una eternidad. Calculo el tiempo mentalmente. Una quinta parte lista. Veinte por ciento.

Entonces se oye un ruido al otro lado de la puerta, una identificación se acerca al lector. Me quedo quieta y luego volteo hacia la puerta. Tranquila. Tengo que estar tranquila. Cuatro minutos. Sólo necesito cuatro minutos más.

La puerta se abre, es Peter. Dios mío, es Peter. El miedo me consume. Peter está al tanto de todo cuanto sé yo, así que no tengo ninguna excusa para impedir que entre. Ninguna. Se sentará ante la computadora de al lado, y entonces ¿cómo podré yo ir a la otra y sacar la memoria USB?

—Hola, Vivian —saluda. Simpático, normal. Confío en que no se dé cuenta del miedo que tengo. De lo aterrada que estoy.

—Hola. —Hago un esfuerzo para que mi voz parezca serena.

Entra, se sienta ante la computadora de al lado y empieza a teclear sus contraseñas. Yo no podría ser más consciente de la memoria USB que está en la computadora que tenemos detrás. Claro que no hay ningún motivo para que Peter la use. Pero ¿y si la ve?

Miro el reloj: ya han pasado tres minutos. Sesenta por ciento. Dos más y...

—¿Vivian? —pregunta Peter.

—¿Sí? —Volteo hacia él.

—¿Te importaría perdonarme unos minutos? Necesito consultar cierta información. Justicia Eagle.

Un compartimento que yo no tengo. Está haciendo exactamente lo que pensaba hacer yo: excluir a todo aquel que carezca del debido grado de autorización. Consulto de nuevo el reloj: faltan tres minutos. Juro que el tiempo no avanza como debería.

—¿Podrías darme unos minutos para que termine? Ya casi estoy.

—Ojalá pudiera, pero tengo que echarle un vistazo a esto antes de que se reúnan los jefes esta mañana. Órdenes de Nick.

No. No, esto no puede estar pasando. ¿Ahora qué hago? ¿Qué demonios hago yo ahora?

—¿Vivian?

—Sí, claro. Espera, que cierro la sesión.

—Si no te importa bloquearlo por el momento... De verdad que tengo que ver esto y deprisa.

Dudo. El cerebro no me funciona, no se me ocurre absolutamente nada que hacer, aparte de ceder.

—De acuerdo.

Bloqueo el equipo, Control-Alt-Supr. Me levanto y, cuando estoy abriendo la puerta para salir, veo la memoria USB, aún en la computadora, el extremo todavía con esa luz anaranjada.

Vuelvo a la mesa y me siento, aturdida. Consulto el reloj —cinco minutos— y después miro la puerta. Estoy como paralizada, incapaz de encontrar algo que pueda hacer. Recuerdo lo que me dijo Matt esta mañana: «Cinco minutos... No más de diez... Los servidores empezarán a resetearse».

Ya van seis minutos, y la puerta sigue cerrada. ¿Y si Peter ve la memoria USB?

Siete minutos. Estoy aterrorizada, no podría tener más miedo.

Ocho minutos. ¿Podría hacerlo salir? No sé cómo. ¿Y si espero sin más? Me figuro que acabará pronto, tiene que acabar pronto.

Nueve minutos. Estoy helada, no me puedo mover. Me obligo a apartar la silla, a ponerme de pie. Diré que se me olvidó algo: el vaso. Luego lo tiraré, cerca de la computadora, sacaré la memoria USB cuando me agache para recoger el vaso...

Un fogonazo delante de mí llama mi atención. Un cambio de color, de contraste. La pantalla se vuelve negra, un instante. Giro sobre mis talones, miro la hilera de cubículos y veo que las demás pantallas también se ponen negras. Consecutivamente, una detrás de otra. Un destello veloz que recorre la oficina como si fuera una corriente eléctrica. Vuelven las pantallas normales. La gente mira a su alrededor, murmura: «¿Qué pasó?».

Dios mío.

Salgo disparada hacia la puerta de acceso restringido. Acerco la identificación, pongo el dedo en el lector. Me acuerdo de las instrucciones de Matt: «Si el USB sigue conectado cuando finalice el reseteo, podrán llegar hasta la computadora...».

La puerta se abre justo cuando se desbloquea, justo cuando yo empiezo a empujar, y casi pierdo el equilibrio; prácticamente me echo sobre Peter.

—¡Vivian! —dice sobresaltado. Se sube los lentes por el caballete de la nariz.

—El vaso. Se me olvidó el vaso —digo deprisa. Demasiado deprisa.

Él me lanza una mirada burlona, teñida de sospecha. Pero ahora mismo no importa, no importa nada salvo llegar hasta esa memoria y sacarla. Me aparto de su camino, espero a que pase, cada fracción de segundo es un tormento.

Al final sale de la habitación, entro yo y cierro la puerta. Estoy en el suelo un instante después, jalando la memoria USB, agarrando el vaso, desenroscando el fondo, metiendo dentro la memoria, enroscando la base.

Después me dejo caer en la silla, absoluta, completamente agotada. Me tiembla el cuerpo entero. Me cuesta respirar.

El terror no se va, ni siquiera cuando dejo de temblar. Y no sé por qué. Debería desaparecer: tengo la memoria, así que estoy a salvo. El reseteo no fue completo.

Y sin embargo me invade la extraña sensación de que no estoy a salvo aunque haya salido como se supone que debe salir.

La habitación repleta de analistas no tarda en determinar que desapareció el trabajo de los dos últimos días. Todo el mundo lamenta que se hayan perdido documentos, presentaciones en PowerPoint. Pronto se corre la voz de que el apagón ha afectado a todo el sistema. Abundan las teorías de conspiraciones, de servicios de inteligencia extranjeros a piratas informáticos y empleados del Departamento de Informática descontentos.

Peter va de cubículo en cubículo para ver si todas las cuentas de sus analistas se vieron afectadas de manera similar; escucho las conversaciones en voz baja, oigo que se acerca. Cuando llega a mi cubículo, se queda un buen rato, observándome, en silencio. Su cara es inexpresiva, pero de algún modo consigue meterme miedo.

—¿Igual, Vivian? —me pregunta—. ¿Dos días de trabajo?

—Eso parece.

Asiente, aún inexpresivo, y sigue adelante.

Le veo la espalda y el miedo pasa a ser una fuerte sensación de náusea. De pronto, estoy segura de que voy a vomitar. Tengo que marcharme, tengo que salir de ese sitio.

Me alejo de la mesa, empiezo a correr por el pasillo, entre las hileras de cubículos, y salgo por la puerta de la oficina. Pongo una mano en la pared para no perder el equilibrio, y voy al baño de mujeres. Entro, paso deprisa por la doble fila de lavabos, la doble fila de espejos, y llego a la fila de inodoros. Me meto en el más apartado. Pongo el cierre, volteo y vomito.

Cuando termino, me limpio la boca con el dorso de la mano. Las piernas me tiemblan; siento el cuerpo entero débil. Me incorporo y respiro hondo, procuro calmar los nervios. Funcionó, tiene que haber funcionado. Y yo tengo que tranquilizarme, conseguir acabar la jornada.

Al final me obligo a abandonar la seguridad del cubículo y voy hacia los lavabos. Me sitúo delante del más cercano, me lavo las manos. En el otro extremo hay alguien, una chica que parece recién salida de la facultad. Me dedica una sonrisilla en el espejo. Se la devuelvo y me miro: tengo ojeras, estoy pálida. Horrible. Parezco una traidora.

Aparto los ojos, saco una toallita de papel café, rasposa, me seco las manos. Necesito tranquilizarme. Necesito parecer tranquila. Estoy rodeada de analistas de contrainteligencia, por el amor de Dios.

«Respira hondo, respira hondo, Viv.»

Vuelvo a mi sitio y me abro camino hasta el fondo, intentando no oír las conversaciones, el nervioso parloteo sobre el apagón. Mis compañeros están en el pasillo; me sumo a ellos, cerca de mi cubículo. Están hablando, pero yo apenas presto atención, agarro alguna que otra cosa, asiento cuando tengo que asentir, hago las exclamaciones oportunas; o al menos eso espero. Soy incapaz de quitarle los ojos al vaso, o al reloj. Me muero de ganas de salir e irme a casa. Devolverle la memoria USB a Matt, deshacerme de la prueba, acabar con esto.

—¿Quién piensas que fue? —pregunta Marta, medio en broma, la voz atravesando la bruma que me nubla la cabeza—. ¿Los rusos? ¿Los chinos?

Nos va mirando a todos, pero es Peter quien contesta.

—Si los rusos pudieran entrar en nuestros sistemas, harían algo más que borrar el trabajo de los dos últimos días. —Lo dice mirando a Marta, no a mí, pero aun así su expresión basta para que me dé un escalofrío—. Si han sido los rusos, esto no será todo. Desde luego que no.

Voy de camino a casa, y el vaso vuelve a estar en el portavasos, a mi lado. Parte de la tensión se disipa, se me va de los hombros, pero no logro deshacer el nudo que tengo en la boca del estómago. ¿Qué hice?

Mis manos agarran con fuerza el volante. Las emociones me desbordan: alivio, incertidumbre, remordimientos.

Puede que funcione. Puede que no vaya a la cárcel. Pero ¿no viviré siempre con miedo de que me descubran? ¿Conseguiré ver crecer a mis hijos, pero ¿no se verá enturbiado todo? ¿Cada momento dulce no será algo menos dulce?

¿Debería haber optado por el castigo?

Tengo la vaga sensación de que tendría que haberlo pensado mejor. De que he actuado impulsivamente.

Llego a casa. El coche de Matt está estacionado fuera, como siempre. Ha oscurecido, y la casa está vivamente iluminada. Las cortinas de la cocina están descorridas, y los veo allí, a los cinco, alrededor de la mesa.

De manera que nunca me sentiré cómoda al cien por ciento, contenta al cien por ciento. Pero mis hijos sí podrán. ¿Y acaso no es ése el propósito de ser padre?

Apago el motor, salgo del coche y voy al buzón. Veo el montón habitual de sobres y publicidad. Y arriba de todo un sobre fino de papel manila, doblado para que entre en el estrecho buzón, encajado. Lo saco todo, la vista fija en el sobre. Sin franquear, sin remitente, tan sólo con mi nombre de pila, escrito con rotulador negro, en letras mayúsculas: VIVIAN.

Me quedo helada. Clavo la vista en el sobre, inmóvil, y obligo a mis piernas a moverse, a que me lleven al porche. Me siento, dejo el resto del correo al lado y me limito a tomar el sobre. Le doy la vuelta y meto un dedo bajo la cinta.

Ya sé lo que es. Lo cierto es que sólo hay una posibilidad.

Saco el contenido: papeles, tres o cuatro hojas, nada más. Tengo un nudo en el estómago. Lo primero es una captura de pantalla: mi computadora. Barras de clasificación en las partes superior e inferior, mi número de identificación de empleado. Athena está abierto, y en él se ve la imagen de la computadora de Yury. Un archivo abierto, «Amigos».

Levanto la primera hoja para ver la siguiente. Las mismas barras de clasificación, el mismo número de identificación de empleado, el mismo archivo. Sólo que esta vez una de las imágenes está abierta, y un primer plano llena la pantalla.

Delante tengo, una vez más, la cara de mi marido.

10

No puedo respirar. Pero ¡si lo borré! Hice exactamente lo que dijo Matt, corrí el riesgo, introduje la memoria USB. Y sin embargo aquí está, delante de mí. En el regazo. La prueba que podría llevarme a la cárcel. Que alguien trajo hasta aquí, a mi casa.

Levanto la hoja para ver la siguiente, y la otra. Lenguaje informático, cadenas de caracteres que no entiendo del todo. Ni falta hace. Es un registro de mi actividad, de mis búsquedas. La prueba de que vi la foto de Matt. De que eliminé el archivo.

Oigo que la puerta se abre a mi espalda.

—¿Viv? —dice Matt.

No levanto la vista. No soy capaz. Es como si de pronto me hubiera quedado sin energía. Ninguno de los dos dice nada, y lo imagino detrás de mí, parado en el porche, observándome, mirando los papeles, entreviéndolos. ¿Le afectará tanto como me afecta a mí?

Noto que se acerca más, y acto seguido lo tengo a mi lado, sentado. Todavía no lo miro. No puedo.

Hace ademán de tomar los papeles, y lo dejo. Los mira, pasando las hojas sin decir nada. Ni palabra. Después las mete en el sobre.

Más silencio. Me concentro en respirar, veo cómo sale el aliento y desaparece. Ni siquiera sé qué preguntarle. Cómo procesar la maraña de pensamientos para dar forma a algo coherente. Así que me limito a esperar a que hable él, a que responda las preguntas que no le hago.

—Es un seguro —afirma.

«Un seguro.» Pero no lo es. Es más que eso. Mucho más.

—Una advertencia —continúa Matt. Y añade, en voz mucho más baja—: Quieren cerciorase de que no dirás nada.

Volteo hacia él. Tiene las mejillas rojas, la nariz roja del frío. No se puso la chamarra.

—Es un chantaje —corrijo; la voz se me quiebra.

Me sostiene la mirada un instante, y yo intento desesperadamente interpretar la expresión de su cara: ¿preocupación? No lo sé. Mira hacia otro lado.

—Sí. Es un chantaje.

Observo la calle, la banqueta por la que empujamos el cochecito de los gemelos, donde Luke aprendió a andar en bicicleta.

—Estuvieron aquí —comento—. Saben dónde vivimos.

—Lo han sabido siempre.

Las palabras caen como un golpe. Claro. De repente nada parece seguro.

—Los niños... —consigo decir.

Con el rabillo del ojo veo que niega con firmeza.

—Los niños no corren peligro.

—¿Cómo lo sabes? —susurro.

—Trabajo para ellos. —A su modo de ver, los niños son... suyos.

Sé que se supone que esas palabras deberían tranquilizarme, pero me dejan más aterrada incluso. Me abrazo el cuerpo y vuelvo a mirar la calle. Un coche viene hacia nosotros, el motor metiendo ruido, los faros dejándose ver: el coche de los Nguyen. Se abre la puerta del garage y el coche sube por el camino de acceso hasta llegar adentro. La puerta del garage se cierra antes incluso de que el motor se apague.

—Lo que hice hoy... —empiezo, luego me faltan las palabras. Pruebo de nuevo—. Se suponía que borraría esto.

—Lo sé.

—¿Por qué no me dijiste que tendrían esto?

—No lo sabía. —Arruga la frente, tiene el ceño fruncido—. Te lo juro, Viv, no lo sabía. Deben de tener acceso al programa, no sé cómo. O a alguien que puede entrar en los registros de búsqueda.

Otros faros. Un coche que no reconozco. Pasa por delante, continúa su camino. Lo sigo con la mirada hasta que desaparecen las luces traseras.

—No creo que hagan algo con ello —afirma—. Arruinarían mi tapadera.

Una idea empieza a tomar forma, algo que dota de sentido a todo esto. Intento dejar que mi cerebro la procese.

—No van a tirar por la borda veintidós años... —asegura.

Yo aún sigo procesando la idea, traduciéndola en palabras. En cinco. Cinco palabras que lo explican todo. Las pronuncio despacio, sílaba a sílaba.

—Me tienen en sus manos.

¿Cómo pude ser tan ingenua? Soy analista de contraespionaje, por el amor de Dios. Sé cómo funcionan estos servicios de inteligencia, los agresivos. Consiguen que hagas algo y después te tienen en sus manos. Te chantajean para que hagas más. Y más, y más, y más. No hay escapatoria.

—No es eso —objeta Matt.

—Sí lo es.

—Me tienen a mí. Tú eres mi mujer, no te harían algo así.

—¿En serio? —Miro intencionalmente el sobre. «Porque no es eso lo que parece.»

Algo le pasa por la cabeza —¿incertidumbre?—, pero desaparece igual de rápido. Mira hacia otro lado, hacia la calle. Los dos guardamos silencio. Esas cinco palabras ahora casi resultan ensordecedoras, se burlan de mí. «Me tienen en sus manos.»

—Me pedirán que haga algo —digo.

Él niega con la cabeza, pero no de manera firme, no como si lo pensara de verdad. Con toda probabilidad porque en el fondo él también lo sabe. «Me tienen en sus manos.»

—Sólo es cuestión de tiempo —preciso—. Me pedirán que haga algo y, entonces, ¿qué haré?

—Lo solucionaremos —responde Matt, pero es una promesa que suena hueca—. Estamos en esto juntos.

«¿Ah, sí? —pienso. Veo que un farol parpadea y luego se apaga—. ¿Lo hemos estado alguna vez?»

Algo cambió en mí el día que nació Luke. En modo alguno estaba preparada para el amor apabullante, abrumador, absorbente que sentí por ese ser diminuto. Esa necesidad de protegerlo, de estar para él.

Su primer mes de vida fue maravilloso. Agotador, sin duda, pero maravilloso. El segundo y el tercero no tanto. Cada día me despertaba sabiendo que me quedaba una jornada menos para volver al trabajo. Para dejarlo al cuidado de alguien que no era su progenitor, alguien que no podía quererlo como lo quería yo, durante todas esas horas, esos días tan largos. ¿Y para qué? No tenía la sensación de estar cambiando nada. Ya no.

Me habría gustado seguir trabajando en África, pero el puesto ya no estaba libre, lo habían ocupado, y, por otro lado, ¿acaso no era esto lo mejor? Cuando por fin llegó el día, yo estaba tan preparada como podía estarlo. Íbamos a dejar a Luke en la mejor guardería de la zona, la que tenía la lista más larga de reconocimientos, una reputación impecable. Yo había dejado el congelador lleno de leche materna. Biberones cuidadosamente etiquetados. Una sábana para la cuna, pañales y toallitas, todo lo necesario, preparado y listo. Y me había comprado ropa nueva, una blusa de seda y unos pantalones, algo que disimulaba esos kilos de más que aún tenía del embarazo, algo que confiaba en que me diera la seguridad que necesitaba para enfrentarme a uno de los días más difíciles de mi vida.

Al parecer no estaba preparada en absoluto. Nada podría haberme preparado para lo que sentí cuando dejé a Luke en manos de una mujer a la que no conocía. Cuando me di la vuelta en la puerta y vi que mi hijo me miraba, alerta, casi confuso, sin apartar los ojos de mí, preguntándome: «¿Adónde vas? ¿Por qué me dejas?».

Me derrumbé en cuanto se cerró la puerta del salón. Fui llorando al trabajo, llegué con los ojos rojos e hinchados y con marcas de lágrimas en la blusa de seda, sintiéndome como si me faltara una extremidad. Esa mañana se pasaron tres personas a verme, a darme la bienvenida, a preguntarme por Luke. Y cada una de esas veces me eché a llorar. Al final debió de correrse la voz, porque mis compañeros se esforzaron por evitarme el resto del día, lo cual me pareció estupendo.

Cuando llegué a casa esa tarde, Luke estaba dormido en su cuna. No había dormido en la guardería, así que cayó temprano. Me lo perdí. Me perdí pasar un día entero con él. Un día que no recuperaría nunca. ¿Cómo iba a poder soportar eso mismo cinco días a la semana? ¿Verlo tan sólo una hora al día? Me derrumbé de nuevo en brazos de Matt.

—No puedo hacer esto —dije llorando.

Él me abrazó, me acarició el pelo. Esperé a que me diera la razón. Esperé a que dijera que era decisión mía. Que si quería quedarme en casa con Luke, nos las arreglaríamos. Si quería cambiar de trabajo, sobreviviríamos al recorte de sueldo. Venderíamos la casa, nos iríamos de esa zona, nos las arreglaríamos sin viajar, sin ahorrar y sin comer fuera. Haríamos lo que hiciera falta.

Cuando habló, manifestó con voz forzada:

—Ya verás cómo las cosas mejoran, cariño.

Me quedé callada. Luego lo miré, quería que me viera la cara, que viera lo seria que estaba. Me conocía, lo entendería.

—Matt, de verdad que no puedo.

Vi reflejado mi dolor en sus ojos. Volví a enterrar la cabeza en su hombro y sentí que empezaba a relajarme. Lo entendía. Sabía que lo entendería. Me acarició el pelo de nuevo, en silencio.

Poco después habló.

—Tú aguanta —dijo, y las palabras me atravesaron como si fueran un cuchillo—. Ya verás cómo todo mejora.

Pasaron días, semanas. Fui a trabajar todos los días, a este trabajo que ahora es una mentira. Si algo se salva, es que no hay nada que indique que hayan seguido la pista hasta la computadora de la sala de acceso restringido. Al parecer, la memoria USB no causó grandes daños, aparte de borrar esos dos días. Presté atención a los rumores que corren, leí los informes que pude obtener. Y, aparte del sobre, no he sabido nada más de los rusos, la gente de Matt.

En un principio, la Agencia tenía la mira puesta en Yury. Intentaba encontrarlo, en Moscú. Y el Buró estaba empecinado en tratar de identificar a las cinco personas de las imágenes: hasta hace apenas una semana, cuando un analista descubrió por casualidad que esas mismas cinco fotos se hallaban en manos de un conocido reclutador. Con detalles. El Buró averiguó el paradero de las cinco personas en cuestión, habló con ellas y concluyó que no tenían ninguna relación con Yury y que probablemente sólo fueran individuos que los rusos confiaban en captar. Yury no tardó en perder importancia en la lista de prioridades del Buró —sólo era un reclutador de poca monta—, y poco después también en la de la Agencia.

Suspiré aliviada. Cuanto menor fuera el foco de atención, mejor. Además, cuando el Buró determinó que Yury no estaba involucrado en el programa de agentes encubiertos, las sospechas de Omar parecieron disiparse, al menos un tanto. Desde entonces he hablado con él unas cuantas veces, nuestras conversaciones poco a poco han vuelto a ser más cordiales, más normales. Aún sospecho que no confía del todo en mí, pero las cosas están mejorando.

Y Peter. Peter se ha ausentado bastante. Katherine había empeorado, nos lo contó Bert en una de las reuniones matutinas, el tercer día que faltaba Peter. En la sala se hizo el silencio. Helen se echó a llorar, y al resto también se nos saltaron las lágrimas. Días más tarde, Katherine falleció. Peter volvió al trabajo al cabo de un tiempo, pero desde entonces parece vacío. Está destrozado. Lo último en lo que piensa es en mí.

Matt y yo mantenemos una relación frágil. Le echo la culpa de lo que pasó. No sólo de que me haya engañado durante años, de que nos haya metido en esto, sino también de que acudiera a Yury, de que se lo contara todo a los rusos, de que me vendiera.

La casa ya no me parece segura. Mandé cambiar las cerraduras, instalar más cerrojos. Dejo las persianas abajo. Apagué la tablet, la *laptop*, las bocinas inalámbricas, lo metí todo en una caja y la llevé al garage. Cuando estamos todos juntos, los niños, Matt y yo, apago el celular y le quito la batería. Y obligo a Matt a hacer lo mismo. Me mira como si estuviera paranoica, loca, como si nada de esto tuviera sentido, pero me da lo mismo. No sé quién está vigilando, quién está escuchando, pero tengo que dar por sentado que alguien lo está haciendo.

Un día, no mucho después de que llegara el sobre, salí del trabajo pronto y fui a una tienda de teléfonos celulares de un centro comercial situado en la otra punta de la ciudad. Me aseguré de que no me seguía nadie, compré un celular de prepago pagando en efectivo, un teléfono desechable que tengo escondido. No se lo conté a Matt, y ni siquiera estaba segura de por qué lo hice. Sencillamente me pareció que debía tenerlo.

Los niños son mi única salvación. Me sorprendo mirándolos, grabando en mi memoria cada instante, por pequeño que sea. Las tareas domésticas, cocinar, limpiar, nada de eso importa ahora. Dejo que Matt recoja las piezas, que mantenga nuestras vidas unidas mientras yo me limito a observar. Me lo debe.

Y lo sabe. Me trae flores todas las semanas, tiene la casa inmaculada, las comidas siempre listas, la ropa limpia y doblada. Se queda con el niño que más guerra esté dando, media cuando se pelean, los acompaña a casa de sus amigos cuando quedan para jugar y a las actividades extraescolares. Como si de algún modo estas cosas pudieran compensar las mentiras que han estado a punto de hundirnos, que aún podrían hacerlo.

Es viernes, han pasado cinco semanas desde que encontré la imagen, desde que nuestra vida cambió. Los días ya son más largos, hace más calor. Los árboles vuelven a estar verdes. La hierba es exuberante. La primavera por fin ha llegado, y yo por fin empiezo a sentir que también para nosotros empieza un periodo nuevo. Un nuevo comienzo.

Salí del trabajo unas horas antes para llevar a los niños a la feria local. Estacionamos en una pradera amplia, largas filas de camionetas y *pick-ups* a las que unos voluntarios provistos de un chaleco naranja ayudan a encontrar espacio. Empezamos a caminar, Matt empujando el cochecito doble por el campo, yo llevando de la mano a los dos mayores. Bella prácticamente iba dando saltos, de lo entusiasmada que estaba. Sin dejar de hablar en ningún momento.

Pasamos la tarde viendo a los niños subirse en las atracciones: las tazas locas, los sinuosos toboganes, la minimontaña rusa con forma de dragón. Ver su cara de alegría hizo que mereciera la pena pagar por unos boletos demasiado caros. Tomamos fotos con el celular, compramos buñuelos para los seis y reímos al ver la cara de los gemelos llena de azúcar glas.

Ahora estamos delante del trenecito, los pequeños vagones que circulan por la vía. La última atracción de la tarde. Se subieron los cuatro niños: Luke y Caleb en un coche; Bella y Chase en otro. Y los cuatro sonríen. Creo que el corazón podría estallarme literalmente de alegría.

Matt me toma de la mano, un gesto tan familiar y sin embargo tan ajeno. Llevo semanas evitando que me toque, pero hoy lo dejo. Dejo que sus dedos rodeen los míos, siento el calor y la suavidad de su piel. Luego, de repente, la realidad se impone: recuerdo a los rusos, la mentira. La memoria USB y la amenaza inminente de la cárcel. Todas las cosas que llevan semanas consumiéndome, pero en las que no he pensado durante este último par de estupendas horas.

Mi instinto es quitar la mano, pero no lo hago. La dejo donde está.

Matt me sonríe y me estrecha contra él, y por un momento sólo estamos él y yo, como antes. Noto que la tensión que no sabía que aún sentía empieza a desvanecerse. Puede que haya llegado el momento de perdonar. El momento de avanzar, de aceptar esta vida, de dejar de vivir con miedo. Puede que Matt tenga razón, que el sobre sólo fue una advertencia. Una advertencia que no era necesaria, porque ni se me ocurriría entregarlo. Y ahora que sé la verdad, tal vez nos dejen en paz y podamos encontrar la manera de hacer borrón y cuenta nueva.

El tren se detiene en el punto de partida. Voy a cargar a Caleb. Los otros tres se bajan solos, Chase andando con torpeza detrás de sus dos hermanos mayores. Sentamos a los gemelos en el cochecito y entonces atravesamos la pradera para ir hasta el coche. Bella agarra con fuerza un globo, y Luke lleva un casco de bombero de plástico, insistía en que era demasiado mayor para llevarlo, pero acabé aceptando. Los gemelos van tranquilos en el cochecito, que avanza a sacudidas por el accidentado campo. Cuando llegamos al coche, los dos están dormidos.

Cargo a Chase, y Matt a Caleb, y los metemos con cuidado, con delicadeza, en el coche. Callamos a Bella y a Luke con sonrisas, intentando aquietarlos, pues siguen entusiasmados. Veo que Luke se abrocha el cinturón, compruebo que lo haya hecho debidamente.

—Bien hecho, hijo —digo.

Miro a Matt, que está en el otro lado, abrochándole el cinturón a Bella, asegurándose de meter el globo sin que le pase nada. Después abro la puerta de delante.

Y lo veo.

Un sobre de papel manila, con mi nombre en letras mayúsculas, escrito con plumón. En mi asiento, igual que el otro estaba en el buzón.

Me quedo helada. Mirando fijamente el sobre, sin más. La cabeza me estalla, los oídos me zumban. Sólo oigo ese zumbido. Las voces de los niños han desaparecido, no oigo nada excepto ese martilleo.

«Haz algo —me dice el cerebro—. Tómalo.» Lo hago. Tomo el sobre, me subo al coche. Soy vagamente consciente de las voces que me llegan de atrás, de que Matt abre la puerta de su lado, se sube al coche. Pero no volteo. Estoy contemplando el sobre que tengo en el regazo. Veo con el rabillo del ojo que Matt se queda parado, inmóvil. Y sé que él también lo está viendo.

Me obligo a mirarlo a los ojos. Nos miramos un buen rato, una mirada pesada, con pensamientos que no expresamos.

Nos llegan voces del asiento trasero. Bella pregunta por qué no nos movemos. Luke pregunta qué pasa.

—Está bien, está bien —responde Matt, el tono deliberadamente desenfadado, pero me doy cuenta de que no está bien—. Ya vamos, ya vamos. —Introduce la llave, arranca y avanza en reversa. Yo estoy mirando otra vez el sobre. Sabiendo que necesito abrirlo, ver qué hay dentro.

¿Quién lo ha puesto ahí? ¿Yury? ¿Otra persona? ¿Cómo han abierto el coche si estaba cerrado? Deben de habernos seguido. ¿Nos están vigilando ahora mismo?

Le doy la vuelta al sobre y meto el dedo bajo la cinta. Levanto la solapa y echo un vistazo: hay una memoria USB. Negra, como la que me dio Matt, la que llevé al trabajo. La dejo caer en la mano. Con ella cae un papelito. Una nota, con las letras mayúsculas tan familiares:

«IGUAL QUE LA OTRA VEZ».

11

Clavo la vista en la memoria USB, en la nota. Debería tener la sensación de que mi mundo se viene abajo. Debería estar pensando: «¿Ahora? ¿Justo cuando por fin volvía a permitirme disfrutar de la vida?». Sin embargo, lo que me invade es una extraña sensación de calma. En el fondo sabía que esto iba a pasar. Desde que vi el primer sobre en el buzón. Puede que no supiera qué forma adoptaría exactamente, pero siempre supe que esto acabaría pasando. Y que por fin suceda me proporciona cierta paz. Igual que saber algo, aunque sea malo, es mejor que no saber nada.

Matt mira al frente, los ojos en la carretera. Está pálido, de un blanco casi cadavérico, pero no sé si será por la luz de la luna, y tiene la mandíbula tensa.

—¿Lo viste? —pregunto, con voz ahogada.

Veo que traga saliva.

—Sí.

—Sabía que lo harían —susurro.

Mira a los niños por el espejo retrovisor y luego me mira a mí.

—Lo solucionaremos.

Miro hacia el otro lado, por la ventanilla, contemplo las luces hasta que no son más que borrones. Matt guarda silencio, los niños están callados, lo único que se oye es el motor del coche, el ruido de la carretera. Cierro los ojos. Se acabó. Esto es lo que estaba esperando. Casi me siento justificada, demostré que tenía razón, pero no por ello me siento satisfecha. Nada en absoluto. Sólo me noto vacía. Y esa sensación, una vez más, de que todo cuanto quiero, todo lo que más me importa en el mundo, están a punto de arrebatármelo.

Cuando llegamos a casa, Bella también se ha dormido. Metemos a los cuatro niños en la cama, por suerte esta noche lo hacemos más rápido que de costumbre. Después de darle un beso de buenas noches a Luke, tomo el vigilabebés y salgo por la puerta trasera. No espero a Matt. Me siento en una de las sillas del porche y me quedo mirando el jardín, en la oscuridad, echando un vistazo de vez en cuando al intercomunicador, la imagen granulada en blanco y negro que va cambiando y permite ver las habitaciones donde duermen los niños. En el aire flota un olor dulzón: nos llega la fragancia de las flores del jardín de al lado. Las cigarras cantan. Reinan la paz y el silencio, un silencio interrumpido únicamente cuando se abre la puerta trasera. No volteo.

Matt se acerca y se sienta en la silla de al lado. No dice nada en un rato, se queda sentado conmigo en silencio.

—Lo siento —se disculpa—. No creí que esto fuera a pasar.

—Yo sí.

Con el rabillo del ojo lo veo asentir.

—Lo sé.

Nos quedamos callados.

—Podría intentar hablar con Yury —propone al final Matt.

—¿Para decirle qué?

Se hace de nuevo el silencio, y sé que no tiene ni idea.

—¿Intentar disuadirlo?

Me río y parezco cruel. Ni siquiera tiene sentido que conteste, la frase es ridícula.

—No creo que puedan contar nada. No sin desvelar mi identidad —dice, casi a la defensiva.

—¿Qué más les da desvelar tu identidad? —pregunto con dureza—. Por favor. Si no pueden sacarme nada a mí, ¿qué sentido tiene que se queden contigo?

Matt mueve con la punta del pie un poco de tierra. No contesta. Contemplo la oscuridad, dejo que el silencio nos envuelva, denso y consistente.

—¿Qué hay en la memoria USB? —inquiero.

—Lo puedo comprobar —responde.

Tras una pausa, su silla araña la madera al apartarse. Se pone de pie y entra a la casa. No volteo, no lo miro, no veo cómo se va. Me quedo donde estoy, contemplando la silueta de los árboles en la oscuridad, a solas con mis pensamientos.

Me quedé embarazada por segunda vez cuando Luke tenía dos años. En esa ocasión no se lo dije inmediatamente a Matt. Me reservé la noticia para mí el día entero, mi pequeño secreto. Cuando regresaba a casa pasé a comprarle una playera a Luke: hermano mayor, ponía. Esa noche lo bañé, le puse la pijama. Los pantalones de franela con dinosaurios, pero en lugar de la parte de arriba le puse la playera.

—Ve a enseñarle a papi tu playera nueva —le pedí.

Y lo seguí con la mirada mientras iba corriendo a la sala, sacando el pecho.

Al verla Matt, noté cómo le cambiaba la cara. Me miró, y en sus ojos se reflejaba la misma dicha incontenible que cuando le enseñé aquella primera prueba de embarazo, tres años antes.

—¿Estamos embarazados? —inquirió, con la cara de un niño la mañana de Navidad.

—Estamos embarazados —confirmé risueña.

Pasaron semanas. La ropa me iba quedando cada vez más apretada, la panza cada vez abultaba más. Al final guardé los pantalones que solía ponerme y saqué los elásticos de embarazo. Me hicieron una ecografía, vimos aquella cosita minúscula. Supimos que era una niña, nos pasamos las tardes muertas mirando libros de nombres, soltando opciones. A Luke le gustaba darme besos en la panza, envolverla con sus bracitos y decir: «Te quiero, hermanita». La primera patada que noté fue contra su mano.

La vida me sonreía.

—Cuando nazca la niña me tomaré algún tiempo libre —le dije a Matt, una noche en la cama. Era algo a lo que llevaba meses dando vueltas, y por fin había reunido el valor necesario para decirlo—. Llevar a los dos niños a la guardería se comería casi todo mi sueldo...

Él no decía nada. Lo miré, apenas le veía la cara en la oscuridad.

—¿Cuánto tiempo?

—Un año o dos.

—¿Podrás conservar tu empleo?

Me encogí de hombros.

—No estoy segura.

Corrían rumores de que se avecinaban recortes de presupuesto, de esos que harían que contratar —y recontratar— fuera casi imposible.

Se calló de nuevo.

—¿De verdad es lo que quieres, cariño? Has trabajado tanto para llegar a donde estás...

—Estoy segura. —No lo estaba, no del todo, pero me parecía que era lo que tenía que decir.

—De acuerdo —replicó, con firmeza—. Si eso es lo que quieres...

De manera que elaboramos un presupuesto nuevo, que dependía por completo del sueldo de Matt. No puse a la niña en la lista de espera de la guardería. Hice planes para pedir licencia de maternidad, pensé en lo que diría exactamente.

Después pasó lo que debí haberme figurado que acabaría pasando.

—Están quitando presupuesto —comentó Matt un día en la cena—. Despidiendo a gente. —Su boca, tensa, me dijo que estaba preocupado.

Sentí que el corazón se me paraba, un instante. El tenedor se me quedó suspendido en el aire.

—¿Tú estás a salvo?

Paseaba el puré de papas por el plato. No me veía.

—Creo que sí.

Después, cada noche, Matt tenía más noticias. Habían despedido a éste. Era posible que despidieran a aquél, lo decía todo el mundo. Y cada noche me sentía un poco más desesperada. No lo hablábamos, pero lo sabía. No me podía marchar, aún no. Mi trabajo era seguro. Tendríamos dos hijos. Necesitábamos al menos un sueldo.

De manera que esperé. Y esperé. La niña, y la panza, continuaban creciendo. La inscribimos a la guardería, por si acaso. Pronto me vi yendo al trabajo caminando con torpeza, yendo al baño de mujeres cada hora, visitando a Recursos Humanos para programar mi licencia por maternidad. Para fijar mi vuelta al trabajo, tres meses después de que naciera mi hija.

Ése fue el día en que cobró realidad el hecho de que no me iría. De que la vida, una vez más, no estaba saliendo como yo había planeado. Se lo dije a Matt esa noche, durante la cena.

—Hoy puse la fecha de vuelta —informé, como si nada. Parte de mí confiaba en que me dijera que no lo hiciera, pero sabía que no sería así.

—Será algo temporal —aseguró—. Cuando acaben los despidos...

—Lo sé —dije, aunque no fuera así.

Aquello era permanente. Llevaría a otro hijo a la guardería. Después de todo, no podría pasar en casa el tiempo que quería. Ni con la niña ni con Luke.

—Lo siento, cielo —se disculpó. Y parecía sentirlo.

Me encogí de hombros y dejé el tenedor en el plato. Se me había quitado el apetito.

—No me queda más remedio.

La puerta se abre y aparece Matt. Perdí la noción del tiempo. ¿Pasó una hora? ¿Dos? Ahora mismo nada parece real. La luna está alta en el cielo, un gajo de luz. Las cigarras ya no cantan, ya no sopla la brisa. Se sienta a mi lado. Lo veo, espero a que diga algo. No lo hace, tan sólo le da vueltas al anillo de boda en el dedo.

—¿Tan malo es? —pregunto.

Él sigue dándole vueltas al anillo, más y más vueltas. Es como si quisiera decir algo, pero no lo dice.

—¿Qué pasaría? —inquiero con voz inexpresiva.

Toma aire con suavidad.

—Les daría acceso a todos los programas de la red.

—Programas clasificados.

—Sí.

Lo que suponía. Lo que haría yo de ser ellos. Asiento. Me noto atontada, como si esto no fuera real.

—Así que les estaría dando información clasificada —añado en voz baja.

Matt vacila.

—Más o menos.

—Y podrían hacer lo que quisieran.

—Hasta que los informáticos detecten la intrusión y los echen.

Intento pensar en qué sería lo primero que harían al acceder: aprender todo lo que pudieran de nuestros agentes en activo, de la información que proporcionan. Descubrir su paradero en Rusia. Meterlos en la cárcel o algo peor.

Resetear los servidores era una cosa, pero ¿esto? Con esto podría morir gente.

Se levanta un aire que me hace tiritar. Me abrazo el cuerpo, escucho el susurro de las hojas. ¿Cómo voy a hacer esto? ¿Cómo voy a vivir conmigo misma si lo hago?

—Los informáticos de la CIA son buenos —afirma Matt—. Probablemente se den cuenta deprisa.

—Los rusos también son buenos. Tú mismo lo dijiste. —Me abrazo con fuerza. Necesito calor, protección, yo qué sé—. ¿Y si son mejores?

Se mira las manos, no dice nada. Me doy cuenta de que dije que los rusos son los suyos. Y que no me corrigió.

Clavo la vista en la oscuridad. ¿Cómo llegué a este punto? A este punto en que estoy sentada aquí, pensando seriamente en hacer algo tan horrible, tan traicionero, que no estoy segura de si podría seguir viviendo conmigo misma si lo hiciera.

Porque fui débil. Porque no me planté en un principio e hice lo que debía. Me fui enfangando más y más, y cada vez era más difícil salir, así que ni siquiera lo intenté. Me limité a continuar enterrándome.

Llega otra ráfaga de aire, con más fuerza esta vez. Se rompe una ramita de uno de los árboles, se oye un leve golpe sordo cuando cae al suelo.

Claro que es lo mismo que he hecho con mi vida. Fueron muchas las veces que debí haberme planteado, haber hecho lo que en el fondo sabía que estaba bien. No comprar la casa, insistir en tomarme algún tiempo cuando nació Luke, cuando nació Bella. Si lo hubiera hecho, la vida habría sido muy distinta.

Noto que me cae una gota, luego otra, como alfilerazos fríos. La cosa no acabará con esto. Si lo hago, sólo estaré cavando un hoyo más profundo.

—No puedo hacerlo —digo.

Más gotas de lluvia, ahora caen más deprisa. Las oigo golpear la madera del porche, noto que me empapan. No puedo ser responsable de esto. Poner en peligro vidas. Y añado, en voz más alta esta vez, decidida, como para convencerme:

—No lo haré.

12

—¿No lo vas a hacer? —repite Matt. E incluso a oscuras veo su cara de sorpresa. Cambia delante de mí, pasa a ser otra cosa: frustración, creo—. No puedes..., no hacerlo.

—Tal vez sí.

Me levanto y entro en casa, tanto para escapar de él como para escapar de la lluvia. Parezco más segura de lo que me siento. La cuestión es que no sé si podré hacerlo. Ni cómo. Negarme a obedecer la orden de Yury, pero no ir a la cárcel. Continuar con mis hijos. Sin embargo, no quiero que Matt me diga que no puedo.

Me sigue, cierra la puerta al entrar, callando el sonido de la lluvia.

—Harán que acabes entre rejas.

No digo nada, voy hacia la escalera y subo al cuarto. «No si contraataco», pienso. Pero no lo digo. Sé con lo que me encontraría: una burla. Como si fuera imposible. Como si no tuviera elección.

Bueno, pues es posible que lo haga. Es posible que pueda pelear.

Quizá sea más fuerte de lo que Matt piensa.

Nos estábamos peleando el día que Luke casi se muere. No me acuerdo exactamente de por qué: algo frívolo, la fruta ecológica, quizá, el hecho de que gastáramos tanto en la frutería. Estábamos en el garage. Le había quitado el cinturón a Luke, lo había sacado del coche, lo había dejado en el suelo y había agarrado una bolsa de la cajuela. Matt estaba sacando la sillita del niño del coche, Bella a salvo en la suya, profundamente dormida. Ninguno de los dos nos dimos cuenta de que Luke había salido con su bici del garage y estaba en el camino de acceso. Tampoco vimos que se subió a ella, con el manubrio apuntando a la calle.

Lo oí antes de verlo: la bici bajaba hacia la calle. Las rueditas contra el concreto. Giré sobre mis talones hacia el lugar de donde venía del ruido. Allí estaba Luke, sujetando con fuerza el manubrio, la bicicleta cobrando velocidad. Y también algo más: un coche que venía calle abajo hacia nuestra casa.

Juro que el tiempo se detuvo, sólo un instante. Lo vi a cámara lenta, la bici tambaleándose, el coche avanzando, los dos por el mismo sitio, el choque que estaba a punto de producirse. Luke. Mi Luke, mi corazón, mi vida. No llegaría a tiempo. La bicicleta iba demasiado deprisa. No podría pararlo.

Así que grité. Un grito espeluznante, tan estridente, tan animal que hoy en día no creo que saliera de mí. Y corrí hacia él a una velocidad de la que no sabía que era capaz. El sonido sobresaltó a Luke, tanto como para que volteara hacia él, hacia mí, el manubrio girando con él, lo bastante para desequilibrar la bicicleta, para hacerla caer. Fue a parar al suelo antes de llegar a la calle, con fuerza, la bici cayéndole encima, el coche pasando a toda velocidad un segundo después.

Acto seguido, yo estaba a su lado, cargándolo en brazos, dándole besos en la cara, en las lágrimas, en el arañazo que se hizo en la rodilla. Al levantar la cabeza vi con nosotros a Matt. Él también se agachó, abrazó a Luke, que continuaba sollozando por la rodilla raspada, sin ser consciente de lo cerca que había estado de morir. También me abrazó a mí, porque seguía aferrada a Luke, no quería soltarlo. Vi la sillita en la puerta del garage, Bella aún dormía plácidamente.

—¡Dios mío! —exclamó Matt—. Por poco.

Yo no podía hablar. Me daba la impresión de que apenas podía moverme, no podía reaccionar. Sólo era capaz de abrazar a Luke, como si no fuera a soltarlo nunca. Si el coche lo hubiera atropellado, habría querido morir con él. No podría haber seguido viviendo si lo hubiera perdido. De verdad que no.

—Lo vi, la bici, el coche —dijo Matt, la voz ahogada al estar los tres abrazados—. Vi lo que iba a pasar. Vi que no podíamos hacer nada.

Apreté con más fuerza incluso a Luke. Mi cerebro se esforzaba por procesar lo que había dicho Matt: vio lo que había estado a punto de pasar. Lo vio y no hizo nada. Y no lo puedo culpar: no es que yo pensara las cosas antes de gritar. Lo hice por instinto.

Tenía ese instinto, el que le salvó la vida. Y ni siquiera lo sabía.

Esta noche duermo profundamente y me despierto con una sensación de determinación. Convencida de que esto es lo que tengo que hacer. Pero también igual de convencida de que no permitiré que me alejen de mis hijos. No permitiré que me metan a la cárcel.

Me estoy cepillando los dientes cuando Matt entra en el baño.

—Buenos días —saluda.

Nos miramos en el espejo. Parece que ha descansado, más de lo que debería con todo este estrés.

Me inclino hacia delante y escupo en el lavamanos.

—Buenos días.

A mi lado, toma el cepillo de dientes y le echa un poco de pasta. Después se lava los dientes, con energía. Lo miro en el espejo, y él me mira con el cepillo suspendido en el aire.

—Y ahora ¿qué?

Me detengo un instante y sigo cepillándome, tomándome mi tiempo. ¿Y ahora qué? Ojalá tuviera la respuesta. El hecho de que no sea así me frena. Al final me inclino y me enjuago.

—No lo sé —admito, y abro la llave para aclararme la boca.

Miro hacia abajo. Su mirada me está incomodando.

—Hazme caso, cariño, no puedes ignorarlos.

Dejo el cepillo en la barra y paso por delante de él para salir del baño. Voy al vestidor y tomo una blusa del perchero y unos pantalones. Matt tiene razón. Yury sabe todo lo que he hecho: revelar información clasificada, eliminar el archivo, meter la memoria USB. Y lo puede demostrar. Tiene unas pruebas con las que me condenarían. Yo lo sé y él lo sabe.

La cuestión es ¿qué piensa hacer con ellas?

—Tengo tiempo —alego, de nuevo con más confianza de la que siento.

Pero es cierto. Yury no se deshará de Matt enseguida. No me perderá. Intentará convencerme de que obedezca sus órdenes. Lo que significa que tengo tiempo.

—¿Tiempo para qué?

Me miro los botones de la blusa, los emparejo debidamente y empiezo a abrochármelos.

—Para idear un plan. —Para convencerlo de que me deje en paz. Sólo que no tengo la más mínima idea de cómo lograrlo.

Matt se acerca y se detiene en la puerta del vestidor. Tiene el pelo de punta por detrás, como siempre cuando se acaba de levantar, antes de bañarse. Está casi guapo, de no ser por la expresión de su cara: exasperada.

—No hay ningún plan, Viv.

Me miro otra vez los botones. Tiene que haber una salida. Yury posee información que yo no quiero que salga a la luz. ¿Y si yo tuviera información que él no quisiera que viera la luz?

—¿Y si llegáramos a un acuerdo?

—¿Un acuerdo?

—Sí, como silencio a cambio de silencio.

Matt niega con la cabeza, con aire de incredulidad.

—¿Y qué podrías darle tú?

Sólo se me ocurre una cosa lo bastante valiosa. Me estiro la blusa y lo miro.

—El nombre del jefe.

166

Cuando ya tengo la idea, me aferro a ella. Estoy segura de que es buena, de que es la única forma de salir de este lío. De manera que voy a trabajar, día tras día, dedicándole horas, buscando al jefe.

Creo otro algoritmo, la misma idea que el último pero un poco modificada: amplío el radio de acción, con la esperanza de atrapar a cualquiera que pudiera ostentar ese papel crítico, que supervise a contactos como Yury, que reciba órdenes directamente del SVR.

Lo ejecuto, lo vinculo a cualquiera que se haya puesto en contacto con Yury, o con los contactos de Yury, o incluso con los contactos de sus contactos. Y obtengo una larga lista de posibles candidatos, demasiado larga. Necesito encontrar la manera de hacer una criba, pero hasta que la encuentre, hasta que se me ocurra, me pongo a investigar. Creo perfiles de cualquiera que pudiera ser el jefe: fotos, datos personales, pistas de operaciones.

Encontré a Peter mirándome varias veces, parecía confuso. «¿Por qué ahora?», me preguntó en una ocasión. «Necesito encontrar a este hombre», le contesté.

Casi no he visto a los niños estos días. Cuando llego a casa se han acostado hace rato. A veces, Matt también se ha ido a la cama. Lo odia, no soporta que trabaje tanto. No es que lo haya dicho abiertamente, pero sé que piensa que lo que hago es inútil. Que debería hacer lo que me ordena Yury. Pero no puedo. Y no lo haré.

Cuando termino, imprimo el resultado de mis pesquisas, cientos de páginas. Las hojeo, voy viendo una cara airada tras otra. Uno de estos hombres es el jefe. Y cuando averigüe quién es, cuando sea capaz de convencer a Yury de que estoy a punto de poner al descubierto toda la red, podré comprar su silencio.

El problema es que hay demasiada información. Con una creciente sensación de desesperación, sigo pasando hojas. Necesito encontrar la forma de reducirla aún más, pero me llevará tiempo. ¿Y de cuánto tiempo dispongo? ¿Cuánto esperará Yury que lleve a cabo lo que me encomendó? ¿Cuándo recibiré el siguiente sobre? Me siento sobrepasada. Frustrada. Aterrada. Pero tengo claro que llegar a un acuerdo es mi única esperanza.

Meto los papeles en una carpeta, gruesa y voluminosa. Pongo una mano encima y me siento tranquilamente a la mesa. Necesito algo, una salida. Al final meto la carpeta en uno de los cajones de la mesa, lo cierro y agarro mis cosas.

Esa noche llego a casa más desanimada que de costumbre. Espero encontrarme la casa a oscuras, en silencio, pero hay una luz encendida en la sala. Matt sigue despierto, en el sillón. Con la tele apagada. Tiene las manos entrelazadas y mueve una pierna arriba y abajo, un tic nervioso suyo. Entro con recelo.

—¿Qué pasa? —pregunto.

—Yury está dispuesto a hacer un trato.

Me detengo.

—¿Cómo?

—Que está dispuesto a hacer un trato. —La pierna sube y baja con más furia ahora.

Me obligo a seguir avanzando, a entrar en la habitación, a sentarme en el sillón.

—¿Hablaste con él?

—Sí.

No sé si centrarme en ese punto o continuar. Lo dejo pasar por el momento.

—¿Qué clase de trato?

Ahora se retuerce las manos, la pierna aún moviéndose.

—Matt...

Toma aire, estremeciéndose.

—Es lo último que te pedirán que hagas.

Me quedo mirándolo. De pronto, está quieto.

—Si lo haces, Viv, destruirán esas capturas de pantalla. El archivo entero. No habrá ninguna prueba de lo que hiciste.

—Lo último —repito y afirmo, no pregunto.

—Sí.

Permanezco callada un rato.

—Traicionar a mi país.

—Volver a tener una vida normal.

Enarco las cejas.

—¿Normal?

Se inclina hacia delante, hacia mí.

—Con esto dejarían que me retirara. Viv, después podríamos librarnos de ellos.

Echo el aire despacio. «Podríamos librarnos de ellos.» Es lo único que quiero. Quiero que se marchen. Quiero una vida normal. Quiero que no exista nada de esto. Cuando hablo, mi voz es poco más que un susurro.

—¿De verdad accedieron a ello?

—Sí. —Veo el entusiasmo escrito en su cara, la sensación de que encontró una solución, de que lo arregló todo—. Después de esto nos lo habríamos ganado.

«Nos lo habríamos ganado.» Me recorre un escalofrío. «Pero ¿a qué precio?»

Y, además, ¿quién dice que cumplirían el trato? Sé cómo funciona esta gente, me pasé años estudiándola. Saldrían con otra cosa. Quizá no mañana, quizá no este año. Pero lo acabarían haciendo. La cosa no habría terminado. Y entonces sí que tendrían ventaja.

Me mira expectante, esperando a que responda. Esperando a que acceda, a que pregunte qué hay que hacer a continuación.

—No —contesto—. La respuesta sigue siendo no.

13

El coche negro está a la puerta de la escuela, estacionado en paralelo en una calle tranquila, llena de árboles. El motor ronronea con suavidad, el sonido apenas audible con el estruendo de los autobuses cercanos, los gritos de felicidad y el parloteo de los niños que van llegando.

—Es ése —afirma Yury.

Quita una mano del volante y señala por la ventanilla del acompañante. Hay un acceso circular, una fila de autobuses amarillos. Una valla blanca rodea la escuela.

Su acompañante, Anatoly, baja la vista al brazo que tiene extendido delante del pecho y después por la ventanilla, hacia donde señala el dedo. Se lleva unos binoculares a los ojos.

—El de la playera azul —puntualiza Yury—, la mochila roja.

Anatoly enfoca con los binoculares hasta que el niño cobra nitidez. Está en la banqueta, casi al lado de las puertas del autobús. Con una playera de un azul vivo y unos pantalones de mezclilla, y una mochila que casi parece ridículamente grande. Se ríe de algo que dijo su amigo; se ve el hueco del diente que se le cayó.

—Un Alexander en miniatura —farfulla.

Ahora el niño está hablando, animadamente. Su amigo escucha, se ríe.

—¿Está aquí todas las mañanas? —pregunta Anatoly. Mira hacia la valla más cercana a los autobuses, a unos metros de donde está el chico.

—Todas las mañanas.

Anatoly deja los binoculares en el regazo. Después, sin sonreír, sin pestañear, sigue observando al niño.

14

En el trabajo, al día siguiente y al otro, recuerdo las palabras de Matt. «Con esto dejarían que me retirara. Viv, después podríamos librarnos de ellos.»

Cada una de esas veces intento apartar las palabras, la idea. Es lo que quiero, librarme de ellos. Pero ¿cómo voy a hacerlo? ¿Cómo podría hacer lo que me piden que haga? Subir el programa. Ser la responsable de que los rusos descubran nuestros secretos, perjudicar a nuestros agentes en activo. No puedo. Sencillamente, no puedo.

De manera que me pongo a trabajar. Introduzco nombres en la barra de búsqueda, uno tras otro. Leo todo lo que logro averiguar de cada uno de esos hombres. Busco algo, cualquier cosa, que apunte a que uno de ellos podría ser el jefe. O algo que me permita eliminarlos de la lista, filtrar el archivo.

Sin embargo, cuando finaliza la semana apenas trabajé en él, apenas taché nombres, no di con una sola persona que crea que puede ser el jefe.

Es desesperanzador.

Me cuesta volver a casa esa noche, una vez más después de que los niños se acostaron. Matt me está esperando, despierto. Está en el sillón, viendo la tele, un programa de mejoras para la casa. Cuando entro, apunta al aparato con el control remoto y la imagen desaparece.

—Hola —saludo, ya dentro de la habitación; me quedo cerca de la televisión.

—Hola.

—¿Los niños están bien?

—Sí. —Parece ausente. No pondría la mano en el fuego, pero algo va mal. No es él mismo.

—¿Qué pasa? —pregunto.

—No te preocupes.

Abro la boca para hablar, para pedirle que no me diga que no me preocupe, pero me contengo, la cierro.

—De acuerdo. —Ya tengo bastantes cosas de las que preocuparme, y estoy agotada. «De acuerdo.»

Nos miramos unos instantes, incómodos, luego se levanta, agarra el vigilabebés de la barra de la cocina y se dirige hacia la escalera. Se detiene en el primer escalón, voltea.

—¿Lo harás?

—¿Introducir la memoria USB?

—Sí.

Lo miro con atención. Desde luego está ausente. Le preocupa algo.

—No puedo hacerlo. Sé que crees que debería, pero sencillamente no puedo.

Me observa un buen rato, la frente surcada de arrugas.

—Está bien.

Y hay algo en su modo de decirlo, tan resignado, tan definitivo, que yo también me quedo mirándolo, incluso cuando ya ni lo veo.

El día siguiente en el trabajo es tan inútil como los anteriores, y esa noche no me quedo hasta tarde. Vuelvo a casa temprano y cuando entro la casa está en silencio.

Es casi la hora de la cena. Luke y Bella deberían estar peleándose; Chase y Caleb, chillando, haciendo ruido. Matt debería estar en la cocina, cocinando, mediando, logrando hacer malabares con todo.

Pero en lugar de eso reina la calma. Empieza a invadirme una sensación de miedo. Algo está mal.

—Hola... —saludo al vacío.

—Hola, mamá —oigo.

Entro un poco más y veo a Luke a la mesa de la cocina, haciendo la tarea. Miro y no veo a Matt. Ni a los otros niños.

—Hola, tesoro. ¿Y papá?

—No está aquí. —Luke fija la vista en el papel que tiene delante, un lápiz suspendido en el aire.

—¿Dónde está? —El pánico se apodera de mí. Luke tiene siete años. No puede quedarse solo en casa. ¿Y dónde están los otros niños?

—No lo sé.

El pánico ahora es terror puro y duro.

—¿Fue a buscarte a la parada del autobús?

—No.

Casi no puedo respirar.

—¿Es la primera vez que no te va a buscar?

—Sí.

El corazón me late deprisa. Busco el celular en la bolsa, lo saco, encuentro a Matt en la lista de marcado rápido. Mientras suena, miro el reloj: la escuela cierra dentro de diecinueve minutos. ¿Estarán aún allí los niños? Suena el buzón de voz; cuelgo.

—Bueno, cariño —le digo, procurando que no se me note el pánico en la voz—. Vamos a buscar a tus hermanos a la escuela.

En el coche, intento llamar de nuevo a Matt. Me vuelve a sonar el buzón de voz. «¿Dónde está?» Adelanto a otros coches a toda velocidad, el pie como si fuera de plomo sobre el pedal. ¿Seguirán los niños en la escuela? Ni siquiera sé por qué estoy pensando eso, pero lo hago. Por favor, Dios mío, que estén allí.

Necesito llegar cuanto antes para averiguarlo. Tomo otra vez el teléfono, marco otro número en la lista de marcado rápido: la escuela. La secretaria contesta a la primera.

—Soy Vivian Miller —le digo—. No consigo localizar a mi marido, y me preguntaba si fue a buscar a nuestros hijos. —Pido en silencio, una y otra vez: «Por favor, Dios mío, que estén allí».

—Espere un momento, voy a ver —responde. Oigo papeles, y sé que está comprobando las listas que hay enfrente, las que utilizamos para firmar cuando entran y salen los niños—. No lo creo —añade.

Cierro los ojos y me recorre una sensación de alivio, además de un miedo distinto.

—Gracias —le digo—. Voy para allá.

Los niños están allí. Gracias a Dios, los niños están allí, aunque me sentiré mil veces mejor cuando los vea. Pero ¿por qué siguen allí? La escuela está a punto de cerrar. Matt conoce las normas. Y no tenía forma de saber que yo llegaría a tiempo de recogerlos. A juzgar por cómo ha sido la última temporada, debería haber dado por sentado que no sería así.

El terror me recorre como si fuera electricidad. Luke solo en la parada del autobús, solo en casa. Los otros niños, en la escuela, mucho después de la hora a la que solemos ir a buscarlos.

Matt se fue.

Dios mío, Matt se fue.

—¡Mamá! —La voz de Luke, desde el asiento trasero, me sobresalta. Miro por el espejo retrovisor: mi hijo me observa con los ojos muy abiertos—: Está verde.

Lo observo con cara de sorpresa y acto seguido dirijo la vista al frente. El semáforo está verde, cambiando a ámbar. Detrás de mí alguien toca el claxon. Piso el acelerador y continúo.

Me vienen a la memoria las últimas palabras que nos dijimos por la noche. Yo, que no haría lo que quieren que haga. Su forma de decir «está bien», la cara que tenía. ¿Acaso se dio cuenta de una vez por todas de que no podría convencerme para que subiera el programa y ya no tenía sentido seguir conmigo? Pero eso significaría que habría dejado a los niños solos, que le daba lo mismo lo que les ocurriera. Y Matt no es así.

Paramos al llegar a la escuela, subiéndonos en la banqueta. Me meto en un hueco, a duras penas entre las líneas; freno con demasiada fuerza, haciendo que la bolsa salga disparada del asiento del acompañante y caiga al suelo. Saco la llave, apuro a Luke para que se baje y corro a la puerta principal. Veo el reloj con el rabillo del ojo —dos minutos tarde, segundo aviso y una multa, cinco dólares por minuto y niño—, pero me da lo mismo. Los veo a los tres nada más entrar, en recepción, esperando con la directora.

Me siento aliviada, y no sé por qué. No sé por qué me alivia tanto verlos. ¿Acaso pensaba que los rusos podrían hacerles daño? Porque no es que pensara que Matt se los llevar o algo por el estilo... No lo sé. Ahora mismo soy incapaz de dotar de sentido a la maraña de cosas que tengo en la cabeza, y me da lo mismo.

Los abrazo, estrechándolos a todos contra mí, sin preocuparme de que la directora piense que estoy loca; el abrazo familiar en la entrada, que probablemente nos cueste otro minuto, otros quince dólares. Ahora mismo lo único que me importa es que están aquí, conmigo.

Y nunca, jamás, permitiré que me separen de ellos.

Tardamos mucho más de lo debido en hacer testamento. Lo cierto es que tendríamos que haberlo hecho antes de que naciera Luke, pero hasta que tuvimos dos niños no fuimos al centro, al bufete de la planta alta de aquel edificio de la calle K, a sentarnos con un abogado.

El testamento en sí fue fácil, casi no llevó tiempo. Nombramos a mis padres albaceas de la herencia, en caso de que nos sucediera algo a los dos. Tutores de los niños. No era una situación ideal, pero ninguno de los dos tiene hermanos. Tampoco teníamos amigos en los que confiáramos lo bastante, ni otros familiares.

Saqué el tema cuando volvíamos a casa desde el despacho del abogado, el hecho de que mis padres se quedaran con los niños si nos pasaba algo a los dos.

—No sé cómo se las arreglarían con las rabietas de Luke —comenté risueña mientras volteaba para mirarlo, en el asiento trasero, dormido como un tronco—. Será mejor que nos aseguremos de que quede uno de los dos.

Matt tenía los ojos fijos en la carretera, no me miró. La sonrisa se me borró de los labios al verlo.

—¿Te sientes bien? —le pregunté.

Los músculos de la mandíbula se le tensaron, las manos apretando con más fuerza el volante.

—¿Matt?

Me miró de reojo, deprisa.

—Sí, sí, estoy bien.

—¿En qué estás pensando? —quise saber. Se estaba comportando de manera rara. ¿Era el testamento? ¿Que mis padres fueran los tutores?

Vaciló.

—Sólo pensaba en qué sucedería si me pasara algo, ¿sabes?

—¿Cómo?

—Me refiero a sólo a mí. ¿Y si desapareciera?

Solté una risita nerviosa.

Él me miró, con gravedad.

—Lo digo en serio.

Me puse a mirar por el parabrisas, veía cómo nos adelantaban coches por la izquierda. La verdad era que no me había parado a pensarlo nunca. Sobre los niños, claro. Desde el principio, cuando eran recién nacidos y me inclinaba sobre la cuna para asegurarme de que respiraban. Cuando empezaron a comer alimentos sólidos y se atragantaban. El miedo, siempre presente, irracional, de que se me cayeran al suelo. Su vida siempre me parecía tan delicada, tan frágil... Sin embargo, nunca me planteé qué pasaría si perdiera a Matt. Era mi roca, la presencia constante en mi vida, la persona que siempre estaría ahí.

Ahora me lo planteaba. Qué pasaría si recibía una llamada, si un agente de policía me decía que había muerto en un accidente de coche. O si me veía delante de un cirujano que me informaba de que había sufrido un infarto, que estaban haciendo todo lo que podían. El vacío que se abriría en mi vida, lo incompleta que estaría. Y respondí con sinceridad:

—Dios mío, no lo sé. No creo que pudiera seguir adelante.

Y el hecho de que lo dijera, de que lo creyera, me afectó, me hizo pensar que ya no me conocía. ¿Qué había sido de la chica que se recorrió cuatro continentes sola, que tenía dos trabajos cuando estudiaba el posgrado para poder vivir sola? ¿Cómo era posible que en unos pocos años hubiera llegado a involucrarme de tal modo con alguien que no me imaginaba estando sola?

—Tendrías que hacerlo —afirmó en voz baja—. Por los niños.

—Sí, lo sé. Es sólo que... —Lo miré. Matt seguía con la mirada al frente, los músculos de la mandíbula aún tensos. Perdí el hilo de mis pensamientos y no dije nada más, volví a mirar por el parabrisas.

—Si me pasa algo, Viv, haz lo que haga falta para cuidar de los niños.

Lo miré de soslayo, vi que tenía la frente fruncida, la preocupación grabada en el rostro. ¿Acaso no creía que pudiera ocuparme de los niños sin él?

—Pues claro —repuse, a la defensiva.

—Lo que haga falta. Tendrías que olvidarme y hacerlo, sin más.

No sabía qué pensar, por qué me decía todo eso, por qué hablaba de esas cosas. No sabía qué decir. Sólo quería que la conversación terminara.

Me miró, apartando los ojos de la carretera durante un tiempo que se me hizo largo e incómodo.

—Prométemelo, Viv. Prométeme que harás cualquier cosa por los niños.

Agarré la manija de la puerta y la apreté con fuerza. ¿Por qué tenía que prometerle eso? Pues claro que lo haría. En ese momento me sentí absolutamente incompetente. Cuando hablé, mi voz apenas era un susurro.

—Te lo prometo.

Llevo a los cuatro niños a casa, caliento la cena en el microondas y los siento a la mesa. No han parado de preguntarme por él: «¿Dónde está papá? ¿Cuándo viene papi a casa?». Y no sé qué contestar, salvo la verdad: «No lo sé. Espero que pronto».

Luke casi no toca la cena. Bella está callada. Y no es que me sorprenda: él es su roca. La persona con cuya presencia cuentan.

La mía es impredecible; la suya, no.

Los baño y les pongo la pijama, a todos. Me paso todo el tiempo esperando que Matt entre por la puerta. Esperando que suene el teléfono. No paro de mirarlo, como si pudiera llegarme un mensaje y no lo oyera, aunque he comprobado el volumen media docena de veces. Abro otra vez el correo, aunque creo que no me ha escrito un email en años.

Se pondrá en contacto de alguna manera, digo yo. No puede desaparecer sin más.

Por último, los meto en la cama y voy abajo, sola. Lavo los platos, los seco. En la casa reina el silencio, una quietud solitaria, apabullante. Recojo los juguetes, los pongo en sus respectivas cajas. Es como si estuviera suspendida en el tiempo, como si sólo estuviera esperando a que entrara por la puerta, me diera un abrazo y se disculpara por llegar tan tarde. Es como si fuera consciente de que cabe la posibilidad de que no vuelva, de que haya huido, pero no soy capaz de procesar eso, no soy capaz de creerlo.

Me viene a la memoria aquel extraño trayecto en coche, hace años. La conversación. «¿Qué sucedería si me pasara algo? ¿Y si desapareciera?» ¿Era una advertencia? ¿Su modo de decirme que un día se iría?

Niego con la cabeza. No tiene sentido. No de la forma en que se ha ido. Él no dejaría a los niños así.

El instinto me dice que le ha ocurrido algo. Que está en peligro. Pero ¿qué se supone que puedo hacer yo? No puedo acudir a las autoridades. No sé cómo encontrarlo, y no se lo puedo contar a nadie. Ni siquiera sé a ciencia cierta si está en peligro.

El miedo y la desesperanza se apoderan de mí.

Recuerdo el pánico que me entró cuando iba a la guardería. Por los niños. Si pensaba que Matt estaba en un apuro, que le había pasado algo, ¿no debería haber sentido el mismo pánico por él? ¿No debería estar sintiéndolo ahora?

Puede que me equivoque. Puede que en el fondo crea que se ha ido. Puede que incluso me alegre de que sea así.

En ese momento, me asalta una idea. Algo tan evidente que no sé cómo no se me ocurrió antes. Camino hacia nuestro cuarto. Voy al closet, saco la caja de zapatos de la repisa, la de los zapatos de vestir. Me siento en la alfombra con ella encima. Casi me da miedo abrirla. Tengo miedo de lo que puedo encontrar, aunque ya lo sé.

Levanto la tapa, veo los zapatos. Dentro no hay nada.

El arma no está.

Esto no es real, no puede serlo. Me quedo mirando ese espacio ahora vacío, como si el arma pudiera aparecer. «Matt se fue.» Me llevo las manos a las sienes, como si de algún modo pudieran callar ese pensamiento. No se ha ido. No se iría. Tiene que haber otra explicación.

Me meto la mano en el bolsillo trasero, saco el teléfono y busco un número en la lista de marcado rápido.

—Mamá... —digo, al oír la voz de mi madre.

—Cariño, ¿qué sucede?

Me deja pasmada que sepa que pasa algo sólo con pronunciar esa palabra. Trago saliva.

—¿Pueden venir papá y tú a quedarse unos días? No me vendría mal que me echaran una mano con los niños.

—Pues claro. ¿Está todo bien?

Los ojos se me humedecen. No soy capaz de dar forma a las palabras.

—¿Cariño? ¿Dónde está Matt?

Intento controlarme con todas mis fuerzas, al mismo tiempo que intento encontrar mi voz.

—Se fue.

—¿Cuánto tiempo estará fuera?

Profiero un grito ahogado.

—No lo sé.

—Ay, cariño —dice mi madre, la voz teñida de dolor. Y no puedo aguantar más. Comienzo a llorar en silencio en esa casa oscura, solitaria, hasta que las lágrimas me nublan la vista.

15

La noche pasa sin que sepa nada de Matt, y por la mañana ya dejo de esperar a cada momento noticias suyas. Sigo sin saber si se fue o si le ocurrió algo. Y no sé por qué no estoy más desesperada, por qué tengo la sensación de que nada de esto es real.

Los cuatro niños están sentados a la mesa de la cocina, con grandes tazones con cereales delante de los dos mayores, cereales O's y arándanos apachurrados desparramados en las bandejas de los gemelos. Estoy en la barra, preparando la comida de Luke —otra de esas cosas que suele hacer Matt— y tomándome la segunda taza de café; otra noche en vela. Tocan la puerta, con los nudillos, deprisa. Bella da un grito ahogado.

—¡¿Papi?! —exclama.

—Papá no tocaría —le dice Luke, y la sonrisa se le borra.

Abro la puerta y entra mi madre, dejando una estela de perfume, con abultadas bolsas en ambos brazos, llenas de no estoy segura qué. Probablemente regalos para los niños. Mi padre la sigue de cerca, vacilante, más incómodo que de costumbre.

No les dije a los niños que vendrían. No estaba segura de cuándo iban a llegar. Pero aquí están, y los niños se ponen contentísimos, sobre todo Bella.

—¡La abuela y el abuelo vinieron! —grita al verlos.

Mi madre va directo a la mesa de la cocina, deja las bolsas en el suelo, al lado, y abraza a Bella y a Luke y después besa en la cara a los gemelos. Les deja marcas de labial en las mejillas.

—Mami, ¿por qué vinieron? —me pregunta Bella, volteando hacia mí.

—Van a ayudarme mientras papi no está —contesto.

Miro un instante a mi madre a los ojos, mientras unto pan con mermelada, y después retiro la mirada deprisa. Mi padre revolotea cerca de la cafetera, como si no supiera qué hacer.

—¿Cuánto se van a quedar? —inquiere Bella—. ¿Cuánto va a estar fuera papi?

En la habitación se hace el silencio. De pronto, mis padres están muy callados. Noto que me miran. Todo el mundo me mira esperando a que responda. Y lo único que puedo hacer es contemplar el sándwich que tengo delante, porque, por más que lo intento, soy incapaz de recordar si a Luke le gusta cortado en triángulos o rectángulos. Mi madre me salva de repente.

—¡Regalos! Les traje regalos.

Mete la mano en las bolsas, y los niños empiezan a pedir a voces lo que quiera que haya dentro. Echo el aire despacio, y cuando levanto la cabeza mi padre aún me mira. Me dirige una sonrisa desganada, violento, y después mira hacia otro lado.

Cuando los niños tienen sus regalos —peluches, plumones y libros para colorear, enormes tubos de pintura para pintar con las manos— y terminan de desayunar, preparo la mochila de Bella, la ayudo a encontrar un objeto del que pueda hablar en clase: hoy toca la letra v, así que nos decidimos por su varita mágica de princesa, la que brilla. Doy abrazos y besos a Luke y a los gemelos, y lleno de café el termo del trabajo.

Luego les recuerdo a mis padres a qué hora llega el autobús de Luke, la esquina en la que para.

—¿Estan seguros de que no les importa quedarse con los gemelos? —pregunto.

Se ofrecieron para cuidar también de Bella, pero estar todo el día con dos niños parecía bastante más factible que lidiar con tres, así que les dije que no se preocuparan, que Bella podía ir a la escuela, como de costumbre.

—Claro —replica mi madre.

Vacilo, con las llaves del coche en la mano.

—Gracias —les digo—. Por venir. —Noto que estoy a punto de que se me salgan las lágrimas, y bajo la vista, porque me aterra que, si continúo mirando a mi madre, se puedan abrir las compuertas. Las siguientes palabras no son más que un susurro—. No podría hacerlo sola.

—Tonterías. —Mi madre extiende el brazo y me aprieta la mano—. Claro que podrías.

Bella no tenía ni un año cuando me quedé embarazada por tercera vez. La verdad es que fue un accidente. No habíamos hablado de cuándo tendríamos un tercer hijo —ni siquiera de si lo tendríamos—, y desde luego no lo habíamos estado intentando. Pero había guardado mi ropa de embarazo en una caja de plástico, al igual que toda la ropita de recién nacido. No me había deshecho de nada, y Matt tampoco lo sugirió. Sencillamente fue todo a parar al sótano, a la bodega, junto con la tina portátil y la mecedora y todo lo demás. De manera que supongo que los dos dábamos por sentado que tendríamos otro, en algún momento. Sólo que no tan pronto. Desde luego no tan pronto.

Ese día salí del trabajo temprano, y de camino a casa le compré una playera a Bella. Me costó trabajo encontrar una tan pequeña, pero al final la encontré: una playerita rosa que decía con letras púrpura: hermana mayor. Le puse a Luke su playera de hermano mayor, que todavía le quedaba. Cuando Matt llamó para decir que venía para la casa, el corazón empezó a latirme con fuerza. Sabía que se pondría como loco de contento. Se asustaría un poco, se sentiría un poco abrumado, como yo, pero se pondría como loco.

Cuando oí la llave en la cerradura, fui por los niños y me aseguré de que los dos estuvieran frente a él: Bella en mis brazos, Luke a mi lado. Matt entró, los saludó con entusiasmo, como siempre, y se inclinó para besarme. Entonces se dio cuenta de las playeras, primero de la de Luke, luego de la de Bella. Se quedó helado, la cara, el cuerpo entero. Esperé a que apareciera la sonrisa, la dicha que le había inundado el rostro entero con los dos primeros niños, pero no apareció.

—¿Estás embarazada? —fue todo cuanto dijo, casi en tono acusador.

«Estás embarazada.» Las palabras me atravesaron. Con los otros dos embarazos dijo «estamos embarazados» tantas veces que me acabó haciendo daño en los oídos. En un par de ocasiones incluso se lo recriminé, recordándole que era yo la que tenía náuseas por las mañanas, ardor, dolor de espalda. Sin embargo, ahora deseaba más que ninguna otra cosa que volviera a pronunciar esas palabras. Que estuviéramos en esto juntos.

—Sí —repuse, intentando no hacer caso.

«Está asustado. Está preocupado. Dale un minuto, deja que se haga a la idea, deja que se ilusione.»

—Estás embarazada —repitió, aún sin sonreír. Y después, sin emoción alguna, un—: Bueno.

Esa noche empecé a sangrar. Recuerdo ver la sangre en la ropa interior, el pánico que sentí. Pardusca en un principio, roja cuando empezaron los espasmos. Llamé al médico, porque es lo que se hace en esos casos. La triste voz que me contestó: «No se puede hacer nada». Luego, la estadística: uno de cada cuatro. Como si de alguna manera eso hiciera que fuera más sencillo. Recuerdo hacerme bolita en el frío suelo del baño. Sin tomar nada para el dolor, porque quería sentirlo. Se lo debía, al menos eso.

A la niña, porque era una niña. Lo presentía. Veía su carita, una vida truncada.

No fui capaz de despertar a Matt para contárselo. No después de cómo había reaccionado cuando le di la noticia. Imaginé la cara que pondría, lo que diría: no sentiría el mismo nivel de sufrimiento absoluto que sentía yo. De eso estaba segura. Necesitaba hacer eso yo sola. Perder a mi hija, llorar su pérdida. La experiencia más dolorosa y desgarradora de mi vida, y quería pasar por ella sola.

«Lo siento», le susurré a mi hija cuando los espasmos se intensificaron, cuando el dolor se volvió casi insoportable, cuando las lágrimas me corrían por la cara. Ni siquiera sabía por qué. La reacción de Matt, supongo. En esa breve existencia, ¿no debió haber conocido únicamente amor? ¿Entusiasmo? ¿Dicha? «Lo siento mucho.»

Después, el dolor, que pensé que no podía empeorar, empeoró. Estaba doblada sobre mí misma, inmovilizada, sudando, apretando los dientes para no gritar. Supe que iba a morir, hasta ese punto me dolía. Había sangre por todas partes, muchísima sangre. Nadie me dijo que sería como dar a luz, que sería así de horrible. Después no pude aguantar más. Justo cuando estaba a punto de chillar, vi a Matt en el suelo, a mi lado, rodeándome con los brazos, casi como si de algún modo pudiera sentir mi dolor.

—No pasa nada, no pasa nada —musitó, y no eran las palabras adecuadas, no lo eran, porque sí que pasaba algo, pasaba mucho.

Se meció conmigo, adelante y atrás, en el suelo. Y entonces toda la emoción que sentía se desbordó, y unos profundos sollozos me sacudieron el cuerpo, unos sollozos que no podía controlar, porque no quería que Matt estuviera ahí, porque había perdido a la niña, porque la vida no era justa.

—¿Por qué no me despertaste? —inquirió.

Enterré la cabeza en su pecho. Oía los latidos de su corazón, la vibración de sus palabras al hablar, casi con más fuerza que las palabras en sí.

Me separé, lo miré, le dije la verdad:

—Porque no la querías.

Él se echó hacia atrás, abriendo mucho los ojos. Vi el dolor reflejado en ellos, y entonces me asaltó el sentimiento de culpa. Ésa también era su hija. Claro que la quería. ¿Podría haber dicho algo peor?

—¿Por qué dices eso? —preguntó, la voz apenas audible.

Miré al suelo, las uniones de la loseta, y se hizo un denso silencio entre ambos.

—Me asusté —admitió—. No reaccioné bien.

Lo miré, pero el dolor que vi en sus ojos era más de lo que podía soportar, así que me apoyé de nuevo en su pecho, en la playera que ahora estaba húmeda por mis lágrimas. Noté que vacilaba, luego me abrazó, y por primera vez esa noche tuve la impresión de que todo estaría bien.

—Lo siento —musitó, y en ese momento supe que me equivocaba. No debí haberme puesto en lo peor. No debí haber pasado por eso sola—. Te quiero, Viv.

—Yo también te quiero.

Mi madre llama a media tarde para informarme que fue a buscar a Bella al colegio, que mi padre fue a buscar a Luke a la parada del autobús y están en casa, que no sabe cómo pero Luke extravió la mochila; sin embargo todo el mundo está en casa, sano y salvo. Exhalo un suspiro de alivio. «La mochila da igual —le digo, exasperada, cuando lo menciona por tercera vez—. Le compraremos otra.» Lo que me importa es que los niños estén bien. Ni siquiera era consciente de que estaba esperando a que llamara, esperando para estar segura de que todo estaba bien.

Paso el día trabajando como una loca. Tecleando nombres en barras de búsqueda, peinando registros, intentando con desesperación encontrar al jefe, hacer algún progreso, tener el control. En vano. Otro día infructuoso de búsqueda.

Otro día perdido.

Salgo del trabajo al cabo de ocho horas exactamente. Cuando llego a mi calle ya está oscureciendo. Enfilo el camino de entrada, dejo el motor encendido un momento mientras miro la casa. Dentro las luces están encendidas, las cortinas son lo bastante finas para permitirme ver las siluetas de mis padres, de mis hijos.

Entonces me fijo en algo: una figura en el porche. Sentada en una de las sillas, sumida en las sombras.

Yury.

No me hace falta ver sus rasgos para saber que es él. Es casi como un sexto sentido.

El corazón me da un vuelco. ¿Qué está haciendo aquí? Aquí, en mi casa, a escasos metros de mis hijos. ¿Qué quiere? Sin pensar, saco la llave del coche y agarro la bolsa, no quito los ojos de él. Me bajo y voy al porche.

Está sentado sin moverse, mirándome. Parece más corpulento en persona. Mala persona. Lleva unos pantalones de mezclilla y una camisa negra, los dos últimos botones desabrochados, una cadena de oro al cuello, un collar. Unas botas negras, militares. Me paro delante de él, rezando para que la puerta siga cerrada, para que los niños no salgan.

—¿Qué estás haciendo aquí? —pregunto.

—Ven a sentarte, Vivian. —Tiene acento, pero no tanto como cabría esperar. Señala la silla de al lado. Mi silla.

—¿Qué quieres?

—Hablar.

Hace una pausa, mirándome, esperando a que me siente, pero no lo hago. Luego se encoge ligeramente de hombros y se pone de pie. Mete la mano en el bolsillo trasero y saca un paquete de tabaco. Tiene algo compacto en la cadera: distingo la silueta a través de la camisa.

Una pistola, probablemente. Ahora el corazón me late desenfrenado.

Da unos golpecitos a la cajetilla contra la mano, una vez, dos. Me mira como si quisiera determinar cuánto valgo.

—Seré rápido, porque sé que tus hijos te esperan.

Siento un escalofrío cuando menciona a mis hijos, y mis ojos vuelven a bajar hasta su cadera.

Abre el paquete, saca un cigarro, lo cierra. No hay nada rápido en lo que hace, nada de nada.

—Voy a necesitar que te ocupes de esa memoria USB.

Pienso, durante un instante, que no debería fumar aquí. Que no quiero que el olor a tabaco se quede en el porche, cerca de los niños. Como si eso debiera preocuparme ahora mismo.

Se pone el cigarro en los labios, mete la mano en el bolsillo delantero para sacar un encendedor. El borde de la camisa se le levanta lo bastante para que vea el plástico negro de la cadera: sin duda la funda de una pistola.

—Si lo haces, los dos tendremos lo que queremos. —El cigarro sube y baja cuando habla.

—¿Los dos?

Intenta prender el encendedor una vez, dos veces, y aparece una llama. La acerca al extremo del cigarro hasta que se ve una luz naranja. Luego me mira, se encoge de hombros.

—Los dos, sí. Yo consigo que se suba el programa; tú recuperas tu vida. Para estar con tus hijos.

«Con tus hijos.» No con tu marido y tus hijos.

—¿Y Matt? —Las palabras me salen antes de que pueda censurarlas, pensarlas bien.

—¿Matt? —En su rostro se asoma una breve expresión de perplejidad. Luego se ríe, se saca el cigarro—. Ah, Alexander. —Niega con la cabeza risueño—. La verdad es que eres muy ingenua. Claro que Alexander contaba con eso.

Me entran ganas de vomitar. Da una fumada, echa una bocanada de humo.

—¿Acaso no fue él quien te metió en este lío? ¿El que te traicionó?

—Matt nunca me traicionaría.

—Ya lo hizo. —Otra risotada—. Nos ha estado contando todo lo que le dices. Durante años.

Me niego. «Imposible.»

—Tus compañeros de trabajo. ¿Cómo se llaman? ¿Marta? ¿Trey?

Noto que me quedo sin aire en los pulmones. Matt negó haber hecho eso. Me lo juró. Y yo habría jurado que decía la verdad.

La sonrisa se borra del rostro de Yury, desaparece, dejando una expresión fría. Entorna los ojos y se saca el cigarro de la boca.

—Vamos a dejarnos de tonterías. Hablemos de un profesional de la inteligencia a otro. ¿No quieres que esto termine?

Espera mi respuesta.

—Sí —reconozco.

—Sabes que no tienes elección.

—Sí tengo elección.

Esboza una sonrisa sarcástica.

—¿La cárcel? ¿De verdad es lo que elegirías?

El corazón me late deprisa.

—Si te niegas a colaborar, ¿por qué no iba a compartir los resultados de esa búsqueda con las autoridades?

—Matt —susurro, pero nada más decirlo sé que no es un motivo.

Yury se ríe y da otra fumada con fuerza al cigarro.

—Tu marido se fue hace tiempo, Vivian —asegura, las palabras salen en medio de un hilo de humo, de ese que se cuela en todas partes.

—No lo creo —musito, aunque ya no sé qué pensar.

Me observa fijamente, con una expresión que no soy capaz de interpretar. Después da unos golpecitos en el cigarro para que caiga la ceniza.

—Pero quería que cuidáramos de ti.

Sostengo su mirada, conteniendo el aliento; espero a que continúe.

—Te pagaremos. Lo bastante para que te puedas ocupar de tus hijos, durante mucho tiempo.

Veo que da otra fumada, expulsa el humo por la nariz despacio, contemplando la calle. Luego tira el cigarro al porche, lo aplasta con el tacón de la bota. Me lanza una mirada penetrante.

—Eres todo lo que les queda a tus hijos. No lo olvides.

Después de sufrir el aborto, estaba segura de que quería tener otro hijo. Me dolía pensar en el que había perdido, en la niñita con cuyo rostro seguía soñando. Cada vez que veía a una embarazada, comparaba su panza con la que debería ser la mía y se me encogía el corazón. Quería ser yo la que llevara pantalones con elástico en la cintura, la que tuviera los tobillos hinchados. Quería estar convirtiendo el cuarto de invitados en la habitación del bebé, doblando la minúscula ropita de recién nacido.

Y, sobre todo, quería un hijo. Sabía que nunca la tendría a ella, a la niña que había perdido, pero quería otro. Un niño al que abrazar, mecer, amar, proteger. Quería otra oportunidad.

Podíamos permitirnos llevar a dos niños a la guardería, pero no a tres. Matt se apresuró a señalarlo, y yo no podía olvidarme de cómo había reaccionado con el último embarazo. De manera que, aunque lo que más quería en el mundo era quedarme embarazada, esperamos hasta que Luke estuviera en preescolar para probar de nuevo.

Y esta vez, cuando la rayita se volvió azul, me sentí aterrorizada. Me aterraba que pudiera perder también a este hijo. Que Matt reaccionara como la última vez. Así que no le dije nada, ni el primer día ni el segundo. Contaba con que empezara a sangrar, y cuando no fue así decidí que tenía que contárselo.

No planeé la manera. Lo de la playera de hermana mayor era un recuerdo doloroso. Cuando los niños se quedaron dormidos, y estábamos los dos solos, acurrucados en el sillón viendo un rato la tele antes de acostarnos, sostuve en alto la prueba de embarazo y permanecí a la espera.

Matt miró la prueba y luego a mí.

—Estamos embarazados —susurró, y a su rostro asomó una sonrisa, despacio. Luego me dio un abrazo, tan fuerte que casi temí por la pequeña vida que llevaba dentro.

Unas semanas después fuimos al ginecólogo por primera vez. Yo había estado contando los días que faltaban, desesperada por oír que todo iba bien, aterrada cada vez que iba al baño por si veía sangre. Cuando me senté junto al ecógrafo, me asaltó otro miedo: que el corazón no latiera, que algo estuviera mal.

La doctora Brown comenzó a hacerme la ecografía. Matt me tomó de la mano, y se la apreté con fuerza mientras miraba la pantalla, el pánico apoderándose de mí. Esperé a que la neblina cobrara nitidez al tiempo que ajustaba la sonda, buscando el lugar adecuado, la imagen adecuada. Desesperada por ver movimiento, los latidos de un corazón. Entonces lo vi, una manchita blanca, un corazón que palpitaba.

Y al lado, otro.

Miré la pantalla fijamente, sabiendo de sobra lo que estaba viendo. Luego desvié la mirada y me centré en Matt: también lo veía. Se puso blanco, y me dedicó una sonrisa, pero forzada.

Es posible que él estuviera asustado, nervioso, lo que fuera, pero yo estaba entusiasmada a más no poder: gemelos. No un bebé al que abrazar, sino dos. Casi como si tuviera una segunda oportunidad con la niña que había perdido hacía un año.

De camino a casa fuimos callados en el coche, cada uno absorto en sus pensamientos, hasta que al final habló Matt.

—¿Cómo vamos a hacer esto?

No estaba segura de si se refería a criar a cuatro hijos, a ocuparse de dos recién nacidos que se despertaran por la noche, al dinero o a qué. Sin embargo, contesté a lo que yo pensaba que él tenía en mente. A lo que yo tenía en mente:

—Me quedaré en casa. —Matt apretaba el volante con tanta fuerza que veía la piel estirada en los nudillos—. Al menos durante un tiempo...

—Pero ¿no lo extrañarás?

Miré por el parabrisas.

—Puede. —Lo dejé ahí.

Sabía que lo extrañaría. Extrañaría la promesa de cambiar las cosas. De ver si la nueva metodología que había desarrollado nos llevaría hasta alguien que estuviese implicado en el programa de agentes encubiertos.

—Pero extrañaría más a los niños.

—Pero al cabo de un tiempo...

—Al cabo de un tiempo podré volver.

Al menos eso esperaba. Cuando todos los niños fueran a la escuela, cuando no tuviera la sensación de que el tiempo se me escurría entre los dedos antes de que pudiera retenerlo. Cuando pudiera centrarme de verdad en el trabajo, concederle la atención que merecía, y no tener la impresión de que estaba haciendo una labor mediocre en todos los aspectos de mi vida.

—Pero ¿podrás? —Me miró de soslayo.

Guardé silencio. La verdad era que no había ninguna garantía de que pudiera volver. Los recortes de presupuesto, un rumor que llevaba circulando algún tiempo, ya eran una realidad, y no se contrataba a nadie. Si me marchaba, quizá fuera para siempre.

—El seguro médico será un problema —apuntó—. Menos mal que tenemos el tuyo. Mi cobertura es pésima. Las primas están por las nubes.

Dejé de mirarlo para echar un vistazo por la ventanilla. Era cierto: el trabajo de Matt tenía algunas ventajas, pero el seguro médico nunca había sido una de ellas.

—Estamos sanos —afirmé. No quería oír quejas en ese momento.

—Es sólo que con los gemelos a veces surgen complicaciones...

Un coche pasó a toda velocidad por el carril de al lado, demasiado deprisa. No respondí.

—Y acostumbrarnos a contar sólo con un sueldo nos va a costar.

Me dieron náuseas, sentí una opresión en el pecho, lo bastante para que por un instante temiera por los niños. No podía estresarme así, tenía que calmarme. Respiré hondo una vez, otra.

—Los niños no serán pequeños siempre, ¿sabes? —añadió Matt.

—Lo sé —repuse, mi voz un susurro.

Fuera todo era borroso. ¿Y si no truncaba únicamente mi carrera? ¿Y si no podía reincorporarme? Mi trabajo era parte de mi identidad. ¿Estaba dispuesta a dejarlo?

Quería las dos cosas: pasar tiempo con los niños y una carrera gratificante. Pero no parecía posible.

Instantes después Matt me tomó de la mano.

—Es sólo que no sé cómo lo vamos a hacer —explicó en voz baja—. Sólo quiero que estemos bien.

Veo cómo se aleja Yury, va hacia un coche que está estacionado al otro lado de la calle, un sedán negro de cuatro puertas. Con placas de Washington: roja, blanca y azul. Leo la placa y la repito sin aliento, una vez, dos veces. Veo que se separa de la banqueta, enfila mi calle hasta que las luces traseras desaparecen. Meto la mano en la bolsa, saco una pluma y un papel y apunto la placa.

Luego me derrumbo. Me siento en el suelo y me abrazo las rodillas. Tiemblo de manera incontrolable. ¿De verdad está pasando esto?

La única razón de que esté metida en este lío es que quería proteger a Matt, quería que estuviera aquí, por los niños, que nuestra vida siguiera siendo lo más normal posible. Y ahora se ha ido.

Me mintió sobre lo de Marta y Trey. Le habló a Yury de ellos, claro que lo hizo. ¿Cómo pude ser tan ingenua? ¿Y por qué no me dijo la verdad? No consigo olvidarme de su cara, de cómo me miró cuando me juró que no había hablado de ellos. Sin que me oliera el engaño. Lo cierto es que no sé distinguir la mentira de la verdad.

Y los niños. Dios mío, los niños. «Eres todo lo que les queda a tus hijos.» Yury tiene razón, desde luego. ¿Qué sería de ellos si yo fuera a la cárcel?

Oigo que la puerta se abre detrás de mí, ese crujido que hay que arreglar.

—Vivian... —La voz de mi madre. Y luego pasos, que se acercan, el olor de su perfume cuando se arrodilla a mi lado—. Ay, cariño —musita.

Me abraza, como no lo hacía desde que yo era pequeña. Entierro la cabeza en su plácido cuerpo, como si volviera a ser una niña.

—Vivian, cariño, ¿qué pasa? ¿Es Matt? ¿Supiste algo de él?

Es como si me estuviera ahogando. Le digo que no, aún entre sus brazos. Me acaricia el pelo. Noto el amor que desprende. La abrumadora sensación de que quiere arreglar esto, disipar mi dolor. De que haría cualquier cosa por mí.

Me separo despacio y la miro. De algún modo, en la oscuridad, por la forma en que la luz que sale de la puerta le da en la cara, por la forma en que la preocupación le deforma los rasgos, parece mayor. ¿Cuántos años de buena salud les quedarán a mi padre y a ella? No los suficientes para cuidar de mis cuatro hijos. Para criarlos.

Y si me vieran ir a la cárcel, ni me imagino cómo les afectaría.

—Tendrás noticias suyas, cariño. Estoy segura.

Sin embargo, tiene la duda escrita en la cara. Conozco esa mirada. La incertidumbre. La posibilidad de que quizá Matt no sea el que pensaba que era, porque el hombre que pensaba que era no desaparecería sin más. Y no quiero verla. No quiero esa duda, ni las mentiras que se supone que han de hacer que me sienta mejor.

Pasa de estar arrodillada a sentarse, pegada a mí. Permanecemos sentadas en silencio. Tiene una de las manos en mi espalda, describiendo círculos con suavidad, como yo les hago a mis hijos. Oigo las cigarras. La puerta de un coche que se abre y se cierra.

—¿Qué pasó? —dice en voz baja, por fin formulando la pregunta que sé que le preocupa desde que la llamé—. ¿Por qué se fue Matt?

Miro al frente, a la casa de los Keller, las contraventanas azules, las persianas bajadas, la luz colándose por algunas ventanas.

—Si no tienes ganas de hablar de ello, no pasa nada —añade.

Sí quiero hablar de ello. Siento una necesidad imperiosa de empezar a hablar, de soltarlo todo, de compartir los secretos. Pero no sería justo echar semejante peso sobre mi madre. No, no puedo hacer eso. Esta carga la tengo que llevar yo sola.

No obstante, tengo que decirle algo.

—Hay algunas cosas de su pasado —señalo con tino—. Cosas que nunca me contó.

Veo con el rabillo del ojo que asiente, como si fuera lo que esperaba oír, o al menos como si no le sorprendiera. Los imagino a mi padre y a ella sentados la noche que llamé, intentando encontrar una explicación para lo sucedido. Reprimo el impulso de reírme. «Ay, mamá, no es lo que pensabas.»

—¿Antes de que se conocieran? —inquiere.

Hago un gesto afirmativo.

Tarda un momento en responder, como si estuviese pensando.

—Todos hemos cometido errores —asegura.

—El error fue no decirme la verdad —afirmo en voz baja.

Porque es así. Lo que hizo que estemos en este punto no fue un único instante de debilidad, sino diez años de mentiras.

Veo que asiente de nuevo. Todavía me acaricia la espalda, un sinfín de círculos. En una de las ventanas de la casa de los Keller se apaga la luz.

—A veces pensamos que si ocultamos la verdad, protegeremos a los que más queremos.

Miro la ventana a oscuras, ese rectangulito ahora negro. Eso es lo que hice yo, ¿no? Intenté proteger a mi familia. Me veo delante de la computadora en el trabajo, con el cursor encima del botón Eliminar.

—No sé los detalles, claro está —añade—. Pero el Matt que yo conozco es una buena persona.

Asiento, notando el escozor de las lágrimas, haciendo todo lo posible para no derramarlas. El Matt que yo conozco también es una buena persona. Alguien que no desaparecería sin más.

Pero ¿y si el Matt que las dos conocemos no ha existido nunca?

197

Cuando los niños están en la cama y mi madre y mi padre se han retirado al improvisado cuarto de invitados, el rinconcito con el sofá cama, me siento a solas en la sala, el silencio pesado.

Yury vino a mi casa. Esto no ha terminado. No me dejarán en paz, como hicieron con Marta y Trey.

Hice algo ilegal, y disponen de las pruebas que podrían mandarme a la cárcel.

Estoy en sus manos.

Recuerdo la advertencia de Yury: «Eres todo lo que les queda a tus hijos». Es verdad. Matt se fue. No puedo seguir esperando a que vuelva, que aparezca de repente y me saque del apuro. Tengo que hacerlo yo.

Debo pelear.

No puedo ir a la cárcel.

Mientras Yury tenga pruebas de lo que hice, seguir libre parece imposible. «Mientras Yury tenga pruebas.» La idea es como si recibiera un golpe. ¿Y si dejara de tenerlas?

La CIA no tiene nada contra mí, sólo los rusos. Sólo Yury.

Debe de guardar una copia de lo que me dejó en el buzón. Esos papeles que demuestran que vi la foto de Matt. Es lo que está utilizando para chantajearme. ¿Y si encuentro esa copia y la destruyo? De ese modo perdería la ventaja que tiene. De todas formas, podría contárselo todo a las autoridades, pero sería su palabra contra la mía.

Eso es. Ésa es la solución, la manera de no ir a la cárcel, de continuar con mis hijos: acabar con las pruebas.

Lo que significa que debo encontrarlo.

La adrenalina me corre por las venas. Me levanto y voy a la entrada. Meto la mano en la bolsa del trabajo y saco el papel en el que apunté la placa de Yury.

Acto seguido voy al closet del cuarto de los gemelos y saco una caja de plástico del estante más alto. Ropa que les ha quedado pequeña. Revuelvo en ella y encuentro el teléfono de prepago. Vuelvo a la sala, busco el número de Omar, saco la batería de mi celular y hago la llamada con el teléfono de prepago.

—Soy Vivian —digo cuando contesta—. Necesito un favor.

—Dime.

—Necesito que me busques una placa.

—De acuerdo. —Vacila, la primera vez que lo hace—. ¿Me puedes decir por qué?

—Hoy había un coche en mi calle. —La verdad, de momento—. Parado. Me pareció sospechoso. Probablemente no sea nada, pero pensé que me gustaría comprobarlo. —La mentira me sale con más facilidad de lo que esperaba.

—Sí, claro. Un segundo.

Oigo pasos de fondo, me lo imagino abriendo la *laptop*, entrando en una base de datos del Buró, algo que recaba información de todas partes, todos los datos que existen. La placa me dará un nombre y una dirección. El alias que esté usando Yury en Estados Unidos, si tengo suerte. Y, aunque no me dé su dirección actual, al menos obtendré una pista. Algo que buscar.

—Listo —dice Omar.

Le leo el número de la placa y escucho cómo va escribiendo en el teclado. Se produce una pausa larga, seguida de más teclear. Luego me lee el número, me pregunta si estoy segura de que es ése. Vuelvo a mirar el papel, le digo que sí.

—Mmm —dice—. Qué raro.

Contengo la respiración, esperando a que continúe.

—Nunca me había pasado esto.

El corazón me late con tanta fuerza que puedo oírlo.

—¿Qué?

—No consta en ninguna parte que esa placa exista.

A la mañana siguiente estoy sacando una taza de café de la alacena cuando veo el termo. El metal reluciente en la repisa. Me quedo helada.

Esa placa era la única pista que tenía para llegar hasta Yury. No sé cómo encontrarlo, cómo destruir las pruebas que podrían meterme en la cárcel.

Acerco una mano al vaso, despacio. Lo saco de la alacena y lo dejo en la barra.

Podría hacerlo. Podría llevar la memoria USB al trabajo y meterla en la computadora. Como la otra vez. Y todo esto acabaría. Matt lo dijo, Yury lo dijo.

«Te pagaremos. Lo bastante para que te puedas ocupar de tus hijos, durante mucho tiempo.» Me viene a la memoria la promesa de Yury. En gran parte, ése fue el motivo por el que no delaté a Matt: el miedo de no poder sacar adelante a los niños yo sola, si él no estaba. Ahora se ha ido. Y Yury me ha ofrecido una manera de hacerlo.

Luego están las palabras de Matt, hace tanto tiempo, aquel día, en el coche: «Si me pasa algo, haz lo que haga falta para cuidar de los niños».

«Lo que haga falta.»

—Vivian...

Volteo y veo a mi madre. Ni siquiera la oí entrar en la cocina. Me está mirando, con cara de preocupación.

—¿Te encuentras bien?

Miro el termo, me veo reflejada en él, la imagen distorsionada. Ésa no soy yo, ¿verdad? Yo soy distinta. Más fuerte.

Me olvido de él y me centro en mi madre.

—Estoy bien.

Me siento en mi escritorio con un café delante, en la superficie flotan posos. Clavo la vista en la pantalla, en la que abrí un informe de inteligencia, uno al azar, para que si alguien mira dé la impresión de que estoy leyendo, aunque no es así. Intento concentrarme por todos los medios.

Tengo que encontrar esas pruebas. Tengo que destruirlas. Pero no sé cómo.

Omar miró más bases de datos y aun así no dio con la placa. «Vivian, ¿qué está pasando?», me preguntó. «Debí de apuntar mal el número», le dije. Pero sabía que no había sido así, y el hecho de que la placa no esté registrada me aterra.

Por un instante me planteo agarrar a los niños y huir, pero no puedo. Los rusos son buenos: nos encontrarían.

Necesito quedarme aquí y pelear.

Esa noche, tarde, cuando los niños y mis padres están dormidos, me quedo sola en la sala, con un programa de televisión absurdo por compañía, para evitar el pesado silencio que se cierne sobre la casa cuando no está encendida. Un programa de citas, decenas de mujeres compitiendo por un único hombre, todas ellas locamente enamoradas, aunque ni una sola sepa de verdad quién es el hombre.

El teléfono vibra, bailoteando un tanto en el cojín del sillón, a mi lado. «Matt», pienso, porque es el único motivo de que lo siga teniendo encendido a estas horas. Sin embargo, en la pantalla dice desconocido, en lugar de verse un número. «No es Matt.» Continúa vibrando, un zumbido persistente. Le quito el volumen a la televisión y lo contesto, acercándomelo con cuidado a la oreja, como si fuera algo peligroso.

—¿Bueno?

—Vivian —dice esa voz inconfundible, con acento ruso. Se me hace un nudo en el estómago—. Ya pasó otro día y todavía no haces lo que debes hacer. —El tono es amable, familiar. La verdad es que resulta desconcertante, ya que las palabras son amenazadoras, acusatorias.

—Hoy no tuve oportunidad —miento, porque en ese momento dar largas parece la única opción posible.

—Ya —responde, una sílaba rápida que de algún modo me hace saber que no me cree—. Bueno, te voy a pasar con alguien que... —hace una pausa, como si buscara las palabras adecuadas— quizá logre convencerte de que encuentres la oportunidad.

Se oye un clic en la línea, luego otro. Un ruidito. Espero, tensa, y la escucho: es la voz de Matt.

—Viv, soy yo.

Mis dedos aprietan con fuerza el teléfono.

—¿Matt? ¿Dónde estás?

Una pausa.

—En Moscú.

«Moscú.» Imposible. Moscú implica que se ha ido. Que dejó a los niños solos ese día, sin un progenitor.

Hasta este momento no había sido consciente de que no podía creerlo. De que aún me aferraba a la esperanza de que volviera con nosotros, de que no se hubiera ido.

—Escucha, tienes que hacerlo.

Estoy aturdida. Atónita. «Moscú.» Tengo la sensación de que esto no es real.

—Piensa en los niños.

«Piensa en los niños.» ¿Cómo se atreve a decir eso?

—¿Acaso lo hiciste tú? —espeto, mi voz endureciéndose.

Veo a Luke, solo a la mesa de la cocina, el día que Matt desapareció. Los tres pequeños esperando en recepción en la escuela.

No contesta. Creo que lo oigo respirar, o puede que sea la respiración de Yury, no estoy segura. Y en el silencio nos veo a los dos en la pista de baile el día que nos casamos, lo que me dijo al oído. Ya no sé qué creer.

—Te pagarán —afirma—. Lo bastante para que puedas dejar el trabajo.

—¿Cómo? —inquiero.

—Para pasar más tiempo con los niños. Como siempre has querido.

No es así como lo quería. En absoluto.

—Quería que estuviéramos juntos —musito—. Tú y yo. Nuestra familia.

Se produce otra pausa.

—Yo también lo quería. —Su voz es pesada, me imagino la cara que está poniendo, la frente fruncida.

Los ojos se me llenan de lágrimas, la vista se me nubla.

—Por favor, Vivian —pide, y la urgencia, junto con la desesperación que percibo en su voz, hace que sienta miedo—. Hazlo por nuestros hijos.

16

Sigo con el teléfono pegado a la oreja mucho después de que la llamada termina. Al final lo suelto, lo vuelvo a dejar en el cojín, a mi lado, y me quedo mirándolo. Las últimas palabras de Matt, su forma de decirlas, el miedo que teñía su voz. Algo está mal.

Debería hacer lo que me piden y punto. Son muchas promesas: es lo último que tendría que hacer. Me pagarían bien. Podría sacar adelante a los niños. Estar para ellos. Sólo debo introducir esa memoria USB en ese puerto, lo mismo que ya hice en una ocasión.

Pero no puedo. No puedo ser la responsable de causar daño a nuestros agentes, a mi país. Y tampoco puedo confiar en que sean sinceros, en que después no me pidan otra cosa siempre que surja la oportunidad.

Se supone que debo sentir que no tengo elección. Que estoy sola y que no soy lo bastante fuerte para hacer esto por mi cuenta.

Pero se equivocan: sí tengo elección.

Y cuando se trata de mis hijos, soy más fuerte de lo que piensan.

Estaba embarazada de veinte semanas exactamente cuando recibí la llamada. Al celular, al volver a casa del trabajo. Un número local: con toda probabilidad la consulta del ginecólogo. Me habían hecho otra ecografía esa mañana: la morfológica, la que llevaba semanas con ganas de que me hicieran.

En el asiento de al lado tenía una larga ristra de fotos borrosas en blanco y negro. Caras que por fin parecían nítidas, brazos y piernas, y deditos de pies y manos minúsculos. El ecografista captó a uno de ellos sonriendo; al otro chupándose un pulgar. Me moría de ganas de enseñárselo a Matt.

Y el sobre. Liso, blanco, con la palabra «sexo» escrita delante. Cerrado, para que no pudiera echarle un vistazo, porque no confiaba en mí misma. Lo abriríamos cuando llegara a casa: todos juntos, Matt, los niños y yo.

—¿Bueno? —pregunté.

—¿Señora Miller? —oí decir a una voz que no reconocía. No era la recepcionista, la que llamaba para asuntos rutinarios como éste, para decir que todo estaba bien.

Apreté con fuerza el volante. Tenía la vaga sensación de que debía parar. De que fuera lo que fuera esto, no iba a querer oírlo. Casi había empezado a creer que todo iba a salir bien, incluso.

—Sí... —conseguí decir.

—Soy la doctora Johnson, de cardiología pediátrica.

Cardiología pediátrica. Fue como si sobre mí cayera un peso, pesado a más no poder. Ese día habían hecho un ecocardiograma fetal, después de la prueba de ultrasonido. «No se preocupe —me dijo la enfermera cuando me acompañaba por el vestíbulo—. Cuando hay gemelos a veces quieren verlo todo mejor.» Y le creí. Creí que no debía preocuparme. Creí que los ecografistas sólo estaban siendo reservados, que no les estaba permitido decirme nada, que todo estaba bien.

—Uno de los fetos no presenta anomalías. —La voz de la doctora Johnson era pesada.

«Uno de los fetos. —Una idea vaga me martilleaba un tanto la mente—: Lo que significa que el otro sí.»

—De acuerdo —repuse, mi voz poco más que un susurro.

—Señora Miller, no hay una manera fácil de decir esto. El otro presenta una cardiopatía congénita grave.

No recuerdo haber parado, pero lo siguiente que supe fue que estaba en el acotamiento, con las luces intermitentes encendidas, los coches pasando a toda velocidad a mi izquierda. Fue como si me hubieran pegado un puñetazo en el estómago.

La doctora hablaba y hablaba, y pedazos de lo que decía cobraban sentido, me llegaban al cerebro: «... válvula pulmonar..., cianosis..., dificultad al respirar..., cirugía inmediata..., dicho eso, hay opciones..., si deciden..., dos fetos varones..., aborto selectivo...».

«Dos fetos varones.» Eso fue lo que se me quedó grabado: eran dos niños. No haría falta que nos amontonáramos alrededor del sobre, Luke y Bella no lanzarían gritos de entusiasmo. Claro que de todas formas no los habrían lanzado. ¿Qué importancia tenía el sexo con una noticia así?

—¿Señora Miller? ¿Sigue ahí?

—Mmm. —El cerebro trabajaba a toda velocidad: ¿tendría la misma vida que los otros niños? ¿Podría correr, hacer deporte? Es más, ¿sobreviviría?

—Sé que es una noticia dura. Sobre todo para recibirla por teléfono. Me gustaría concertar una cita lo antes posible. Puede venir a vernos, podemos barajar las opciones...

«Las opciones.» Miré las fotos que tenía al lado, la sonrisa en la cara de uno de los niños, el otro con el pulgar en la boca. Cerré los ojos y los vi moviéndose en la pantalla del ecógrafo. Escuché el sonido de un corazón, ¡pum, pum!, ¡pum, pum!, y del otro, ¡pum, pum, pum! Después me puse una mano en la panza y noté que se movían, los dos ahí dentro, buscando espacio.

No había opciones. Estaba hablando de mi hijo.

—¿Señora Miller?

—Lo voy a tener.

Se hizo una pausa, breve, pero lo bastante larga para que percibiera la crítica.

—Bien, en ese caso, sería buena idea que nos sentáramos para hablar de las expectativas...

La odié. Odié a esa mujer. Supe, a ciencia cierta, que me aseguraría de que cada cita que tuviera a partir de ese momento fuera con otra persona, no con ella. Estaba hablando de mi hijo, y ese hijo desarrollaría todo su potencial. Yo lo mantendría a salvo, le daría fuerza. Lo haría, pasara lo que pasara.

La voz de la doctora se coló en mis pensamientos: «... una serie de operaciones en el futuro..., posible retraso en el desarrollo...».

Fue como si me golpearan de nuevo. Operaciones. Tratamiento. Para todo eso haría falta dinero. Un sueldo estable, que fuera en aumento. Haría falta un buen seguro médico, como el que me proporcionaba mi empleo. No uno que tuviéramos que pagar de nuestro bolsillo, eso nos arruinaría, y no recibiríamos la misma atención médica.

El plan de quedarme en casa con los niños se fue al diablo, así, sin más.

Pero haría lo que fuera necesario. Estábamos hablando de mi hijo.

Continúo mirando el teléfono, a mi lado, en el cojín del sillón. En mi cabeza empieza a tomar forma un plan.

Podría funcionar o podría estallarme de manera espectacular en la cara. Sin embargo, ahora mismo no tengo otra opción. Necesito encontrar Yury. Y por fin tengo otra pista.

Saco la batería del celular y agarro el de prepago. Marco un número, sosteniéndolo contra la oreja, oigo que Omar lo contesta.

—Tengo que hablar contigo —susurro—. En privado.

Instantes después lo oigo decir:

—De acuerdo.

—¿Qué te parece en el monumento a Lincoln? ¿Mañana por la mañana a las nueve?

—Perfecto.

Hago una pausa.

—Tú y yo solos, ¿de acuerdo?

Mis ojos descansan en una foto que hay en la repisa de la chimenea, Matt y yo en nuestra boda. Oigo la respiración de Omar.

—De acuerdo —contesta.

Llego antes que él, me siento en un banco cerca del centro del estanque. El parque está tranquilo; los árboles, inmóviles. El aire es fresco, pero preludia calor. Los turistas se arremolinan cerca del monumento a Lincoln, puntitos de color, pero esta parte del parque está desierta, a excepción de alguna que otra persona que ha salido a correr.

En el estanque hay tres patos, formando una pequeña línea recta, el agua ondulándose a su alrededor. Qué agradable sería estar aquí con los niños, tirando trocitos de pan al agua, viendo a los patos abalanzarse hacia ellos y comérselos.

No veo a Omar hasta que lo tengo al lado. Se sienta en el otro extremo del banco, no me mira, y por un momento es como si estuviera en una película, como si nada de esto fuera real. Luego me mira.

—Hola.

—Hola. —Lo miro un instante a los ojos.

En ellos observo algún recelo, aunque no como hace unos meses, cuando logramos entrar en la computadora de Yury. Miro al frente, al agua. Uno de los patos se ha separado, se ha dado la vuelta hacia el otro lado.

—¿Qué está pasando, Vivian? ¿Por qué quedamos de vernos aquí?

Le doy vueltas a mi anillo en el dedo. Una vez, dos, tres. No quiero hacer esto.

—Necesito que me ayudes.

No dice nada. Lo asusté. Esto no saldrá bien.

Trago saliva.

—Necesito que localices una llamada. Que averigües todo lo que puedas del número.

Tras un instante de vacilación, contesta:

—De acuerdo.

Me aclaro la garganta. Existe un riesgo. No sé si esto es lo que debo hacer. Lo que sí sé es que es lo único que se me ocurrió, la única manera que tengo de encontrar a Yury. Y él es la única persona a la que puedo recurrir.

—La hicieron a mi teléfono, la otra noche. El número era desconocido. Desde Rusia.

Abre un tanto la boca y la cierra deprisa.

—Puedo hablar con mi jefe...

—No. No puedes decírselo a nadie.

Su expresión voltea sombría. Enarca una ceja. Veo la pregunta reflejada en su cara, sin necesidad de que diga nada.

Noto que el sudor me perla la frente.

—¿Recuerdas que dijiste que hay un espía en el CIC? Pues también hay un espía en tu departamento. La Agencia lo está investigando. —Procuro parecer franca, sincera. Omar sabe ver las mentiras. No le puedo dar ninguna muestra de ello.

Desvía la mirada y se remueve en el banco, a todas luces intranquilo.

—Eres la única persona en la que confío. Esto debe quedar entre nosotros dos.

Mira al frente, al estanque. Igual que yo. Los patos vuelven a formar una línea recta, ahora lejos de nosotros, moviéndose deprisa.

—Lo que me pides que haga, localizar una llamada que te han hecho al celular, sin dejar constancia de ello, es ilegal.

—Necesito ayuda. No sé a quién más acudir.

Se niega.

—Tienes que contarme más.

—Lo sé.

Soy consciente de que le estoy dando vueltas en el dedo otra vez a mi anillo de casada. Sé que lo que estoy a punto de hacer está mal. Vuelvo a escuchar a Matt, las palabras de hace tanto tiempo. «Lo que haga falta. Tendrías que olvidarme y hacerlo, sin más.»

—Es la célula de agentes encubiertos. Creo que estoy a punto de destaparla.

—¡¿Cómo?! —exclama.

—Hay alguien implicado. —Vacilo—. Alguien que es importante para mí.

—¿Quién? —Sus ojos escudriñan los míos.

Niego con la cabeza.

—Primero necesito estar segura. No estoy preparada para hablar de ello. Aún no. —«No hasta que haya destruido cualquier cosa que puedan utilizar para chantajearme.»

Una mujer se acerca corriendo por el camino, con unos pantalones cortos de un color rosa vivo y audífonos en las orejas. La vemos pasar, sus pasos golpeando el suelo de tierra ante nosotros, después perdiéndose en la distancia. Después volteo hacia Omar.

—Te lo contaré todo, te lo prometo. Pero primero deja que llegue al fondo del asunto.

Omar se pasa una mano por el pelo, y al levantar el brazo veo la parte inferior de la funda de la pistola, le asoma por la camisa. Me quedo mirándola.

—No puedo permitir que hagas esto sola —asegura.

Lo miro a la cara y le dedico mi mirada más sincera, intentando canalizar toda mi desesperación.

—Por favor.

—No se lo contaré a nadie. Lo haremos tú y yo solos, Viv. Podemos...

—No. —Hago una pausa—. Escucha, somos amigos. Por eso acudí a ti. Dijiste que si alguna vez necesitaba ayuda...

Vuelve a pasar la mano por el pelo. Me observa durante un buen rato, con vehemencia y preocupación al mismo tiempo. Lo hará, seguro. Lo tiene que hacer.

Vacila. Demasiado tiempo, como si fuera a decirme que no. Necesito probar con otra cosa. Algo que le importe lo bastante para infringir las normas por mí. Recuerdo la conversación que mantuvimos en el ascensor, hace unos meses. «Hay un topo en el CIC.»

«Si tienes algún problema, ya sabes dónde estoy.»

Se me hace un nudo en la garganta.

—Tenías razón con lo del espía en el CIC. —Tengo que prometerle algo. Necesito ganar tiempo—. Sabré más si me localizas este número.

—¿El número está relacionado con el espía? ¿Y con la célula de agentes encubiertos?

Asiento. Sus ojos escudriñan los míos, y veo el entusiasmo, la avidez. Le puse una zanahoria delante, y la quiere. La quiere lo bastante para hacer cualquier cosa, enseguida.

—Sólo dame un poco de tiempo —pido.

Expulsa el aire.

—Veré qué puedo hacer.

Va a investigar el número por su cuenta. Sé que lo hará, no me cabe la menor duda. Puse algo en marcha, inicié un cronómetro que me permitirá localizar a Yury antes de que el Buró caiga sobre él. Sólo necesito conseguir esas pruebas antes que ellos.

Puede que acudir a Omar haya sido una equivocación, pero me encuentro en una situación insostenible. Esa llamada es la única pista real que tengo, necesito exprimirla.

De vuelta en la oficina, me quedo mirando el teléfono, esperando que suene. Me sorprendo haciéndolo y me obligo a volver de nuevo con la carpeta de posibles líderes, esa que he conseguido que abulte un poco menos, pero muy poco. Cada vez que suena un teléfono pego un respingo, pero nunca es el mío. Intento imaginar lo que estará haciendo Omar, rezo para que no se lo esté contando a sus superiores, para que ellos no llamen a los míos, porque alguien me haría hablar, alguien localizaría a Yury por su cuenta, ¿y qué sería de mí? Acabaría en la cárcel.

Otra llamada, ésta por fin mía. Tengo la mano en el aparato, lo agarro cuando ni siquiera ha terminado de sonar el primer timbre.

—¿Diga?

—Tengo lo que necesitas —dice Omar—. ¿En O'Neill's dentro de una hora?

—Ahí estaré.

Entro en O'Neill's sesenta minutos después, puntual. Suenan unas campanitas cuando se abre la puerta, pero nadie mira. La mesera está apoyada en la barra, escribiendo un mensaje en el celular con los pulgares. Hay un hombre solo sentado en el centro del bar, inclinado sobre un vaso con un líquido ambarino. Junto a la ventana delantera hay una pareja, hablando.

Sigo andando, dejando que mis ojos se acostumbren a la penumbra. Escudriño el bar, neones de cerveza, placas antiguas y recuerdos de otra década, y lo veo al fondo, solo en una mesa para dos, mirándome.

Me acerco y me siento enfrente. Tiene un vaso delante. Algo transparente, con burbujas. Tónica, quizá, o agua con gas. No le gusta mucho el alcohol. Y desde luego no es de los que beben cuando están trabajando.

Me dirige una mirada serena, difícil de interpretar. Aunque creo que hay desconfianza. Aprieto las manos en el regazo. Espero que esto no sea una trampa. ¿Le habrá contado a alguien del Buró la conversación que mantuvimos?

—¿Qué encontraste? —pregunto.

Me mira un buen rato, sin decir nada. Después mete la mano en un maletín que tiene a los pies, saca un papel doblado en dos y lo deja delante de él, en la mesa. Veo que hay un número de teléfono, escrito a mano, el código de área de la ciudad.

—Un teléfono de prepago —cuenta, lo cual no me sorprende, aunque sí me llevo una pequeña decepción—. Sin historial de llamadas.

Asiento. «Por favor, que haya algo. Algo que pueda utilizar.»

—Comprado aquí, en la ciudad, hace una semana. Cellphones Plus, en el noroeste. En la tienda no hay cámaras de seguridad, los registros son irregulares, como mínimo. Nunca hemos tenido suerte cuando hemos intentado localizar teléfonos desechables que se han vendido en ese sitio.

Noto que me voy desinflando, la esperanza me abandona. ¿Cómo se supone que voy a encontrar a Yury con esto?

Omar me observa, con una expresión que no puedo descifrar. Después me pasa el papel por la mesa. Lo agarro, lo desdoblo. Hay un mapa, una sección señalada en rojo. Miro a mi amigo.

—La llamada se realizó ahí, según la torre de telefonía que sonó.

Miro el papel de nuevo, examino el mapa con más atención. El noroeste de Washington. Un radio de unas doce manzanas. Yury estaba cerca. Miro de nuevo a Omar.

—Gracias.

Él me mira fijamente y suspira.

—¿Qué vas a hacer con esto? ¿Por qué no me dejas ayudarte?

—Dijiste que me darías tiempo —le recuerdo—. Por favor, tú sólo dame algo de tiempo.

Asiente ligerísimamente, un gesto resignado, sin dejar de mirarme.

—Ten cuidado, Vivian.

—Lo tendré. —Doblo el papel en dos y lo vuelvo a doblar, lo meto en la bolsa del trabajo, que tengo a los pies, y aparto la silla, poniéndome de pie para irme—. Gracias una vez más, de veras.

Él se queda sentado, observándome. Me echo la bolsa al hombro y volteo, y, cuando estoy a punto de dar un paso, su voz hace que me detenga.

—Una cosa más —añade—. De la llamada. —Me doy la vuelta, y él niega con brío—. No la hicieron desde Rusia.

17

Me subo al coche y voy a casa aturdida. Conduzco como lo tengo que hacer —voy por el camino adecuado, me paro en los semáforos en rojo, pongo las intermitentes—, pero lo hago como una autómata. Todo a mi alrededor se desdibuja.

No llamaron desde Rusia. Lo que significa que Matt no está en Moscú, sino en el noroeste de Washington, en ese barrio señalado en rojo. Con Yury. Pero ¿por qué?

¿Y por qué me mintió? Algo está mal. El miedo me acecha, intentando abrirse camino.

Cuando llego a casa, mi madre está en la cocina, en la estufa. El sitio de Matt. Lleva mi delantal, el que tengo desde hace años, que por lo general está en un cajón, intacto. Los olores que inundan la cocina me devuelven a la infancia: pastel de carne, el que lleva haciendo desde que yo era pequeña, y puré de papas, del de verdad, con un montón de mantequilla. No como el que compro yo, precocinado, de microondas. Hay algo sumamente familiar en ello, sumamente reconfortante.

La saludo, doy un abrazo a los niños. Me obligo a sonreír, asiento cuando debo asentir, formulo las preguntas adecuadas: «¿Qué tal la escuela? ¿Cómo se portaron hoy los gemelos?». Estoy ahí, pero sólo de cuerpo. Mi cerebro está con ese pequeño recuadro rojo. Matt se encuentra allí, en alguna parte.

Mi padre ocupa el sitio de Matt en la cena. Se me hace raro verlo ahí, como si estuviera fuera de lugar. Mi madre se acomoda a duras penas al otro lado de Bella. Demasiada gente a la mesa, pero nos las arreglamos.

Por la cabeza se me pasan imágenes de Matt. Atado en alguna parte, con un arma apuntándolo mientras hablaba por teléfono y me decía que estaba en Moscú. Porque ésa es la explicación, digo yo. La única que tiene sentido, la única razón por la que mentiría así. Miro el pastel de carne, perdí el apetito. Entonces ¿cómo es que no estoy aterrada? ¿No debería estarlo?

Mi madre les pregunta a los niños qué tal les fue en el día, intentando llevar la conversación, intentando llenar cualquier silencio con palabras, con normalidad. Mi padre está cortando el pastel de carne en trocitos pequeños para los gemelos, que se los meten en la boca a puños, a la misma velocidad a la que los parte él.

Bella contesta sus preguntas, parloteando alegremente, pero Luke está callado, mirando el plato, moviendo la comida con el tenedor. No participa en la conversación, no come. Ojalá pudiera evitar este dolor. Ojalá pudiera traer de vuelta a su padre, hacer que todo fuera normal de nuevo. Traer de vuelta su sonrisa.

Bella se pone a contar algo que pasó en el recreo, cuando jugaban a las escondidillas. La miro y digo lo que tengo que decir cuando tengo que decirlo, las pequeñas frases que le hacen pensar que la estoy escuchando, que hacen que la niña siga hablando, pero mientras tanto no paro de mirar a Luke. En un momento dado, levanto la vista y veo que mi madre me observa, con cara de preocupación. Por Luke, por mí, no lo sé. La miro a los ojos y sostengo su mirada un instante. Y sé que le gustaría evitarme el dolor igual que a mí me gustaría evitárselo a Luke.

Esa noche, más tarde, tres de los cuatro niños están abajo y yo estoy arropando a Luke. Me siento en el borde de su cama y veo que se metió con su viejo osito de peluche. Está hecho polvo, el relleno se le sale por un agujero, donde la oreja se une a la cabeza. Antes siempre andaba con él a cuestas por la casa, lo llevaba a la escuela para dormir la siesta con él y lo metía todas las noches en la cama. Hacía años que no lo veía.

—Dime en qué estás pensando, cariño —le pido, intentando encontrar el tono correcto: suave, dulce.

Él abraza con más fuerza al oso. Tiene los ojos abiertos en la oscuridad, grandes, castaños e inteligentes, como los de Matt.

—Sé que te resulta difícil que papá no esté —empiezo. Noto que doy palos de ciego. ¿Cómo se supone que voy a hacer que se sienta mejor cuando no sé qué decir? No le puedo asegurar que su padre va a volver, no le puedo decir que va a llamar, y desde luego no le puedo contar la verdad—. No tiene nada que ver contigo, ni con tus hermanos —aseguro, y acto seguido me arrepiento de haberlo dicho. ¿Por qué lo dije? Sin embargo, ¿no es lo que dicen que se debe hacer cuando uno de los padres se marcha? ¿Asegurarles a los niños que no es culpa suya?

Aprieta los ojos y se le escapa una lágrima. El mentón le tiembla. Está haciendo un esfuerzo supremo por ser fuerte. Le acaricio la mejilla, deseando con toda mi alma poder evitarle ese dolor y asumirlo yo.

—¿Es eso? —pregunto—. ¿Te preocupa que papá se haya ido por ti? Porque eso no es lo...

Niega firme. Se sorbe la nariz.

—Entonces ¿qué es, cariño? ¿Es sólo que estás triste?

Abre la boca, muy poco, y la barbilla le tiembla más.

—Quiero que vuelva —susurra. Y más lágrimas le ruedan por las mejillas.

—Lo sé, cariño, lo sé. —Verlo así me rompe el corazón.

—Dijo que me protegería. —Su voz es tan baja que dudo de si lo he escuchado bien.

—¿Que te protegería?

—De ese hombre.

Las palabras me paralizan. El miedo hace que me quede helada.

—¿Qué hombre?

—El que fue a la escuela.

—¿Fue un hombre a tu escuela? —Noto un martilleo en los oídos, la sangre corriéndome con fuerza por las venas—. ¿Habló contigo?

El pequeño asiente.

—¿Qué dijo?

Pestañea deprisa, y a sus ojos asoma una expresión sobria, como si estuviera haciendo memoria. Recordando algo desagradable.

—¿Qué dijo ese hombre, cariño?

—Sabía cómo me llamaba. Dijo: «Saluda a tu madre de mi parte». —Vuelve a sorberse la nariz—. Fue raro. Hablaba raro.

Con acento ruso, sin duda.

—¿Por qué no me lo dijiste, cariño?

Parece preocupado, asustado, como si hubiera hecho algo mal.

—Se lo dije a papá.

Juro que el corazón se me detiene durante un segundo.

—¿Cuándo pasó esto? ¿Cuándo se lo dijiste a papá?

Se para a pensar un momento.

—El día antes de que se fuera.

Después de que nacieran los gemelos, Matt y yo tardamos cinco meses en salir de casa juntos, solos él y yo. Mis padres vinieron de Charlottesville a pasar el fin de semana. Por fin teníamos una rutina nocturna: los gemelos dormían en sus cunas, casi de un jalón por la noche, no se despertaban hasta medianoche aproximadamente. Todo apuntaba a que mis padres podrían mantener el ritmo esa noche.

Matt dijo que había hecho planes, y yo estaba encantada de dejarme llevar, con ganas de que me diera una sorpresa. Creía que había reservado mesa en el restaurante italiano nuevo que yo tenía ganas de probar, el que era demasiado íntimo para llevar a los niños.

No me iba a decir adónde íbamos. A mí me pareció todo un detalle, divertido, me gustaba que me mantuviera en vilo. Es decir, hasta que llegamos al sitio en cuestión y me di cuenta de cuál era el verdadero motivo: sabía que si me hubiera contado adónde íbamos, me habría negado.

—¿Un campo de tiro? —pregunté, mirando el letrero de la fachada, un almacén grande y feo, el estacionamiento con el suelo de tierra lleno de camionetas. Fue con el Corolla hacia un espacio, dando sacudidas, sin contestarme—. ¿Ésta es la sorpresa que me tenías preparada?

Odiaba las armas. Él sabía que odiaba las armas. Siempre habían formado parte de mi vida: mi padre era agente de policía, llevaba un arma a diario, y me había pasado todos los días de mi infancia preocupada por que recibiera un balazo. Cuando se jubiló, siguió llevándola. Era un tema espinoso entre nosotros: yo no quería que en mi casa hubiera armas, y él no quería separarse de la suya, así que hicimos un trato: podría traer el arma cuando viniera a vernos si —y sólo si— estaba descargada y dentro de un estuche cerrado en todo momento.

—Tienes que practicar —afirmó Matt.

—No.

Había llegado a dominarlo en su día, durante los primeros años que pasé en la Agencia, cuando quería marcar todas las casillas, estar preparada para cualquier misión. Sin embargo, dejé que la licencia caducara. Estaba encantada de la vida con mi trabajo sedentario, cerca de casa. Hacía años que no tocaba un arma.

Estacionó el coche y volteó hacia mí.

—Tienes que hacerlo.

Noté que empezaba a enfadarme. Lo que menos quería en el mundo en ese momento era disparar. No era así como pensaba pasar la noche. Y él tendría que haberlo sabido.

—No pienso hacer esto. No quiero.

—Es importante para mí. —Me dirigió una mirada suplicante.

Oí un eco de disparos en el edificio, y el sonido me puso la carne de gallina.

—¿Por qué?

—Por tu trabajo.

—¿Por mi trabajo? —No podía estar más confusa—. Soy analista. Me paso el día sentada en una silla.

—Es necesario que estés preparada.

Para entonces ya estaba exasperada.

—¿Por qué?

—Por los rusos.

El arrebato me dejó atónita. No sabía qué decir.

—A ver, estás trabajando con Rusia, ¿no? —preguntó, suavizando el tono—. ¿Y si algún día van por ti?

Vi que estaba preocupado. Nunca había sido consciente de que le preocupaba mi seguridad.

—Pero ¡qué dices! No...

—O por los niños —dijo, interrumpiéndome—. ¿Y si van por los niños?

Me entraron ganas de argumentar, de soltarle que no sabía lo que estaba diciendo, que los rusos no irían por un analista, no de esa manera. Que desde luego no irían por nuestros hijos. ¿De verdad pensaba que yo tendría un trabajo que pusiera en peligro a nuestros hijos? Sin embargo, algo en su expresión me lo impidió, hizo que me quedara sin argumentos.

—Por favor, Viv —pidió de nuevo, con esa mirada suplicante.

Era importante para él, algo que le preocupaba, algo que necesitaba.

—Está bien —accedí—. Está bien, practicaré.

Si hay algo de Matt de lo que estoy segura es de que quiere a nuestros hijos.

En el fondo de mi corazón creo que también me quiere a mí. Puede que albergue alguna duda: después de todo yo era su objetivo. Pero ¿los niños? Estoy absolutamente convencida de que los quiere. Su forma de mirarlos, de actuar con ellos: todo eso es real.

Por eso me cuesta tanto creer que se haya ido, que dejara que Luke volviera solo a casa desde la parada del autobús, que dejara a los otros tres esperando en la guardería.

Y ésa es la razón por la que ahora me resulte imposible creerlo. Porque si supo que alguien había metido a Luke en esto, no habría salido corriendo, no nos habría dejado, de ninguna manera.

Habría ido detrás del que abordó a nuestro hijo.

Esa noche, tarde, cuando la casa está en silencio, bajo la escalera sin hacer ruido y echo un vistazo al rincón del salón donde duermen mis padres, en el sofá cama. Mi padre ronca con suavidad, y veo que el pecho de mi madre sube y baja. Me acerco con cuidado al lado en el que duerme mi padre: hay un llavero en la mesita. Lo agarro.

Los ronquidos continúan, sin interrupción. Miro de soslayo a mi madre, veo que el pecho le sigue subiendo y bajando a un ritmo regular. Me acerco a su equipaje, contra la pared, y abro la maleta más grande. Saco algunas prendas de ropa doblada y me pongo a revolver hasta que lo veo: el estuche del arma, en el fondo.

Lo saco con cuidado. Agarro la llave más pequeña del llavero, la introduzco en la cerradura y la hago girar, escucho el clic que hace al abrirse. Me quedo quieta y miro a mis padres: duermen. Abro el estuche y saco el arma, la noto ligera y sin embargo pesada a la vez. Agarro los cargadores, la caja de balas. Lo pongo todo en la alfombra, cierro el estuche con llave y lo guardo en la maleta, donde estaba, con la ropa encima. El trato es que mi padre no puede tocar el arma mientras esté en mi casa: ni siquiera sabrá que no está.

Dejo las llaves en la mesita, tratando de no hacer ruido. Me meto los cargadores y la caja de balas en los bolsillos de la bata y salgo de la sala en silencio, igual que como entré, empuñando la pistola con fuerza.

18

Esa noche permanezco despierta con el arma en la mesita de noche, a mi lado. La miro en la oscuridad. Todo esto es surrealista. Ahora los niños están implicados. Puede que no haya sido una amenaza explícita, pero el significado queda claro: utilizarán a mis hijos para ejercer influencia en mí. Y eso lo cambia todo.

No puedo dejar de pensar en el día que fuimos a el campo de tiro. Matt quería que practicara. Y mencionó de forma específica a los rusos. Es como si supiera que este día podía llegar, como si supiera que debía estar preparada.

Me acuesto de lado, de espaldas al arma, hacia donde debería estar Matt. La cama parece especialmente vacía hoy, especialmente fría.

Al final me levanto. Mi cerebro se niega a desconectar, a dejarme dormir. Camino por la casa, silenciosa. Echo un vistazo a los niños, compruebo las cerraduras de las puertas y las ventanas, por tercera vez esa noche. Voy a la entrada, saco el papel doblado de la bolsa del trabajo. Lo llevo a la sala, donde suelen jugar los niños, donde transcurrió tanto tiempo de nuestra vida. Me siento en el sillón y lo desdoblo, me quedo mirando el mapa, el recuadro señalado en rojo.

Yury está ahí, en alguna parte. El hombre que abordó a mi hijo, que lo asustó. Y Matt también está ahí. Le pasó algo. Está en un apuro.

Miro las calles, su disposición. Veo que la de mi antiguo departamento, la calle en la que nos conocimos, entra dentro del recuadro rojo. ¿Cómo pudimos llegar a esto? ¿Quién habría pensado, hace diez años, que un buen día estaríamos así, chantajeados por los rusos, a punto de perderlo todo?

Entro en la cocina y dejo el mapa en la barra. Enciendo la cafetera, escucho el ruido que hace el agua al calentarse, el borboteo del café al salir. Saco de la alacena una taza y veo el termo. Dudo, durante un instante, y cierro la puerta.

Con el café listo y la taza en la mano, vuelvo a la barra, miro una vez más el mapa. Hace tiempo caminábamos por esas calles. Matt y yo. Está ahí, en alguna parte. Sólo que no sé cómo encontrarlo.

No sé qué hacer.

Termino el café y pongo la taza en el fregadero. Luego agarro el vigilabebés de la barra, me lo llevo arriba y lo dejo en el lavamanos. Me meto en la regadera, cierro los ojos y dejo que me caiga encima el agua caliente, el vapor ascendiendo a mi alrededor, hasta que el aire es tan denso y caliente que casi no puedo ver, casi no puedo respirar.

—No quiero que nadie, salvo las personas de contacto en caso de emergencia, recoja a mis hijos —informo a la directora de la guardería a la mañana siguiente, temprano.

Llevo a Bella agarrada de la manita, con fuerza, tanto que se queja cuando corremos desde el estacionamiento. De la otra mano llevo a Luke. «Me puedo quedar en el coche», farfulló, pero yo no quise ni oírlo. Esa mañana no.

—Es decir, mis padres y mi vecina Jane.

Su mirada baja de mis ojeras a mi mano izquierda.

—Si tiene que ver con la custodia, necesitaremos que un tribunal...

—Mi marido y yo y las personas de contacto en caso de emergencia —repito, apretando con más fuerza si cabe la mano de mis hijos—. Si alguien viene, pídale que se identifique y llámeme inmediatamente. —Apunto el número del celular de prepago y le dedico la más glacial de las miradas—. Nadie más.

Llevo a Luke a la escuela, y se muestra hosco, porque quiere tomar el autobús. Miro a lo largo de la reja, a la calle llena de árboles, y lo hago entrar en el edificio a toda prisa, pasándole un brazo por los hombros. Cuando llegamos a la puerta de su clase, me agacho para mirarlo a la cara.

—Si lo vuelves a ver, llámame inmediatamente —le pido.

Le doy un papel con el número del teléfono de prepago. Durante un instante lo veo preocupado, y en ese momento tiene menos años, vuelve a ser mi niño pequeño, y no lo puedo proteger. La desesperación me invade cuando abre la puerta de su clase.

En cuanto la puerta se cierra, me dirijo hacia la oficina del director. Le cuento que a Luke lo abordó un desconocido en las instalaciones de la escuela, y empleo toda la rabia y la indignación que soy capaz de reunir. Estoy segura de que está acostumbrado a aguantar subidas de tono así, de otros padres. Abre mucho los ojos y palidece. Acto seguido, se apresura a prometer que pondrá más seguridad en el perímetro de la escuela y para el propio Luke.

Me sumo al tráfico matutino, empiezo el trayecto habitual, el lento y mecánico camino hacia el centro. Y lo odio, porque debería estar con los niños. Sin embargo, no puedo tenerlos metidos en casa conmigo siempre, y no puedo estar en la escuela y en la guardería y en el trabajo al mismo tiempo.

El coche avanza lentamente, cada vez más cerca de una desviación. La que solía tomar para ir a mi antiguo departamento, la que lleva a la parte noroeste de la ciudad. Miro la desviación; el carril, despejado. Y cuando estoy lo bastante cerca, giro el volante y acelero. Yury está ahí, en alguna parte. Y Matt también.

La salida conduce hasta unas calles que conozco. Serpenteo por ellas, con el recuadro rojo en mente, continúo hasta hallarme dentro de él. Mis ojos escudriñan las calles, buscando el coche de Matt y el de Yury. Me quedo con todos y cada uno de los sedanes negros que veo, compruebo la placa. Ninguna coincide.

Al final me estaciono en paralelo en una calle tranquila y empiezo a caminar. Con la bolsa al hombro, el arma metida en un neceser de maquillaje con cierre en el fondo. Es muy temprano y ya hace calor. Un calor agradable. El tipo de mañana en la que habríamos salido a la calle cuando vivíamos en esta parte de la ciudad, habríamos ido a tomar café o a desayunar, a ese pequeño café de la esquina que tanto nos gustaba.

Los recuerdos me asaltan: Matt y yo en esos primeros días, esos días sumamente felices, sin complicaciones. Paso por delante de mi antiguo edificio, me paro en la misma parte de la calle en la que me topé con él, hace tantos años. Me veo cargando la caja, chocando contra él. Casi veo las manchas de café en el concreto, la sonrisa que me dedicó. ¿Cambiaría el pasado si pudiera? ¿De forma que no hubiera conocido a Matt? Es como si me estrujaran con fuerza el corazón. Niego con la cabeza y sigo andando.

Llego a la esquina donde estaba la siguiente vez que lo vi. La librería cerró hace tiempo, ahora hay una boutique. Aun así, me quedo mirándola, imaginando que es la librería y que Matt está en la puerta, con un libro en la mano. Las sensaciones que me provocó, entusiasmo y alivio. Ahora es tristeza, sólo siento tristeza.

Y la cafetería, en la que nos sentábamos a la mesa del fondo, hablando hasta que el café se nos quedaba frío. El restaurante italiano, ahora un sitio de kebabs, donde cenamos la primera vez. Es como si estuviera deambulando por mi vida, y es una sensación extraña, porque son los momentos que han hecho que sea quien soy, que me han traído hasta donde estoy hoy, y ninguno de ellos era real.

Entonces, más adelante, descubro el edificio del banco, el que está en la esquina, con el tejado en forma de cúpula. Me invade una sensación de ahogo al verlo, el sol arrancando destellos a la bóveda. Nunca me paré a mirar ese sitio, nunca supe que Matt iba allí con regularidad, para reunirse con la persona a la que yo quería encontrar, para lo que trabajaba día sí, día también, mientras los niños estaban en la guardería.

Me acerco, doy con el jardincito que hay a la vuelta, una plazoleta con césped, árboles y cuidadas jardineras, y dos bancos de madera oscura y hierro forjado. Miro el de la derecha, el que hay frente a la puerta. Intento imaginar a Matt sentado allí. A Yury haciendo lo mismo.

Me siento en él y echo un vistazo, veo lo que debía de ver Matt, lo que también vería Yury. El jardín está desierto, tranquilo. De pronto, me acuerdo de la parte de abajo del banco, el sitio en el que Yury le dejó la memoria USB a Matt. Meto la mano debajo y palpo, pero no hay nada.

Me sitúo en el otro extremo del banco y toco la parte de abajo: nada. Subo la mano despacio, la uno a la otra, en el regazo. Miro al vacío, sintiéndome aturdida. Claro que no es que pensara encontrar nada. Matt y Yury están juntos.

Es sólo que no sé qué más hacer. No tengo ni la más remota idea de cómo encontrar a Yury, de cómo encontrar a Matt, de cómo arreglar las cosas.

Entro en el estacionamiento de la guardería a las cinco, a la mera hora de recogida. El sitio está abarrotado, hay coches incluso en la tercera fila, la que por lo general está libre. Veo que un coche sale de la fila de en medio, y espero a que se eche de reversa, despacio, tímidamente, y se vaya. Me estaciono en el hueco que deja.

Me estoy bajando del coche cuando lo veo. En el otro extremo del estacionamiento, en la fila más apartada. Se estacionó de reversa y está apoyado en el cofre, con los brazos cruzados, mirándome. Yury.

Me quedo paralizada. El terror se apodera de mi corazón. Él, en este sitio. ¿Y qué se supone que tengo que hacer? ¿Actuar como si no lo viera? ¿Salir con Bella y que me plante cara entonces?

Me obligo a moverme, a ir hacia él. Nos quedamos mirándonos el uno al otro. Lleva unos pantalones de mezclilla y una camisa, con los dos botones superiores desabrochados, sin camiseta. La cadena refleja la luz, oro reluciente. Su expresión es dura: ya no hay ni rastro de esa cordialidad fingida.

—No metas a mis hijos en esto —espeto, con más confianza de la que siento.

—No estaría aquí si hubieras hecho lo que te pedí. Todo esto habría terminado.

Le lanzo una mirada asesina.

—No los metas en esto.

—Es la última vez que vengo a verte, Vivian. La última advertencia. —Me sostiene la mirada, sus ojos atravesando los míos.

Oigo que se acercan pasos y volteo. Es una madre a la que no conozco, con un bebé en la cadera y un niño al lado, tomado de su mano con fuerza. Le va hablando al mayor, sin prestarnos la más mínima atención. Se dirigen hacia una camioneta que está un poco más lejos del coche de Yury. Los dos guardamos silencio mientras mete a los niños en el coche, les abrocha el cinturón y se sienta.

Cuando la puerta se cierra, Yury habla de nuevo:

—Está claro que la amenaza de que vayas a la cárcel no es suficiente. —Deja escapar una risilla satisfecha, y su mano roza la cadera, toca la funda de la pistola a través de la camisa—. Pero, por suerte, tengo cuatro ases más bajo la manga.

Me quedo fría. «Cuatro.» Mis hijos. Está amenazando a mis hijos.

El motor de la camioneta arranca, el sonido me sobresalta. Doy un paso hacia él.

—Ni se te ocurra.

Su sonrisa se ensancha.

—¿O qué? Verás, aquí el que manda es éste. —Se da con un pulgar en el pecho, lo bastante para que la cadena de oro le bote en la piel—. Yo.

La policía. Tengo que acudir a las autoridades. A Omar. Olvidarme del chantaje, olvidarme de no ir a la cárcel. No me importa nada lo que me pueda suceder a mí. Me pasaría el resto de mi vida entre rejas de buena gana si con ello mis hijos estuvieran a salvo.

—Sé lo que estás pensando —asegura, y lo miro sorprendida,

mi atención centrada de nuevo en él, no en lo que debería hacer, sino en lo que tengo justo delante—. Y la respuesta es no.

Lo miro, veo sus ojos, su expresión. ¿De verdad lo sabe? ¿Es posible que sepa de verdad lo que estoy pensando?

—Si acudes a las autoridades —empieza, y soy consciente de que sí, de que sabe lo que estoy pensando—, no volverás a ver a Luke.

Me quedo inmóvil, quieta en el sitio mientras él da media vuelta y se mete en el coche, el que busqué por toda la ciudad. Lo miro cuando arranca. Hay gente por todas partes, padres que entran, solos, que vuelven a su coche llevando a sus niños, los más pequeños acomodados en la cadera o en las sillas de coche, los mayores tomados de su mano, con mochilitas a la espalda. Me quedo allí parada mirando el coche, que deja el espacio que ocupaba, sale del estacionamiento y finalmente desaparece de mi vista.

Entonces lanzo un suspiro, un sonido ahogado, y las piernas me fallan, de pronto son demasiado débiles para sostenerme. Apoyo las manos en el coche de al lado para no caerme. Luke. Mi Luke. ¿Cómo puede estar pasando esto? Dios mío.

Lo haré. Haré lo que me pide. Veo la memoria USB, me veo metiéndola en la computadora, permitiendo que los rusos accedan al sistema, siendo responsable de las vidas que se perderán, de esos individuos sin nombre, sin cara, cuya información conforma los informes que leo, en los que confío. Al menos no se tratará de Luke. Veo su sonrisa, su carcajada, su inocencia. Al menos no será mi pequeño.

Al menos no ahora mismo.

Noto que los pulmones se me quedan sin aire, de nuevo.

Porque al final sería mi pequeño. Uno de ellos. Esto no terminaría. Yury sabría que todo lo que tendría que hacer era amenazar a mis hijos para que yo acabara haciendo lo que me pide. Sólo sería cuestión de tiempo para que los volviera a amenazar.

Obligo a mis pies a moverse. No sé cómo lo hago, porque es como si fueran de plomo. Siento que las tripas se retuercen. Todo parece irreal, y al mismo tiempo muy muy real. Veo la puerta principal de la escuela, pero mi camino no me lleva hasta ella. Me lleva hasta mi coche.

Me subo a él y me abrocho el cinturón, las manos temblándome. Después salgo del estacionamiento y me alejo, a más velocidad de la que debería. Giro por donde ha girado él, con una mano en el volante y la otra en la bolsa, sacando el teléfono de prepago. Marco con torpeza unos números que me sé de memoria y me llevo el celular al oído.

—Mamá... —digo cuando contesta. Oigo a Luke de fondo, hablando con mi padre, y me alivia saber que está a salvo en casa—. ¿Podrías ir a buscar a Bella a la escuela?

Ocupamos el lugar más apartado del campo de tiro. Vi cómo Matt cargaba una de las pistolas rentadas, los movimientos fluidos. Los disparos reverberaban a mi alrededor, ruidosos incluso con los cascos protectores puestos.

—¿Cuándo fue la última vez que hiciste esto? —le pregunté, prácticamente gritando. Antes hacía prácticas de tiro. Era una de esas cosas que sabía de él, aunque no recordaba cuándo me lo había contado, ni los detalles. Como pescar o jugar al golf.

—Hace siglos —replicó, sonriéndome—. Es como andar en bicicleta.

Cargué la otra pistola mientras él preparaba la diana de papel, la silueta de una persona, con las zonas a las que se suponía que debíamos acertar: el pecho, la cabeza. La afianzó al sistema de poleas y la envió al fondo de la galería.

—¿Preparada? —preguntó.

Asentí, me situé debidamente. Alineé las miras como había aprendido tanto tiempo atrás, cerrando un ojo. Levanté el arma y desplacé el dedo hasta el gatillo. Lo apreté despacio, con la voz del que fuera mi instructor resonando en mis oídos: «Deja que te sorprenda».

Pum. El retroceso fue fuerte, la mano, el brazo entero moviéndose con el arma. Pues sí, era como andar en bicicleta: no había olvidado nada, lo recordé todo más deprisa y mejor de lo que habría pensado.

Matt se echó a reír.

—¿Qué tiene tanta gracia? —dije, notando que me ponía a la defensiva. Hacía años que no disparaba, al menos podía dejar que entrara en calor.

Señaló el objetivo.

—Mira.

Miré hacia donde miraba él: allí, justo en el centro del pecho del objetivo, se abría un pequeño orificio redondo.

—¿Yo hice eso?

Matt tenía una ancha sonrisa en la cara.

—Otra vez. A ver si le das a ese mismo agujero.

Respiré hondo, levanté el arma, apunté. Puse el dedo en el gatillo, lo apreté despacio. Pum. Esta vez miré y vi otro agujero, cerca del primero; volví a oír la risa de Matt.

—¿Seguro que no has estado practicando? —inquirió risueño.

Ahora fui yo la que se rio.

—Para que aprendas. No te metas conmigo.

La sonrisa se le borró de la cara, y se me quedó mirando fijamente un buen rato.

—¿Podrías hacer esto si alguna vez te vieras amenazada?

Miré el objetivo e intenté imaginar que le disparaba a una persona de carne y hueso.

—No —repuse, en honor a la verdad—. No creo que pudiera.

—Si alguien te amenazara, ¿crees que no podrías disparar?

Negué. No era capaz de imaginarme en una situación en la que me viera con un arma en la mano. Si alguien me amenazaba, no me gustaría tener un arma cerca. Era muy probable que fuera yo la que acabara con una bala en el cuerpo.

No dejaba de mirarme, los ojos examinándome, atravesándome. Haciéndome sentir incómoda. Así que miré hacia otro lado, de nuevo al objetivo, y alineé otra vez las miras. Puse el dedo en el gatillo. Estaba a punto de apretarlo cuando oí su voz:

—¿Y si alguien amenazara a los niños?

El blanco cambió ante mis ojos, se convirtió en una persona, de carne y hueso, una persona que suponía un peligro para mis hijos, que quería hacerles daño. Apreté el gatillo y oí el pum. El orificio al que apunté, el primero que había hecho, en medio del pecho, se había agrandado mínimamente. Le había dado, de lleno. Me volví hacia Matt, la expresión tan grave como la suya.

—Lo mataría.

Lo alcanzo unas manzanas más allá. Veo la parte trasera de su coche, ese sedán negro, separado de mí por unos cuantos coches. Las luces del freno, rojas, cuando para ante un semáforo. Me hundo un poco en el asiento, casi por acto reflejo, y vigilo las luces rojas.

Gracias a Dios que tengo el Corolla. Soy tan anodina como él. No obstante, Yury podría estar alerta, buscando a un posible perseguidor por el espejo retrovisor. Podría incluso ser una costumbre.

Aprendí a hacer esto hace siglos. Una de esas clases en el trabajo que jamás imaginé que pondría en práctica, otra casilla marcada. Me quedo atrás, manteniendo esos coches entre ambos, sin que me vea. Vigilo los carriles que tengo a ambos lados, por si él cambia, gira, lo que sea.

Finalmente, el coche se pasa al carril de la derecha. Yo me quedo en el que estoy, rezagada, observando. Ahora es cuando hará la prueba. ¿Mira a ver si hay un posible perseguidor? ¿O está seguro de que no se lo he contado a nadie, de que estoy espantada en el estacionamiento o volviendo a casa abatida, aterrorizada e impotente?

Poco después gira, y me doy cuenta de que estaba conteniendo la respiración. Detrás de él gira un coche, y otro más. Yo también podría hacerlo: hay tantos coches yendo por el mismo camino que no lo notaría. Me acerco a la curva cuando veo el letrero. La característica M azul que indica una estación de metro y una flecha a la derecha.

Miro a la derecha al acercarme. La desviación va directo a un estacionamiento. El coche está en la barrera, parando para tomar el boleto. Sólo tengo una décima de segundo para decidir. No puedo seguirlo hasta ahí. Demasiado arriesgado, además de que no podría ir tras él a pie, sola. Me descubriría seguro.

Piso el acelerador y me paso la desviación. Miro al pasar, veo que la barrera se levanta y el coche entra. Ahora respiro deprisa, freno para tranquilizarme. Me siento perdida, ahora que ya no tengo a Yury delante.

Pero no puedo estar perdida. No puedo sentirme indefensa. Tengo que pelear.

Busco el papel que llevo en la bolsa, el que me dio Omar. Lo saco y lo desdoblo, mis ojos miran alternativamente la carretera y el papel. Observo con atención el mapa hasta que veo una M, una estación de metro, en el medio de la zona señalada.

Entonces piso el acelerador a fondo.

La verdad es que estoy dando palos de ciego. Lo sé. Podría formar parte de una ruta para saber si alguien lo sigue: entrar en el estacionamiento y salir, seguir su camino. Y si se ha subido a un tren, podría haber ido a cualquier parte de la ciudad. A cualquiera.

Aun así, encuentro un lugar para estacionarme en la calle, uno que me permite ver la salida del metro, y me quedo sentada. Esperando, observando. En el silencio del coche, pienso en mis hijos. Lo único que he querido siempre es ser una buena madre para ellos. Y ahora todo está en peligro.

—Por favor, Dios mío —musito—. Protégelos.

Hace años que no rezo, y no me parece que esté bien hacerlo ahora. Pero si hay una posibilidad, por pequeña que sea, de que pueda ayudarlos, vale la pena intentarlo. Porque cada segundo que pasa, cada segundo que no veo a Yury saliendo por esa boca de metro, hace que sea más probable que esto no sirva de nada. Y si esto no sirve de nada, no sé qué haré a continuación. Levanto la vista, al techo del coche, como si de ese modo fuera más probable que Dios me escuchara.

—No me importa lo que me pase a mí —aseguro—. Tú haz que ellos estén a salvo, por favor.

Y soy increíblemente consciente de que tengo el arma de mi padre a mi lado, en el fondo de la bolsa.

A punto estoy de no verlo cuando sale del metro. Ahora lleva puesta una gorra de beisbol, una de los Nationals, el rojo descolorido. Y una chamarra, una rompevientos negra. Viene hacia mí, por el lado de la calle en el que estoy, algo que hace que mi respiración se vuelva superficial, que me ponga rígida, pero camina con la cabeza gacha, la gorra es lo único que veo. Lo observo a través de unas gafas de sol, inmóvil, suplicándole en silencio que no levante la vista. No respiro cuando pasa, y después expulso el aire haciendo mucho ruido; lo veo por el espejo retrovisor, aún encorvado.

No le quito los ojos de encima mientras empequeñece más y más a lo lejos. Entonces, el pánico empieza a apoderarse de mí. Tengo que seguirlo. Tengo que ver adónde va. Pero si arranco ahora, lo perderé de vista. Tendré que volver sobre mis pasos, seguirlo calle abajo, y para entonces puede que haya desaparecido, o que me vea, y todo esto habrá sido en balde.

Meto la llave en el arranque, con dedos temblorosos, los ojos aún puestos en el espejo retrovisor, en la espalda de Yury, que se aleja. Dejo de mirarlo un segundo para ver el tráfico, me preparo para salir. Vuelvo con él un segundo después y, cuando estoy a punto de arrancar, me detengo: veo que gira. Está subiendo una escalera. Se halla a la puerta de una casa adosada. Entra.

La adrenalina me corre por las venas, me invade una sensación de alivio. Sigo mirando hasta que desaparece. Memorizo la puerta, azul, el arco que tiene encima. El buzón blanco. Tres por debajo de la boca de incendios.

Saco el celular de prepago de la bolsa, marco el último número que marqué, me llevo el teléfono a la oreja y miro de nuevo la puerta azul.

—¿Diga? —dice mi madre.

—Hola. Soy yo. ¿Qué tal todo con los niños?

—Están todos bien, cariño. Todos en casa, muy contentos.

—Gracias por ir a buscar a Bella.

—De nada. —Se hace una pausa incómoda. Oigo un sonido de platos de fondo, la voz aguda de Bella.

—Esta noche llegaré tarde —informo.

—No pasa nada —asegura mi madre—. Tómate tu tiempo. Ya los acostaremos tu padre y yo.

Asiento y parpadeo deprisa, logrando contener las emociones, un poco más. Miro de soslayo la bolsa, en el asiento de al lado, donde está el arma.

—Diles que los quiero, ¿de acuerdo?

Después inclino y bajo un poco el espejo retrovisor, me hundo en el asiento, miro de nuevo la puerta azul y me dispongo a esperar.

19

Son casi las diez de la mañana cuando la puerta azul por fin se abre. Ya hablé con mis padres y les pedí disculpas por pasarme toda la noche fuera, y me aseguré de que los niños estén bien. Me siento más erguida en el coche para vigilar a Yury, que está saliendo. Lleva una gorra distinta —esta vez, negra—, unos pants y una camiseta negra. Voltea para cerrar la puerta y baja la escalera. Pulsa un botón en una de las llaves que tiene en la mano, y al otro lado de la calle un coche se ilumina y suelta un ruido. Otro sedán, éste blanco. Se sube y arranca.

Pienso inmediatamente en los niños, pero Yury me dio tiempo para que haga lo que me pidió. Por el momento, están a salvo.

Saco el arma de la bolsa y me la meto en la cintura. La noto fría contra la piel, y dura. Después agarro la tarjeta de crédito que dejé en la salpicadera anoche y el pasador que está al lado, uno que rescaté del fondo de la bolsa, otro de los moños de ballet de Bella. Ahora está doblado, como me enseñó Marta. Aprieto con fuerza ambas cosas cuando me bajo del coche y voy a buen paso hacia la casa, con la cabeza abajo, igual que Yury.

En la puerta azul me paro y aguzo el oído. Dentro no se oye nada. Llamo con los nudillos una vez, dos. Contengo la respiración y escucho. Nada. Vuelvo a acordarme de una imagen: Matt, atado a una silla, la boca tapada con cinta.

Agarro el pasador, lo meto en la cerradura y lo muevo hasta que se engancha. Con la otra mano meto la tarjeta de crédito en el espacio entre la puerta y el marco y presiono. Las manos me tiemblan tanto que casi se me cae la tarjeta. Tengo miedo de mirar a mi alrededor, me limito a rezar para que no haya nadie observándome, para que tape con el cuerpo lo que estoy haciendo y no lo vea nadie que pase por allí.

La puerta cede. Aliviada, giro la perilla y abro una rendija, medio muerta de miedo, medio esperando que salte una alarma, que pase algo, pero no sucede nada. La abro más y miro dentro: un salón, con pocos muebles, tan sólo un sillón y un televisor enorme. Detrás hay una cocina. Una escalera alfombrada que sube; otra que baja.

Entro y cierro la puerta. Ni rastro de Matt, pero puede que esté en otra parte de la casa. Y, en caso contrario, ¿podré al menos encontrar las pruebas? ¿El archivo que Yury está utilizando para chantajearme?

De pronto, me entran las dudas. ¿Y si Matt no está en ese sitio y no soy capaz de encontrar las pruebas? Peor, ¿y si vuelve Yury? ¿Qué haría si me encontrara?

Pero necesito probar. Me obligo a dar un paso, y otro.

Entonces oigo algo.

Arriba. Pasos.

Dios mío.

Me quedo helada. Saco la pistola, la levanto y apunto a la escalera. Por favor, esto no puede estar pasando.

Sin embargo, así es. Pasos, ahora bajando la escalera. El miedo me paraliza. Veo unos pies: descalzos, de hombre. Levanto el arma. Ahora unas piernas, musculosas. Unos pantalones cortos de deporte demasiado grandes, demasiado holgados. Una camiseta blanca. Le apunto con la pistola, espero a que aparezca el pecho para alinear las miras.

—No has tardado nada —comenta.

La voz de Matt.

Me doy cuenta justo cuando veo el cuerpo entero. Matt. Me olvido de la pistola, y lo miro a la cara por encima del arma. Imposible. Pero cierto: es Matt.

Al reconocerme se queda helado, blanco, como si hubiera visto a un fantasma. Tiene el pelo mojado, como si acabara de salir de la regadera. Parece... que está a sus anchas aquí. Sigo apuntándole con la pistola. Nado en un mar de confusión.

—Dios mío, Viv, ¿qué estás haciendo aquí? —inquiere, y baja deprisa los últimos escalones, la expresión franca ahora, llena de alivio.

Ojalá se detuviera, fuera más despacio, me diera tiempo para procesar todo esto, porque no está bien. Nada de esto está bien. Lo imaginaba atado en alguna parte, prisionero; no solo sin amarrar, duchándose en la casa de Yury.

Casi llega hasta mí, haciendo caso omiso del arma con que le apunto, sonriéndome como si no pudiera alegrarse más de verme. Y bajo el arma, porque el que tengo delante, al que estoy apuntándole, es mi marido, pero casi me cuesta hacerlo, como si mis brazos protestaran, o mi cerebro. Me abraza, pero mi cuerpo está rígido.

—¿Cómo me encontraste? —pregunta, sin dar crédito.

Yo aún no muevo los brazos, no le devuelvo el abrazo. No lo entiendo. No entiendo nada de esto. Se aparta, extiende los brazos sin soltarme y fija la mirada en mí, sus ojos escrutando los míos.

—Viv, lo siento mucho. Fue a la escuela de Luke. Habló con él. No podía esperar, tenía que irme...

Me quedo mirándolo, su rostro tan franco, tan sincero. La confusión se desvanece un tanto, mínimamente. Es lo que yo pensaba, ¿no? Nos dejó para proteger a Luke, para decirle a Yury que no se acercara a nuestros hijos. Entonces ¿por qué el cerebro me sigue gritando que esto no está bien?

Porque está ahí, solo. No estaba retenido, atado a una silla en algún lugar de la casa; la imagen que me ha estado atormentando no corresponde con la verdad. Lo miro de arriba abajo, el pelo mojado, la ropa. Se me revuelve el estómago. «¿Por qué sigues aquí? ¿Por qué no te has ido?»

—Dijo que si me iba, mataría a Luke.

Las palabras hacen que me recorra un escalofrío.

—Quizá tendría que haber intentado... No sabía si podía someterlo... —Parece avergonzado al decirlo, y siento una punzada en el pecho—. No te abandoné, Viv, lo juro. —Da la impresión de estar a punto de echarse a llorar.

—Lo sé —respondo, aunque sólo sea para convencerme a mí misma.

—Yo no haría eso.

—Lo sé, lo sé. —Sin embargo, ¿es así?

Sus ojos escudriñan los míos, y su expresión cambia, veo un destello de miedo.

—Yury volverá pronto. Sólo salió por café. Tienes que irte, Viv.

—¿Qué?

Su tono es imperioso.

—Tienes que irte. Tienes que salir de aquí.

Las emociones amenazan con desbordarme: pánico, confusión, desesperación.

—Necesito ese archivo. El que están usando para chantajearme.

Me mira un rato, de un modo que no soy capaz de interpretar.

—Esto es peligroso. Los niños...

—¿Dónde está? —Lo miro sin pestañear. «Tuviste tiempo para buscarlo.»

Sus ojos me atraviesan, después su expresión se suaviza.

—Arriba.

Sí que buscó. Y lo encontró. El alivio me invade.

—¿Puedes...?

Me paro a mitad de la frase, volteo hacia la puerta. Alguien ha metido una llave en la cerradura, se oye un arañar, un girar. Levanto el arma y apunto a la puerta cerrada, que va a abrirse de un momento a otro. Volvió. Yury volvió.

Observo el borde de la puerta a través de las miras. La puerta se abre y lo veo, la cabeza abajo, en la mano una bandeja desechable, dos vasos de café. Todavía no me ve. Sigo con las miras puestas en él. Entra, empieza a cerrar la puerta.

Y me ve.

—No te muevas —ordeno.

Se queda quieto.

—Cierra la puerta.

Me aseguro de que apunto al centro del pecho. Si hace el más mínimo movimiento para escapar, le pegaré un tiro. Lo juro por Dios. Éste es el tipo que asustó a mi hijo.

Cierra la puerta despacio, con cuidado.

—Levanta las manos —digo. Me sorprende lo tranquila que parece mi voz. Autoritaria, segura, cuando no siento ninguna de esas cosas. Lo que siento es pavor.

Obedece, más o menos. Adelanta las manos, la bandeja extendida hacia mí con una mano, la otra abierta, con la palma hacia arriba.

—Si intentas algo, disparo. —Lo digo muy en serio. Me asalta una sensación de vértigo, como si me estuviera viendo en una película.

Me mira, impasible, y después mira a Matt. Sin expresión alguna.

Tengo que dar la impresión de que sé lo que hago. Necesito seguir teniendo el control. Intento obligar a mi cerebro a que funcione, a que encuentre una solución.

—Amárralo —le digo a Matt.

Yury me mira de nuevo. Entorna un poco los ojos, pero no se mueve.

No miro a Matt, pero oigo que sale de la habitación. Yury y yo nos miramos. Esboza una sonrisilla de satisfacción que hace que aumente mi inquietud. Probablemente sea lo que pretende.

Matt regresa poco después. Miro y trae una silla de madera con el respaldo recto y un rollo de cinta. Yury observa a Matt de un modo que no sé interpretar. Ojalá hablara. Ojalá dijera algo. Cualquier cosa sería mejor que este silencio. Sujeto el arma con fuerza.

Matt deja la silla en el suelo y Yury se sienta, por iniciativa propia, con cautela, despacio. Me mira y lleva los brazos atrás. Sin resistirse, sin defenderse. Matt empieza a amarrarle las muñecas con la cinta. Luego, los tobillos. Por último, el cuerpo: primero da vueltas alrededor del pecho y la silla, luego la cintura y la silla. Yury no me quita los ojos de encima. En ellos hay seguridad, una seguridad que no debería tener, no cuando está así de indefenso, no cuando un arma le apunta al corazón.

Cuando acaba, Matt deja la cinta y me mira, con el rostro inexpresivo. En él no hay miedo ni ira ni nada. Bajo el arma, pero la mantengo a un costado.

—¿Puedes ir por el archivo? —le digo, y asiente, empieza a subir la escalera.

Lo veo subir y tengo la extraña sensación de que no debería haberlo perdido de vista.

Yury también lo sigue con la mirada, luego voltea hacia mí. En sus labios se asoma otra sonrisilla.

—¿De verdad crees que así conseguirás acabar con todo esto?

La pregunta hace que sienta una opresión en el pecho.

—Eso creo, sí.

Niega con la cabeza, y me asaltan las dudas. Pero si las pruebas desaparecen, al menos no iré a la cárcel. Yury no podrá chantajearme. Del resto ya me ocuparé después.

Oigo los pasos de Matt en la escalera y levanto la vista. Mis dedos aprietan el arma, los músculos se me tensan, listos para moverse. No me lo quito de la mente bajando la escalera momentos antes, como si estuviera en su casa. Lo vuelvo a ver, ahora completamente vestido, y mis ojos van directos a sus manos: no hay nada en ellas salvo un montón de papeles. De pronto, las piernas me flaquean.

¿En qué estaba pensando? Éste es Matt. Aflojo la mano que empuña la pistola, lo veo acercarse, darme los papeles, sin decir palabra. Los agarro con la otra mano, miro la primera hoja, una captura de pantalla que reconozco: son las mismas copias que Yury nos dejó en el buzón. Pero no me cuadra. Es imposible que esto sea todo lo que tienen.

—¿Dónde está el resto? —inquiero, alzando la vista.

—¿El resto?

—La copia digital.

Matt me mira como si no entendiera lo que le digo.

—Eso es todo lo que encontré.

La desazón se apodera de mí. Doblo los papeles por la mitad, me los meto en la cintura, en la espalda y volteo hacia Yury.

—Sé que tienes otra copia. ¿Dónde está? —Procuro sonar dura, pero mi voz se tiñe de pánico.

Aún me mira con esa sonrisilla suya.

—Claro que hay otra copia.

La encontraré. Lo amenazaré con lo que haga falta, le haré lo que le tenga que hacer. Doy un paso hacia él, y ladea la cabeza para mirarme.

—Pero no está aquí. No la tengo yo.

Me quedo fría.

—Ay, Vivian. Creías que podías ser más lista que yo. —Ahora es una sonrisa en toda regla. Condescendiente—. No olvides que alguien nos proporcionó los resultados de esa búsqueda. Alguien con acceso a Athena, a toda esa información confidencial suya. Alguien de dentro.

Me dan náuseas.

—Mi amigo tiene una copia. Y si me ocurre algo, esos papeles irán directos al FBI.

Tengo la sensación de que la habitación me da vueltas.

—¿Quién? —pregunto, y la voz parece ajena, como si fuera de otra persona—. ¿Quién tiene la copia?

Yury sonríe, una sonrisa satisfecha, que me hace enfurecer.

Destruir esas pruebas era mi última esperanza. Incluso había empezado a creer que podría salir bien.

—Podría ser un engaño —apunta Matt, y no volteo. No lo es. La cara de Yury me dice que no lo es.

—¿Quién? —repito, y doy un paso más, levanto el arma. Yury no parece tener miedo.

Me tocan, y ese gesto hace que me enerve. Giro el arma y es Matt, detrás de mí. Me puso la mano en el antebrazo. La quita, y levanta las dos manos.

—Soy yo, Viv —dice con voz serena. No dejo de apuntarle. Él mira el arma y luego me mira a mí—. No pasa nada, Viv. Sólo quiero que pienses. No seas impulsiva.

Tengo el cerebro paralizado, como si no pudiera procesar lo que está pasando. «No seas impulsiva.»

—Amenazó a Luke —afirmo. Me centro en Yury, le apunto a él—. Lo voy a matar.

La expresión de su rostro no cambia.

—¿De qué serviría eso? —pregunta Matt. Lo miro fijamente: no quiere que le pegue un tiro a Yury. ¿Porque está de su lado?—. Si lo haces, no averiguarás nada.

¿Cómo es que está tan tranquilo? Sin embargo, intento analizar su razonamiento. Lo que dice es cierto: si le pego un tiro a Yury, nunca sabré quién tiene la otra copia. Puede que haya un atisbo de esperanza, la posibilidad de que pueda encontrar esas pruebas.

Matt me dirige una mirada de comprensión y después me pone la mano en el brazo, bajando el arma con suavidad.

—Viv, lo tenemos —aduce en voz queda—. No les puede hacer daño a los niños.

Escudriño su cara y sé que tiene razón. Yury está aquí, retenido. La persona que amenazaba a mis hijos por fin está fuera de juego. Si llamara a las autoridades ahora mismo, lo meterían en la cárcel de por vida. Es un espía ruso, que dirigía una célula de agentes encubiertos. No tendrá ninguna posibilidad de acercarse a mis hijos.

De pronto, el arma se me antoja pesada.

—Entonces ¿qué hacemos ahora?

¿Llamar a la policía? Matt y yo nos pasaríamos el resto de nuestra vida entre rejas.

Parece inseguro.

—Puede que si haces lo que te pidieron, meter esa memoria USB... —apunta, y en su cara se asoma un rayo de esperanza; pero en mi caso es como si el suelo desapareciera bajo mis pies. ¿Otra vez lo mismo? ¿A qué se debe esta obsesión? ¿Por qué es tan importante para él?

—Así no los protegeremos.

—Yury dijo...

—Pedirán algo más. Volverán a amenazar a los niños.

—Eso no lo sabes. Y, en cualquier caso, así ganaríamos tiempo...

Siento un enorme nudo en la garganta. Todas estas conversaciones que hemos mantenido sobre utilizar la memoria USB. Casi parece desesperado. ¿Por qué le preocupa tanto? ¿Por qué quiere que pase a toda costa? A menos que forme parte de ellos...

—¿Y después qué? —pregunto—. Matt, este hombre amenazó a nuestros hijos. Te dijo que mataría a Luke. ¿De verdad quieres soltarlo?

Cambia el peso del cuerpo de un pie al otro, parece incómodo. Y no soy capaz de quitarle los ojos de encima. Mentalmente lo veo bajando esa escalera relajado, a punto de charlar con Yury.

Lo veo prometiéndome que no les diría a los rusos nada de Marta y Trey. Mintiéndome. Y yo me tragué su mentira. Creí que era la verdad.

Tengo la sensación de que por primera vez estoy viendo quién es en realidad.

Algo cambia en su cara, y vuelvo a tener la inquietante impresión de que sabe con exactitud lo que estoy pensando.

—En realidad no confías en mí —afirma.

Formulo el pensamiento que me ocupa ahora mismo por completo.

—Muy bien, quizá no podías irte. Pero ¿no debiste haber hecho algo?

Da vueltas al anillo de boda en el dedo.

—Te llamé una vez... Pero tenías el teléfono apagado... —Pugna por que le salgan las palabras—. Yury descubrió lo que hice y volvió con la mochila de Luke. Dijo que si hacía algo más, la próxima vez...

La mochila de Luke: por eso le faltaba. Estuvieron muy cerca de mi hijo. En su escuela, en su salón. Metieron la mano en su casillero, donde deja la comida. Y su mensaje no podía ser más claro: pueden llegar hasta él, cuando quieran y donde quieran. Miro a Yury, que nos observa risueño.

Me da la sensación de que voy a vomitar. Es natural que Matt no hiciera nada después de que pasara eso. ¿Cómo iba a hacerlo? La vida de Luke corría peligro.

Me obligo a pensar. No es sólo el hecho de que esté en este sitio. Es todo: la mentira sobre Marta y Trey. Sugerir otra vez que introduzca la memoria USB.

—Nada de lo que diga servirá, ¿no? —inquiere.

—No lo sé. —Sostengo su mirada, me mantengo firme.

—Creo que quieres a toda costa que yo haga lo que me ha pedido, y estoy tratando de entender por qué.

—¿Por qué? —Me lanza una mirada incrédula—. Porque sé cómo es esta gente. —Me va a agarrar, pero deja caer la mano—. Y porque no quiero que les pase nada a nuestros hijos.

Nos quedamos quietos, mirándonos. Es el primero en romper el silencio.

—Si estuviera de su lado, Viv, si tanto lo quisiera, ¿por qué no lo hice desde un principio?

—¿Cómo? —replico, pero más por ganar tiempo que por otra cosa, porque su pregunta está más que clara.

—Te di una memoria USB, y tú la metiste. ¿Por qué tomarme tantas molestias si es lo que quería? ¿Por qué no te la di sin más desde el principio?

No tengo respuesta. Es cierto. Eso no tiene sentido.

—¿O por qué no te mentí? ¿Por qué no te dije que la segunda memoria no era nada, tan sólo algo para volver a resetear los servidores?

De haber sido así, yo lo habría hecho. Habría introducido la memoria USB.

—Estoy de tu lado, Viv —asegura, en voz baja—. Pero no sé si tú estás del mío.

Estoy muy confundida. No sé qué pensar, qué hacer ahora mismo.

Entonces, el teléfono me vibra, en el bolsillo, lo agarro y veo el número: la escuela de Luke.

Ya debería estar allí, eso significa que no ha llegado aún. Dios mío, ¿qué pasó? Debería haber llamado a mis padres, hablar con ellos, asegurarme de que lo subían al autobús, quizá incluso de que lo llevaran en coche al colegio. De que lo mantenían a salvo. Presiono la tecla verde.

—¿Bueno? —contesto.

—Hola, mamá.

Es Luke. Saco un aire que no sabía que estaba conteniendo, noto que mi mundo da vueltas. Y después me llega una nueva oleada de pánico. ¿Por qué me llama desde la escuela?

—Luke, cariño, ¿qué ocurre?

—Me dijiste que llamara si volvía a verlo.

—¿A quién? —digo, una respuesta automática, porque lo sé en cuanto esas dos palabras salen de mi boca.

—A ese hombre. Al hombre que habló conmigo en la escuela.

No. No es posible.

—¿Cuándo lo viste, Luke?

—Ahora mismo, mamá. Está allí fuera, junto a la reja.

247

No puede ser. Miro de soslayo a Yury, que está escuchando todo esto, aún risueño.

—Luke, ¿estás seguro de que es él?

—Sí. Volvió a hablar conmigo.

Apenas consigo decir las siguientes palabras.

—¿Qué te dijo?

El niño baja la voz, y percibo el temblor.

—Me pidió que te dijera que el tiempo se acaba. ¿Qué significa eso, mamá?

Se apodera de mí un pánico atroz. Miro a Matt, y sé que ha oído la conversación. En su srostro se asoma una ira que es casi animal, y en ese momento vuelve a ser mi marido, el hombre que haría cualquier cosa para protegernos, para mantener a salvo a nuestra familia.

—Vete —le digo, tapando el micrófono con la mano. Mira a Yury y luego a mí, parece inseguro—. No me pasará nada. Ve a ocuparte de Luke. —Jamás permitiría que alguien les hiciera daño a los niños; de eso estoy segura. Nos miramos y me quita el teléfono.

—Luke, quédate donde estás —le pide—. No te muevas, hijo. No tardo nada. Papá va a buscarte ahora mismo.

20

Matt sale dando un portazo. Y se hace el silencio. Estoy temblando, siento miedo, rabia y desesperación. Esto no acabará con Yury en la cárcel. Quienquiera que esté ahora mismo en la escuela de Luke lo acaba de dejar claro. Ya lo sabe alguien más. Alguien más es una amenaza.

Llamar a las autoridades no protegerá a mis hijos.

¿Habrá algo que lo haga?

Yury me observa con expresión risueña. Me agacho para ponerme a su altura y poder mirarlo a los ojos.

—¿Quién amenaza a mi hijo? —pregunto, de un modo que resulta aterrador, incluso para mí.

¿Cómo pude equivocarme así? Si hay algo que me han inculcado en el trabajo es que no hay que dar nunca nada por sentado. Y, sin embargo, ¿no es eso exactamente lo que hice? Supe que había un hombre, que hablaba con acento, y di por sentado que era Yury.

Con acento. Eso es lo que dijo Luke. ¿Acaso no fue ésa la razón por la que pensé que era Yury? Hago un esfuerzo por recordar la conversación, por recordar las palabras exactas de Luke. «Hablaba raro.» Dios mío, ni siquiera sé a ciencia cierta si el acento era ruso.

¿Será ésa la persona que según Yury está dentro? Nadie que yo conozca que tenga acceso a Athena habla con acento. ¿Podría tratarse de alguien de arriba, de la dirección? ¿Alguien de informática?

¿O podría ser otro agente ruso?

—¿Quién amenaza a mi hijo? —repito. Yury no dice nada, me dirige una mirada burlona. Entonces toma el relevo el instinto. Le doy con la culata en la frente, con fuerza, algo que nos sorprende a él y a mí en igual medida. No le he pegado a nadie en mi vida—. Te voy a matar —aseguro, y lo digo en serio. Si de ese modo protegiera a mis hijos, lo mataría en un abrir y cerrar de ojos.

Me mira con aire despectivo, entrecerrando los ojos; en la frente empieza a asomarse un bulto. La fuerza del golpe, la forma en que se le fue hacia atrás el cuello, hizo que se le ladee la abertura de la camisa. El dije que lleva en la cadena de oro se le ha salido, reflejando la luz. Es una cruz llamativa.

—¿Por qué no? —dice—. No tienes nada que perder.

La ira me ciega.

—¿Quién? —Le pongo el arma en la sien. Sea quien sea, probablemente se haya ido cuando llegue Matt. ¿Cómo demonios lo vamos a encontrar?

—Podrían ser muchas personas. Tengo muchos amigos a los que puedo acudir. —Yury se ríe. Está jugando conmigo. Me doy la vuelta para que no me vea la cara, para que no vea la desesperación, el terror que siento.

«Muchos amigos.» Una idea me acecha, y poco a poco va cobrando nitidez. Sea quien sea la persona que Yury tiene dentro, sabe quién es Matt. ¿Y no deberían ocultar su identidad a todo el mundo, si de verdad la célula está tan compartimentada?

¿Y qué hay de todos los agentes que estuvieron en mi boda? Todos en un mismo sitio, al mismo tiempo. Puede que no esté tan compartimentada como pensamos. Puede que hayamos entendido mal el programa. Puede que...

«Dmitri el Anzuelo.» De pronto, su nombre se adueña de mí, desplazando todo lo demás. Dmitri el Anzuelo, el hombre que acudió a nosotros afirmando que había decenas de células de agentes encubiertos en Estados Unidos. El hombre que pensamos que era un agente doble, alguien a quien nos habían enviado los rusos con información falsa. Pero no, decía la verdad. Si había tantos agentes en mi boda, decía la verdad.

«Decía la verdad.»

Me devano los sesos intentando recordar qué más dijo. ¿Qué otras cosas no encajaban con lo que sabíamos, de modo que las pasamos por alto, decidimos que eran pistas falsas?

Explicó que los nombres de los agentes encubiertos los tenían los propios contactos. Los llevaban encima en todo momento.

Miro a Yury. El cerebro trabaja deprisa, encajando las piezas de un rompecabezas que ni siquiera sabía que existía. Los nombres los llevan encima los contactos en todo momento. Y lo que siempre hemos pensado que era verdad, basándonos en el resto de informaciones que teníamos: los nombres se guardaban en dispositivos electrónicos. Se me ocurre una idea.

¿Podría ser? Desvío la mirada, observo a Yury, y contengo la respiración. Lo es. Lo veo en su cara: se da cuenta de que lo sé. Veo en ella impotencia, como la que yo llevo sintiendo desde hace ya semanas. Está atado a la silla, no lo puede ocultar, no lo puede proteger. La sonrisa se le borra del rostro.

Doy un paso hacia él, y otro, hasta plantarme delante, y no tiene más remedio que levantar la mirada, desprotegido y vulnerable. Veo en sus ojos que cada vez tiene más miedo. Agarro el dije, lo miro, la forma de la cruz dorada, el tamaño. Le doy la vuelta y veo cuatro tornillitos.

Lo sostengo y lo miro a los ojos mientras pego un jalón rápido, enérgico. El cuello se le mueve hacia delante y después de nuevo hacia atrás, y la cadena se rompe, cayendo en mi mano.

—Se acabó, ¿no? —digo y, antes de que pueda añadir algo más, oigo un clic a mi espalda, un arma al amartillarse.

21

Me quedo completamente quieta. Alguien entró y no lo escuché. No echamos la llave cuando salió Matt, claro que no.

Yury estira el cuello para ver la puerta. Tiene los ojos fijos en algo, en alguien, en quienquiera que acaba de entrar. Lo conoce, y en sus labios, despacio, se asoma una sonrisa. Que hace que me invada el pánico. Voy a morir. Voy a morir en este sitio, aquí y ahora.

Me quedo helada, esperando que llegue el tiro. No soy capaz de darme la vuelta, de ver a la persona que me va a matar.

Ahora la sonrisa de Yury es más ancha. Le veo los dientes, torcidos en uno de los lados, amarillentos. Abre la boca para hablar.

—Hola, Peter. Me alegro de verte.

«Peter.»

Oigo el nombre, pero no me parece real. Porque no puede serlo. Volteo, despacio. Pantalones de vestir, mocasines, lentes..., y un revólver que me apunta. Peter. Bajo instintivamente la pistola y levanto las manos, alejándome de él.

Omar dijo que había un espía en el CIC, alguien que trabajaba conmigo. Yury dijo que tenían a alguien con acceso a Athena. Debería haber unido los puntos.

Pero ¿Peter? ¿Peter?

—Vivian, creo que ya conoces a Peter —dice Yury, y se echa a reír, una risa demencial, de maniaco. Está disfrutando esto.

Yo sigo mirando a Peter, que baja el arma; el brazo forma un ángulo extraño, como si no supiera muy bien qué hacer con él.

—Los resultados de la búsqueda que has conseguido, Vivian —empieza Yury—. Te dije que no importaban. Porque nuestro amigo Peter tiene otra copia. No es así, ¿Peter?

—¿Cómo pudiste? —musito, sin hacerle el menor caso a Yury, centrándome por completo en Peter.

Él mira con cara de sorpresa, no dice nada.

—Tengo que reconocer que no pudiste venir en mejor momento —continúa Yury—. Precisamente estaba hablando de ti.

Los ojos de Peter no dejan de mirar los míos. No estoy segura de que escuchó lo que dijo Yury.

—Como no apareciste esta mañana, Vivian, me imaginé que podías estar aquí —cuenta Peter.

Peter es el espía infiltrado. Ha estado trabajando para los rusos, ayudándolos a chantajearme.

—¿Cómo pudiste? —repito.

Se sube los lentes con el dedo índice de la mano libre, abre la boca para decir algo y la cierra. Se aclara la garganta.

—Katherine.

«Katherine.» Claro, Katherine. Katherine es lo único que le importaba a Peter más que su trabajo, su país. Se quita los lentes y se pasa por los ojos el dorso de la otra mano, la que sostiene el arma. Ésta se mueve, el cañón apuntando a todas partes. Ni siquiera estoy segura de que recuerde que la tiene en la mano. Y aún mantiene el dedo en el gatillo.

—Ese ensayo clínico... —dice mientras se pone los lentes, se los ajusta en el caballete de la nariz—. No consiguió entrar.

«¿No consiguió entrar?» Lo miro, necesito que continúe. Detrás de mí, en la silla, Yury guarda silencio.

—Le quedaban un par de meses de vida, como mucho. No puedo describir lo que se siente recibir esa noticia... —La voz le tiembla. Niega, carraspea—. Un día estaba estupendamente, teníamos por delante el resto de nuestra vida, y al siguiente me entero de eso. Dos meses.

Me da pena, pero ese sentimiento se desvanece deprisa. Éste no es Peter, mi mentor, mi amigo. Es alguien que tengo delante con un arma, dispuesto a matarme.

Parpadea, se centra de nuevo en mí.

—Entonces vino a verme alguien. Uno de ellos. —Señala a Yury, la voz apagada—. Nos prometió que nos conseguiría los medicamentos del ensayo si yo trabajaba para ellos.

—Así que lo hiciste —concluyo.

Se encoge de hombros, en un gesto desesperado. En el que veo vergüenza. Al menos eso.

—Sabía que estaba mal, claro que lo sabía. Pero me ofrecía lo que más valor tenía en el mundo para mí: tiempo. Tiempo con la única persona que lo era todo para mí. ¿Cómo se puede poner precio a eso? ¿Cómo se puede decir que no a eso?

Son pretextos, como si necesitara que lo entendiera, que lo perdonara. Y en cierto modo lo hago. Por mucho que no me guste admitirlo, lo hago. Le dieron en el punto donde era más vulnerable. Y conmigo hicieron lo mismo.

—No se lo conté a Katherine. No me habría dejado hacerlo. Le dije que al final la metieron en el ensayo. Juré que cuando todo acabara lo confesaría todo: diría a Seguridad exactamente lo que les conté a los rusos. Corregiría todos los errores que cometí.

Me invade una sensación de algo, ¿esperanza? Porque ya terminó todo, ¿no? Katherine murió.

—Los fármacos surtieron efecto durante un tiempo. —Yury atiende con mucha atención, como si también él escuchara esto por primera vez—. Entonces me dieron la memoria USB. Me dijeron que la conectara a la computadora de la sala de acceso restringido. —Peter se sube los lentes por la nariz—. Me negué. Una cosa es contarles que Marta bebe o que Trey tiene novio, pero permitir que accedan a nuestros sistemas..., a la identidad de agentes encubiertos, rusos que trabajan para nosotros..., eso no lo podía hacer, de ninguna manera. —Peter aprieta la mandíbula—. Amenazó con retirarle los fármacos a Katherine, y lo hizo: murió cuatro semanas después.

Abro la boca y dejo escapar el aire. Mi corazón está con él una vez más, imaginando lo que debió de sufrir esas semanas, sabiendo lo que les costaría a ambos la decisión que tomó. Luego me asalta un odio renovado hacia esas personas, esos monstruos.

—Creen que no diré nada —continúa Peter—. Creen que ahora no acudiría a las autoridades, de ninguna manera, porque si lo hago me pasaría el resto de mi vida en la cárcel. Lo que no saben es que mi vida ya no tiene sentido.

Yury da la impresión de haber recibido un golpe. Se queda pasmado, atónito.

Peter no le hace el menor caso. Sus ojos están llenos de lágrimas.

—No quería seguir adelante, pero no tuve más remedio. Debía arreglar lo que había hecho. —La voz le tiembla—. Sobre todo lo que te había hecho a ti.

—¿A mí? —inquiero.

—Les conté que estábamos a punto de entrar en la *laptop* de Yury. Yo diría que fue entonces cuando subieron la foto de Matt, para que la encontraras.

Tiene sentido. Eso explicaría por qué no estaban encriptados los archivos. Por qué sólo había fotografías, nada más. Era una trampa.

Sabían exactamente cómo actuaría yo, que no entregaría a Matt, que podrían manipularme. Lo sabían, aunque no lo supiera ni yo misma.

—Soy el responsable de haberte metido en esto —admite Peter en voz baja.

Debería decir algo, pero no se me ocurre nada, no soy capaz de encontrar las palabras. Son demasiadas cosas que procesar ahora mismo.

Entonces veo que Peter mira algo que tengo a mi espalda. Y el miedo asoma a su cara.

—Tira el arma —oigo. La voz de Matt.

Volteo y ahí está, de pie en el salón. Tras él veo que la puerta que sale de la cocina al patio está entornada. Entró por la parte de atrás. Tiene una pistola en la mano. No pierde de vista a Peter.

Siento un martilleo sordo, como si nada de esto estuviera pasando, como si nada tuviera sentido. Matt no debería estar aquí. Tendría que estar en la escuela, recogiendo a nuestro hijo, manteniéndolo a salvo.

—¿Dónde está Luke? —pregunto—. ¿Cómo es que ya volviste?

No me mira. Ni siquiera estoy segura de que me escuchó.

—Matt, ¿dónde está Luke?

—Llamé a tus padres. Fueron a buscarlo ellos.

¿Cómo sabía que mis padres estaban en casa? ¿Y por qué no fue él? Nada de esto está bien.

—¿Por qué? —consigo preguntar.

—Están más cerca, llegarán antes. —Me sostiene la mirada, su expresión tranquilizadora—. Se mostraron encantados de poder echar una mano. Y no podía dejarte aquí sola. Vamos, Peter, continúa.

Pero Peter no dice nada. Tiene las manos unidas delante, el revólver en el suelo, a los pies. Miro a Yury, que no se pierde nada. El miedo que vi hace unos instantes desapareció, en su lugar ese aire de suficiencia que me aterra, aunque estoy demasiado confusa para saber exactamente por qué.

Matt habla de nuevo.

—Te dije que continúes —ordena con voz quebradiza.

—Yury tiene razón, Vivian. Descargué los resultados de la búsqueda antes de que se resetearan los sistemas. Yo soy la razón de que te estén chantajeando. —La expresión de Peter se endurece—. Pero se equivoca en algo: no me quedé con una copia. —Mete la mano en el bolsillo delantero, y Matt le apunta con el arma.

—Matt, ¡no! —exclamo. Noto que mi voz se tiñe de pánico.

—No pasa nada —afirma Peter. Saca algo del bolsillo, algo pequeño—. Sólo es esto. —Enseña una memoria USB, que cuelga de un llavero plateado. Me quedo mirándola, veo cómo se balancea, suspendida en el aire, y espero a que lo explique. Tiene que haber una explicación. Confío en él. Ha sido mi mentor durante años—. Son las imágenes que encontraste, sin la de Matt. Es todo lo que guardaba. —Me ofrece la memoria—. No hay ninguna prueba de que las viste. Nada que puedan utilizar para chantajearte. —Peter se acerca a mí, la memoria aún en la mano—. Haz lo que quieras con esto, y con la identidad del quinto agente. —Mira deprisa a Matt—. Confío en que tomes la decisión adecuada, Vivian, sea la que sea. Pero no te manipularán como me manipularon a mí.

Dejo de mirarlo a él para dirigir la vista a la memoria. Luego extiendo la mano y la agarro. Matt me observa, su expresión es indescifrable. Las palabras de Peter resuenan en mí: «Confío en que tomes la decisión adecuada, Vivian, sea la que sea».

Miro el arma que sostiene Matt, y me viene a la memoria la caja de zapatos que está en el armario, el hueco que encontré donde la había escondido. Y entonces me doy cuenta.

—Tuviste un arma todo este tiempo. —Las palabras me salen antes de que pueda procesarlas, filtrarlas.

—¿Cómo?

—¿Por qué no mataste a Yury? ¿Por qué te quedaste?

—Por Dios, Viv, ¿lo dices en serio?

—Dijiste que no estabas seguro de poder someterlo, pero tenías un arma.

—No soy un asesino. —Parece no dar crédito—. ¿Y de qué habría servido?

—Amenazó a nuestro hijo. Te llevó la mochila de Luke.

Veo que la emoción de su cara cambia, ahora está dolido.

—Dios mío, Vivian, ¿qué tengo que hacer para que confíes en mí?

Esa pregunta no la puedo responder. Nos quedamos mirándonos el uno al otro, sin pestañear, y veo que se le tensa la mandíbula, las aletas de la nariz se le ensanchan, mínimamente.

Un sonido capta mi atención: Yury se ríe.

—Esto es mejor que el cine —dice. «Cree que Matt está de su lado.» La certeza me duele como si me dieran una cachetada, como si me hubiera quedado sin aire.

Entonces, la sonrisa de Yury se desvanece, sin más. Su expresión se vuelve pétrea.

—El niño morirá mañana —asegura, con los ojos abrasándome. Las palabras se llevan todo el aire que hay en la habitación, de tan inesperadas, tan terribles—. Si no haces esto, Luke morirá mañana.

No me cabe la menor duda de que lo dice en serio. De pronto, somos sólo él y yo, ese hombre que intenta matar a mi hijo. Me quedo paralizada, no puedo dejar de mirarlo.

—Y después de ése, otro, quizá Bella. —Ahora en sus ojos hay una mirada que me revuelve el estómago—. Aunque cada vez está más guapa. Puede que la reserve para el final y empiece por los gemelos, dejaremos que crezca un poco...

La visión se me nubla, el cuerpo se me queda sin fuerzas. Consigo voltear hacia Matt, la única persona capaz de entender hasta qué punto estoy aterrada ahora mismo. Abro la boca para decir algo, pero lo único que me sale es una súplica ahogada, angustiada.

En su cara se opera un cambio. Ahora veo en ella una mirada de resolución e, inexplicablemente, sé lo que viene después. Veo que Matt levanta el arma.

Y se oye un disparo.

Los oídos me zumban, los sonidos me llegan apagados, confusos. El disparo me retumba en la cabeza. Pestañeo, intento centrarme. Esto no es real. No puede ser real. Matt deja caer el arma, levanta las manos, como si no supiera qué hacer con ellas. En su cara hay una mirada que no había visto nunca. Repugnancia e incredulidad, como si no supiera que era capaz de hacer lo que acaba de hacer. Profiere un grito ahogado, y otro.

Yury se desploma en la silla. La sangre le oscurece el centro de la camisa, extendiéndose, manchándola en los bordes, ante mis ojos.

La realidad me golpea un instante después: Matt acaba de matar a alguien. Mi marido le acaba de quitar la vida a alguien. La vida de un monstruo, pero una vida, al fin y al cabo.

—Tienes que marcharte —oigo. La voz de Peter. Apenas lo oigo con el ruido de los oídos, el martilleo del corazón—. El Buró me pisa los talones. Llegarán aquí de un momento a otro.

El FBI. Aquí. Dios mío.

—Tienes que marcharte —insiste Peter, esta vez con más premura. Se agacha y toma el arma de Matt.

Tengo que marcharme; sin embargo no puedo moverme.

Entonces oigo algo a mi espalda, alguien golpea la puerta. Un golpe fuerte, otro, y la puerta se abre violentamente. Entran personas vestidas de negro, con equipamiento táctico y fusiles en ristre, apuntando, gritando:

—¡FBI! ¡Arriba las manos!

Levanto las manos. Veo los chalecos, las grandes letras mayúsculas. Los cañones de los fusiles, apuntando a Peter, apuntándome a mí.

Sólo a Peter y a mí. Matt ha desaparecido.

—¡Tire el arma!

Miro a los agentes y reconozco a uno de ellos: Omar. Está apuntándole a Peter, gritando. Todos gritan.

—¡Tire el arma! ¡Tire el arma!

Peter sigue teniendo en la mano el arma de Matt, el brazo inclinado en ese ángulo extraño. No sé lo que está pensando. Se oyen más gritos, más instrucciones de que tire el arma, de que levante las manos. Entonces oigo a Peter, su voz callando al resto:

—Déjenme hablar. ¡Déjenme hablar!

Los gritos cesan. Los agentes se callan, todos y cada uno de ellos listos para disparar, los brazos extendidos, apuntando con el arma: dos a Peter, uno a mí. Peter también lo ve.

—Ella no hizo nada —asegura. Está tranquilo, sorprendentemente tranquilo—. Está aquí por mi culpa. Quería que escuchara mi explicación.

El arma me sigue apuntando.

—Está bien, es de los nuestros —afirma Omar. Tras un levísimo vacilar, el cañón se aparta de mí.

—Peter, tira el arma —ordena.

—Necesito hablar —dice Peter negándose—. Necesito que escuches. —Los lentes vuelven a resbalarse por su nariz, pero esta vez no se los sube, se limita a mirar por encima de ellos—. Fui yo —continúa, señalando la silla con la mano que no sostiene la pistola—. Yo maté a ese hombre, Yury Yakov. Es un agente ruso. —Sus ojos rebosan desesperación—. Trabajaba para él: yo soy el espía infiltrado.

Omar se queda pasmado. Mi mirada descansa una vez más en el arma que sostiene Peter.

—Les hablé a los rusos de mis compañeros. Yo soy la razón de que abordaran a Marta y a Trey. Y puede que a otros. Les dije que estábamos investigando a Yury. Que estábamos a punto de entrar en su *laptop*. —Tiene la frente humedecida, la luz refleja el sudor, reluciente—. Y después metí una memoria USB en la computadora de la sala de acceso restringido. Borré el historial de búsqueda de los servidores de la Agencia.

Agarro aire. Recuerdo ese día, cuando me topé con él en la puerta. Peter lo sabía. Y ahora lo está confesando. Protegiéndome.

Entonces soy consciente de la verdad: hay un motivo por el que está confesándolo todo ahora mismo. Hay un motivo por el que no ha tirado el arma.

—¡No! —chillo.

—Lo siento —musita, sin dejar de mirarme. Entonces levanta el arma.

Lo veo pasar, lo oigo pasar. Gritos. Una lluvia de balas. Peter cayendo al suelo delante de mí, la sangre extendiéndose a su alrededor.

Gritos, un sonido sordo primero, más sonoro cuando recupero el oído, hasta que soy consciente de que los estoy dando yo.

22

Me siento en el sillón del salón de Yury, en el borde, agarrándome a los cojines que tengo a ambos lados: demasiado rellenos, de un apagado tejido café. Fuera se oye el aullido de las sirenas de la policía, varias, asincrónicas, una sinfonía chirriante. También hay luces intermitentes, que crean un dibujo en la pared, un pequeño espectáculo de borrones bailoteantes azules y rojos. Lo observo, porque de lo contrario estaría mirando la sábana que cubre el cuerpo de Peter, y eso no lo puedo hacer.

Omar está a mi lado, cerca pero no demasiado. Noto sus ojos clavados en mí. Los suyos y los de los otros agentes que hay en el departamento, el montón más que acaba de irrumpir. Están etiquetando, fotografiando, pululando y hablando, mirándome de reojo.

Creo que Omar está esperando a que hable yo primero, y yo estoy haciendo lo mismo. Estoy esperando a que me informe de mis derechos. Soy más que consciente de los papeles doblados que llevo en la cintura, las pruebas por las que podrían encerrarme de por vida.

—¿Quieres que te traiga algo? —dice al cabo de un rato—. ¿Agua?

Niego con la cabeza. Aún tengo la vista puesta en las luces de la pared. Intento repasar todo lo sucedido, intento entenderlo. Tengo la copia impresa de las pruebas, y Peter destruyó la copia de seguridad. Yury está muerto: no me puede acusar de nada. Y Peter confesó ser el autor del peor error que cometí: meter la memoria USB.

—Vamos a tener que hablar de esto, lo sabes, ¿no? —añade Omar con voz amable.

Asiento, mi cerebro está en funcionamiento. ¿Me lo está diciendo como amiga y compañera? ¿O como sospechosa? Podría fingir que me acabo de enterar de que Matt es un agente encubierto, que me lo ha dicho Yury. Dejar que el Buró investigue. Es una oportunidad para enmendar las cosas. Entregar a Matt, como debería haber hecho el primer día que empezó esto. Él lo entendería. Es lo que me pidió que hiciera desde un principio.

«Luke morirá mañana.» Pero si no meto esa memoria USB, irán por Luke. No tengo ni idea de quién lo está amenazando, y no se lo puedo explicar al FBI sin contárselo todo, sin implicarme. No puedo permitir que me metan en la cárcel cuando Luke corre semejante peligro. No confío en el Buró para que encuentre al tipo que lo está amenazando. Que llegue a tiempo.

—Podrías empezar diciéndome por qué estás aquí —insiste Omar. Desvío la mirada y, sin pensar, mis ojos descansan en la sábana que cubre a Peter. Omar me sigue la mirada y asiente, como si acabara de responder a su pregunta—. La llamada del otro día. ¿La hizo él?

Me quedo mirando la sábana. No estoy segura de qué contestar. Necesito encontrar una historia que encaje con todo lo que ha pasado. Necesito tiempo para entenderlo, y me estoy quedando sin tiempo.

—¿O fue Yury?

Parpadeo. ¿Qué sería más lógico? ¿Qué le dije de esa llamada? Me esfuerzo por recordar. «Hay alguien implicado. Alguien que es importante para mí.»

—Vivian —dice Omar con la voz tan suave que casi resulta tierna—. No debí darte esa información. No sin saber lo que estaba sucediendo.

—No pasa nada —balbuceo. ¿Qué sabe? ¿Qué le conté ese día?

—Debí confiar en mi instinto, averiguar por qué la necesitabas.

—Me hiciste un favor.

Mira hacia otro lado, hacia la sábana. Una tristeza infinita le crispa el rostro. Normal, Peter también era su amigo.

—Intentabas ayudarlo —dice. Es una afirmación, no una pregunta.

Trago saliva. «Ahora.» Es preciso que diga algo.

—Era mi mentor. Mi amigo.

—Lo sé. Pero era un traidor.

Asiento, a punto de echarme a llorar, las emociones amenazando con llegar a su punto más alto.

—Lo estábamos vigilando. Sospechábamos que era el espía. Vimos que venía a este sitio, y después oímos el disparo... ¿Qué dijo antes de que llegáramos? ¿Explicó por qué lo hizo?

—Katherine —contesto—. Utilizaron a Katherine. —Es todo cuanto logro decir.

Ya habrá tiempo para dar más explicaciones. La parte que quiero explicar, que necesito explicar. Peter no era un mal tipo. Se aprovecharon de él, lo coaccionaron. Se sirvieron de lo que era más importante para él en el mundo entero.

—Te dan donde eres más vulnerable —farfulla.

Oigo el aullido de las sirenas.

—Pensaba hacer las cosas bien desde el principio. Eso era lo que Peter intentaba hacer. —Me estremezco.

Y a fin de cuentas eso hizo. Al menos para mí. Admitió haber cometido mi mayor pecado, resetear los servidores. No desveló la identidad de Matt. Incluso encontró las cuatro imágenes que yo borré, lo que me hacía sentir tan culpable.

Las cuatro imágenes. La memoria USB. Me palpo el bolsillo por fuera, noto que está ahí. Meto la mano, la saco y se la ofrezco a Omar.

—Me dio esto. Dijo que contiene las imágenes de los agentes encubiertos de Yury.

Omar mira la memoria. Vacila y la toma, da media vuelta y llama a un compañero. Unos minutos más tarde, hay una *laptop* en la mesa que tenemos delante y Omar está metiendo la memoria USB. Veo que las imágenes aparecen en la pantalla: la mujer pelirroja con rizos, el hombre de los lentes redondos, los otros dos. Las cuatro que borré. Están todas aquí. La de Matt no aparece.

—¿Cuatro? —oigo decir al otro agente—. ¿Sólo cuatro?

—Qué raro —musita Omar—. Deberían ser cinco, ¿no? —Me mira.

Observo la pantalla y asiento con aire distraído. Soy vagamente consciente de que los agentes están hablando, algo sobre la importancia de que sean cuatro en lugar de cinco, teorías que expliquen por qué podría haber sólo cuatro. Un agente encubierto murió. Se jubiló. El programa no es tan sólido como pensábamos.

Noto que Omar me observa. Una mirada larga, intensa. Que hace que me ponga sumamente nerviosa.

Hay más conversaciones, más deliberaciones, y al final un agente se acerca, toma la *laptop* y se la lleva. Los otros agentes se dispersan.

—Voy a dejar que te vayas a casa —dice Omar. Baja la voz—. Y mañana, Vivian, vas a tener que contármelo todo. Todo. ¿Está claro?

Mañana. «Luke morirá mañana.» Asiento, porque ahora mismo no me sale la voz.

Se inclina hacia mí, sus ojos escrutando los míos.

—Sé que hay más de lo que nos estás contando.

Sigo muy afectada cuando llego a casa. Los disparos aún resuenan en mi interior. Aún veo la cara de Peter pidiendo disculpas, levantando el arma, cayendo al suelo. Pero, sobre todo, oigo las palabras de Yury, la amenaza a mi hijo.

Matt está en la entrada cuando llego, y me choca verlo ahí, en nuestra casa. Es como si no encajara, como si ése no fuera su sitio.

Me paro y nos miramos, ninguno dice nada, ninguno hace ademán de ir hacia el otro.

—¿Por qué no te fuiste cuando te lo dijo Peter? —pregunta al final.

—No pude. —Veo a los agentes irrumpiendo, me veo volteando y dándome cuenta de que Matt ya no está. Mis ojos escudriñan los suyos. «¿Por qué te fuiste sin mí?».

—Pensaba que venías detrás. Cuando salí y me di cuenta de que seguías allí dentro... Estaba aterrorizado. —Las palabras parecen sinceras, pero la emoción no acaba de reflejarse en sus ojos—. ¿Qué pasó?

Niego con la cabeza. «Demasiadas cosas para contártelas aquí y ahora.»

—¿Te encuentras bien? —pregunta con voz apagada, como si no le importara mucho lo que le pueda decir. Entonces me doy cuenta: me echa la culpa. Me culpa a mí de que él haya matado a alguien. Y está furioso conmigo.

—Sí.

Su expresión no cambia, y estoy a punto de decir algo más cuando oigo a Bella.

—¡Mami ha vuelto! —exclama.

Sale a la entrada dando saltitos, corre y se me abraza a las piernas. Me agacho para estar a su altura y darle un beso. Levanto la vista y veo a Luke detrás. Dejo a Bella, me acerco a él y lo abrazo, sintiéndome aliviada. Gracias a Dios está bien.

Luego me acuerdo de las palabras de Yury, de golpe. Lo abrazo con más fuerza.

Voy a la sala. Mi padre está en el sillón y mi madre en el suelo, pugnando por ponerse de pie. Delante tiene una ciudad Lego a la que no le falta un detalle.

—Cariño, volviste —dice, con cara de preocupación—. No puedo creer que hayas pasado la noche entera trabajando. ¿Te obligan a hacerlo a menudo? Porque no es sano, trabajar así toda la noche.

—No lo hago a menudo —aseguro.

—Y con Luke malo y demás —continúa.

Miro de soslayo a Luke, que tiene la cabeza abajo, y luego a Matt, en la cocina, que se encoge ligeramente de hombros, evitando mirarme. Supongo que se vieron obligados a contar una mentira. Tuvieron que dar a mis padres un motivo por el que saliera de la escuela antes de tiempo. Se hace un silencio incómodo, todos ahí plantados, contemplándonos.

—Bueno —dice entonces mi madre—, ahora que Matt ha vuelto, ya podemos dejarlos en paz. —Sonríe a Matt.

Mi padre lo observa desde el sillón, sin sonreír, por supuesto. No es de los que olvidan con facilidad si cree que alguien me ha hecho daño.

Miro a Matt, que sigue sin mirarme. Mis padres no se pueden marchar. Todavía no.

—La verdad es que, si pudieran quedarse un poco más... —La sonrisa de mi madre se desvanece, y la expresión de mi padre se vuelve más dura. Los dos miran a Matt, como si estuviera a punto de marcharse—. Si no pueden, lo entiendo. Sé que tienen cosas que hacer y...

—Pues claro que podemos quedarnos —afirma mi madre—. Lo que necesites, cariño. —Mira de nuevo a Matt. No pasa nada, ya me ocuparé de esto más tarde. Puedo ocuparme de esto—. Pero a tu padre y a mí no nos vendría mal cambiarnos de ropa. Si te parece, iremos a Charlotesville esta noche y volveremos por la mañana.

—Pueden lavar la ropa aquí —sugiero.

Pasa por alto mi sugerencia.

—Y la casa. Así le echamos un vistazo. —Quiere darnos intimidad, claro.

—Si es lo que quieren, por mí, perfecto —respondo. No tengo fuerzas para discutir. Además, será más fácil que Matt y yo hablemos si ellos no están.

Se marchan poco después, y volvemos a estar los seis. Echo la llave cuando se van, y después compruebo que las demás puertas y ventanas están bien cerradas. Cuando estoy bajando las persianas, oigo a Matt en la cocina:

—¿Qué cenamos esta noche, princesa? —Lo dice con despreocupación, pero percibo lo vacío de sus palabras.

—¿Macarrones con queso? —propone Bella.

—¿Para cenar? —inquiere Matt.

Por un momento se hace el silencio, y echo un vistazo a la cocina. Bella asiente, en la cara una sonrisa.

Matt le pregunta a Luke:

—¿Tú qué opinas, hijo?

Luke me mira, como si esperara que dijera que no. Como no digo nada, mira a Matt y se encoge de hombros, esbozando una leve sonrisa.

—Por mí, está bien.

—Pues macarrones con queso —dice Matt, mientras abre la alacena para sacar una cazuela. Hay cierta crispación en su voz, que espero que los niños no noten—. ¿Por qué no?

—¿Con chícharos? —añade alegremente Bella, como si estuviera negociando. Ése suele ser el trato cuando comemos macarrones con queso: que haya chícharos de acompañamiento.

—Sin los chícharos —la regaña Luke, en voz muy baja—. Ya dijo que sí.

Bella frunce el pequeño ceño.

—Ay.

Caleb empieza a alborotarse, así que lo siento en su periquera y le pongo unas galletitas saladas delante. Chase las ve y empieza a gimotear, me tiende los brazos, con los dedos regordetes abiertos. Lo cargo y lo siento en su silla, con sus galletas.

Luke y Bella se van a la sala, y yo observo a Matt, ante la estufa. De espaldas a mí, callado y rígido. «Porque no soy un asesino», lo imagino alegando. Pero acabó siéndolo, y me echa la culpa.

—¿Quieres decir algo? —pregunto.

Veo que deja de hacer lo que está haciendo, pero no voltea, no dice nada.

Me siento más desesperada, más perdida incluso al verlo así. ¿Cómo puedo ocuparme de la amenaza que se cierne sobre Luke cuando Matt se niega a mirarme, se niega a hablarme? ¿Cómo puedo estar tan cerca de perderlo todo, de golpe?

—No te pedí que lo hicieras —digo en voz queda.

Él gira sobre sus talones, en la mano tiene una cuchara de palo.

—Dejaste claro lo que esperabas.

—¿Lo que esperaba? —Esto no es justo. No me puede echar todo esto encima. Escuchó lo que Yury dijo de Bella...

Matt baja la voz más todavía.

—No confiarías en mí a menos que lo hiciera.

—¿Por qué iba a confiar? —prácticamente estallo. Levanto la voz lo bastante para que los niños me oigan. Luke y Bella se callan en la sala, dejan de jugar.

—Mami... —dice Bella con timidez—. Papi... ¿Pueden dejar de pelearse, por favor?

Matt y yo nos miramos un buen rato. Luego niega con la cabeza y vuelve a centrar la atención en la estufa. No decimos nada más.

23

Damos la cena a los niños, los bañamos, los metemos en la cama y volvemos a nuestra rutina —Matt limpia la cocina y yo recojo los juguetes—, salvo por el hecho de que nada de esto es normal, porque acabamos de pasar por un infierno y una amenaza pesa sobre los niños, y Matt ni siquiera me mira.

Lo veo, alcanzo a verle la parte superior de la cabeza, ese pequeño punto en la coronilla donde el pelo le empieza a ralear, mínimamente. Está frotando algo en el lavadero. Me pongo en cuclillas.

—Tenemos que hablar.

No voltea, sigue frotando.

—Matt.

—¿Qué? —Levanta la vista de golpe y me mira, una mirada aguda y dolorida al mismo tiempo. Después baja la cabeza de nuevo.

—Tenemos que hablar de Luke —insisto, y soy consciente de la desesperación que transmite mi voz. Tengo que hablar con él. Necesito no estar sola en esto.

Sus manos se detienen, pero él no levanta la vista. Veo cómo suben y bajan sus hombros cuando respira. Me centro en ese punto donde hay menos pelo, tan distinto ahora de lo que lo era hace diez años, cuando nos conocimos. Ahora hay muchas cosas distintas.

—Está bien. —Cierra la llave. El chorro de agua cesa, ahora sólo hay un goteo lento, las últimas gotitas yendo hacia el sumidero.

Profiero un suspiro, agradecida por la oportunidad que me da, y me obligo a centrarme.

—¿Dijo algo más Luke del hombre que habló con él en la escuela?

Se echa el trapo de cocina al hombro y va a la sala. Se sienta en el brazo del sillón, con el cuerpo tenso.

—Lo presioné para que me lo contara todo. Al final me dijo todo lo que recordaba. El acento era ruso, eso seguro. Puse unos audios en el celular, distintos acentos. Lo tenía claro. —Habla con frialdad. Intento pasar ese hecho por alto, intento no distraerme.

—De acuerdo. —Acento ruso. Otro agente ruso. Una idea me ronda: «El jefe». ¿Podría ser? ¿Podría Yury haber recurrido a su contacto? ¿Pedir ayuda?

—En cuanto al aspecto, dijo que tenía el pelo castaño oscuro, los ojos castaños. Estatura y peso medios...

Sin embargo, tiene sentido. Casi más que cualquier otra cosa. Se supone que Yury no puede ponerse en contacto con otros agentes rusos; con nadie salvo el jefe.

—... la última vez llevaba unos *jeans*, esta vez unos pants negros. Con camisa en ambas ocasiones. Una cadena...

«Una cadena.» Matt sigue hablando, pero sus palabras se desdibujan. Me devano los sesos.

—¿Una cadena?

Se para a mitad de frase de lo que quiera que estuviera diciendo.

—Sí. Una cadena de oro.

Sin pensar, me llevo la mano al bolsillo delantero de los pantalones, noto la cadena dura. Y, con la misma rapidez, vuelvo a poner la mano en el regazo y la entrelazo con la otra. Miro a Matt —¿parezco tan culpable como me siento?— y veo confusión en sus ojos. Dolor. Como si supiera que hay algo que no le estoy contando, que no confío en él lo bastante para hacerlo.

Se levanta y da media vuelta.

—Espera —le pido. Para y durante unos instantes no sé qué va a hacer. Luego voltea de nuevo.

—Te mentí, Viv. Y lo siento de veras, con toda mi alma. —La

mandíbula le tiembla, una pizca—. Pero ya dejé que pases semanas odiándome. Y no voy a poder seguir así siempre.

—¿Qué se supone que significa eso? —Parece una despedida, ¿y cómo puede ser, cuando tenemos que librarnos de este peligro, proteger a Luke de esta amenaza?

—Creí que éramos lo bastante fuertes para superar esto. Pero ya no estoy seguro. —Niega con la cabeza—. No estoy seguro de que seas capaz de volver a confiar en mí.

Me siento confusa. ¿Debería confiar en él? Me mintió, durante años. Pero entiendo por qué lo hizo: estaba atrapado. Y desde que descubrí la verdad, ha sido sincero.

Lo veo bajando la escalera en el departamento de Yury, recién bañado. Pero estaba allí porque no se podía marchar. Porque Luke estaba en peligro. El único motivo por el que estaba allí era para proteger a Luke.

No nos abandonó, como yo me temía. Se fue para que nuestros hijos estuvieran a salvo.

Y tampoco les habló a los rusos de Marta y Trey. Peter confesó haberlo hecho.

—Lo maté, Viv. Lo maté, y tú sigues sin confiar en mí.

Me viene a la memoria el horror que vi reflejado en su cara cuando fue consciente de que había matado a Yury. Y no porque fuera Yury, sino porque había matado a un hombre.

Hizo algo que lamentará el resto de su vida. Y lo hizo por mí.

—Lo siento —musito. Le tiendo una mano y él se queda mirándola. El abismo que nos separa nunca ha sido mayor.

Su mirada, rebosante de dolor, es tan intensa que me asusta.

Creo que confío en él. Da la impresión de que los motivos para no hacerlo han desaparecido. Y ahora mismo lo necesito a mi lado. Es lo mejor para Luke. Para todos nosotros.

Meto la mano en el bolsillo, tomo el dije, lo saco y se lo ofrezco. Casi como una ofrenda, una forma de demostrar mi confianza.

—Se lo quité a Yury, justo antes de que llegara Peter.

Matt no dice nada, la expresión aún cautelosa.

Le doy la vuelta al dije y veo los cuatro tornillitos en la parte de atrás.

—¿Me traes un desarmador?

Vacila y asiente. Deja la sala y regresa instantes después con una caja de herramientas. Saco el desarmador más pequeño. Me sirve. Desenrosco los cuatro tornillos y abro el dije con una uña. Lo tengo en mis manos. Dentro, en un lado, hay una memoria USB minúscula. La sacudo y cae en mi mano. La sostengo a la luz y miro a Matt.

—Creo que aquí están los nombres.

—¿Los nombres?

—Los cinco agentes encubiertos de Yury.

Me mira como si no supiera de qué le hablo. Entonces me doy cuenta de que él no sabe lo que yo sé. Dudo, pero sólo un instante.

—Cada contacto lleva encima el nombre de sus cinco agentes encubiertos. Si algo le pasa, se supone que su sustituto obtiene los nombres, se comunica con Moscú para pedir un código de desencriptado y lo reemplaza. Así es como protegen la identidad de los agentes.

Matt frunce la frente.

—¿Por qué razón no piden los nombres a Moscú sin más?

—Los nombres no están en Moscú, sino donde se encuentre el contacto.

No dice nada, me doy cuenta de que está pensando.

—¿No están en Moscú?

Niego con la cabeza. Veo que empieza a comprender.

—Así que cuando nos decían que el nuevo contacto se comunicaría con nosotros...

—Es sólo si encuentran los nombres —afirmo.

—Y por eso tenemos esos planes para retomar el contacto si pasa un año.

Asiento.

—Porque si el sustituto no puede encontrar los nombres, es la única manera que tienen de ponerse en contacto contigo otra vez.

—No lo sabía —musita.

Toma la memoria USB que le ofrezco con cautela. La sostiene con el pulgar y el índice, la estudia, como si de algún modo en ese dispositivo estuvieran todas las respuestas. Luego me mira a mí: sé que estamos pensando lo mismo. Si ahí están los nombres, Matt podría evitar ir a la cárcel.

Yury ha muerto, ya no me pueden chantajear. Los cinco nombres desaparecieron. Mande a quien mande Moscú para sustituir a Yury, no podrá encontrar los nombres. Tendrá que esperar a que los agentes encubiertos establezcan contacto. Y si Matt no lo hace, será libre, para siempre.

Bastaría para que los dos estuviéramos a salvo, para impedir que nadie averigüe quién es Matt y lo que hice yo. Sería una victoria dulce, de no ser por la nube que se cierne sobre nosotros. Da absolutamente lo mismo que Matt esté a salvo o que yo esté a salvo. Alguien tiene previsto hacer daño a nuestro hijo. A nuestros hijos. Y no sé quién.

Entonces me asalta una idea, con tanta fuerza que me quedo sin aliento: «Puede que Luke sí lo sepa».

La recepción está desierta cuando llego, sólo hay una responsable de seguridad cerca de los torniquetes, una mujer que reconozco vagamente. Mis pasos resuenan en el cavernoso espacio al entrar. La saludo al pasar la identificación, cruzo los torniquetes. Ella me devuelve el saludo, inexpresiva, observándome.

Camino por pasillos silenciosos. Ante una puerta, acerco mi identificación al lector y tecleo mi contraseña. Se oye un ruido y un clic cuando se abre la cerradura. Empujo la pesada puerta. Dentro está a oscuras, no se oye nada. Enciendo las luces, y el espacio se inunda de una cruda luz fluorescente. Me dirijo hacia mi cubículo.

Abro el cajón de la mesa, saco la carpeta y la dejo en la mesa, cerca del tablero de corcho en el que tengo fotografías de mi familia, dibujos de los niños. Es más gruesa incluso de lo que recordaba, contiene lo que he investigado sobre las personas que podrían ser el jefe. Imágenes de posibles candidatos.

Me siento y me pongo la carpeta delante. Empiezo a pasar páginas deprisa, separando las fotografías y la información personal de otros datos, reduciendo en casi la mitad el montón. Es posible que Luke reconozca a alguien. Si conseguimos identificarlo, protegeremos a los niños. Ya no es una amenaza sin nombre, sin rostro. Es una persona a la que podemos perseguir y con la que podemos acabar.

Sin embargo, el montón sigue siendo demasiado voluminoso. ¿Cómo voy a esconder todo esto? Meterlo en la bolsa es muy peligroso. Lo único que hace falta es que la agente de seguridad me pare y hurgue en él. No he llegado tan lejos para que me descubran sacando material clasificado. Dejo la carpeta y miro la fotografía de Yury, que tengo en la pared del cubículo, y mi mente también se desvía del tema que la ocupa. La cadena. La llevaba encima, en todo momento, como dijo Dmitri el Anzuelo. «Encima.»

Me levanto, agarro los papeles y voy hasta la mesa del fondo, donde están las impresoras, la fotocopiadora. Hay un grueso rollo de cinta adhesiva. Un sobre grande. Tomo ambas cosas. Meto los papeles en el sobre. Me levanto la sudadera, me coloco el sobre en los riñones y me doy unas vueltas de cinta adhesiva.

Si alguien me encuentra haciendo esto, estoy perdida. Todo habrá sido en vano. Pero también es lo único que se me ocurre para intentar averiguar quién es la amenaza. El Buró nunca le enseñaría a Luke un puñado de fotos clasificadas, así que creo que vale la pena correr el riesgo. Claro que sí. Además, no buscan a gente que saque papel, sino dispositivos electrónicos. La probabilidad de que me encuentren este material es escasa, desde luego.

Me bajo la sudadera. Quizá salga bien. Es posible, sí. Vuelvo a la mesa por la bolsa, me lo echo al hombro. Estoy a punto de marcharme cuando los dibujos me llaman la atención. El que hizo Luke, de mí con la capa y la S en el pecho. Me siento despacio y me quedo mirándolo. Supermami. Así es como me ve Luke. A pesar de todos los fallos que tengo como madre, me sigue viendo como si fuera una superheroína. Alguien capaz de solucionar cualquier problema, de cuidar de él.

Pienso en el hombre que fue a verlo al colegio. Que lo amenazó. Qué asustado estaría mi niño. Cómo desearía tener a su lado a un superhéroe ahora mismo, a alguien que pueda protegerlo, combatir el mal, luchar contra los malos.

—Lo estoy intentando, hijo —musito.

Después paso al dibujo de Bella, el de nuestra familia. Seis caras felices. Ésa es la razón de que esté metida en este lío. Procurar que las caras sigan siendo felices, las seis. ¿Habrá forma de lograrlo? Me devano los sesos, mi cabeza echa humo, tratando de pensar cómo podría llevar esto a cabo, cómo podría hacer que mis hijos estén a salvo y mi familia permanezca junta al mismo tiempo.

Entonces tengo una idea.

Me agacho para acceder a los cajones que están bajo la mesa, los pesados, metálicos, que están atornillados al suelo. Hago girar la rueda, primero hacia un lado, luego hacia el otro. Marco los números, abro, saco un cajón. Voy pasando las carpetas colgantes hasta encontrar la que estoy buscando. Dentro hay un informe, la cubierta roja, una larga cadena clasificada en la parte superior. Y otra, más atrás, igual. Las abro, primero una y luego la otra. Miro hasta encontrar lo que estoy buscando: una larga cadena de números y letras, y después otra. Las anoto en un post-it que doblo y me meto en el bolsillo. A continuación me dirijo hacia la salida.

Cuando salgo veo a la responsable de seguridad de antes. Está sentada a la mesa que está cerca de los torniquetes, con una pequeña televisión delante; ve uno de los canales que emiten noticias las veinticuatro horas. Levanta la vista cuando me acerco.

—¿Ya se va? —pregunta con expresión seria.

—Sí, señora. —Le dedico una sonrisa. Intento ubicarla. Creo que antes la veía por las mañanas.

—¿Una visita en mitad de la noche?

—No podía dormir.

—Hay quien enciende la tele.

El corazón me late con fuerza ahora.

—Lo sé. Tiene delante a una analista obsesionada con el trabajo. —Levanto las manos fingiendo rendirme.

La mujer no se ríe, no sonríe.

—Voy a tener que echar un vistazo a esa bolsa.

—Claro.

Se acerca, y estoy segura de que oye el golpeteo de mi corazón, de que ve que me tiemblan las manos. Procuro parecer impasible mientras le enseño la bolsa, abierta. Echa una ojeada, mete la mano y aparta algunas cosas para ver mejor. Veo un chupón y una bolsita de comida infantil.

A continuación, toma un detector manual del cinto y lo pasa por la bolsa.

—¿Ahora trabaja de noche? —pregunto, intentando que centre la atención en mí, en lugar de en el registro. Intentando parecer menos sospechosa.

Aparta el detector de la bolsa y lo sostiene cerca de mi cabeza, me lo pasa por la parte delantera del cuerpo, tan cerca que el aparato me toca. Me entra el pánico. El sobre con los papeles que llevo en la espalda es grueso. Demasiado grueso.

—Es más dinero —responde—. Mi hijo mayor irá a la universidad el año que viene.

Mueve el detector al otro lado, comienza a pasarlo por detrás de las piernas. Contengo la respiración, me recorre un escalofrío. Va subiendo más y más, ya casi está en los riñones, en los papeles. Justo antes de que los toque, me aparto y volteo para ponerme frente a ella.

—¿Y le gusta? ¿Trabajar de noche? —añado, con cara de querer entablar conversación, con una expresión que necesito que parezca natural, porque ahora mismo estoy absolutamente aterrorizada.

Espero que me diga que me dé la vuelta. Sigue con el detector en la mano, pero ella no se mueve hacia mí.

—Se hace lo que haga falta por los hijos, ¿no? —replica, frunciendo el ceño.

Contengo la respiración, confío en que no se acuerde de que no ha terminado conmigo, o en que le dé lo mismo. Entonces se mete el detector en el cinto, y de puro alivio me mareo.

Me noto débil, y de pronto los papeles que llevo pegados a la espalda se me antojan muy pesados.

—Ya lo creo que sí.

A continuación agarro la bolsa y voy hacia la salida, sin voltear.

Luke está sentado en el borde de su cama, entre Matt y yo. Estamos más cerca de lo necesario, como si intentáramos transmitirle fuerza, como si intentáramos hacerle saber que está a salvo, que no está solo.

Lleva puesta la piyama que parece un uniforme de beisbol, y que le queda algo corta de las piernas: ha dado otro estirón. Tiene el pelo de punta por detrás, como Matt cuando se levanta. Aún está medio dormido, los ojos se le caen.

—Necesito que mires unas fotos —pido con suavidad.

Se frota un ojo, entrecerrándolo para protegerse de la claridad; me mira confuso, como si no estuviera demasiado seguro de si está despierto o soñando.

Le paso la mano por la espalda, haciendo círculos lentamente.

—Sé que esto es raro, hijo, pero estoy intentando averiguar quién habló contigo en la escuela. Para poder encontrarlo y obligarlo a que deje de hacerlo.

Una sombra cruza su rostro, como si se diera cuenta de que está despierto, de que esto es real, pero es la realidad lo que desearía que no existiera. Y yo también.

—De acuerdo —contesta.

Agarro los papeles que tengo al lado y me los pongo en el regazo. Lo primero es una fotografía, la cara de un hombre con expresión seria. Observo a Luke mientras la mira. No paro de acariciarle la espalda, deseando no tener que hacer esto, obligarlo a sentarse aquí a revivir el miedo de que lo aborde un desconocido.

Niega con la cabeza, no dice nada. Le doy la vuelta y la pongo boca abajo en la cama, y otra imagen ocupa el lugar de la primera. Me asalta un sentimiento de culpa, por enseñarle unos rostros que es probable que lo persigan, igual que me persiguen a mí.

La mira en silencio, la misma cantidad de tiempo. Miro a Matt, veo mi culpabilidad reflejada en su cara, la misma pregunta que pienso yo: «¿Qué estamos haciendo?».

Luke niega con la cabeza de nuevo, y paso a la siguiente. Lo observo, de perfil. Está muy serio, parece mucho mayor de lo que es, y me invade una abrumadora sensación de tristeza.

Voy pasando hoja tras hoja, y el niño las mira todas con atención, metódicamente, durante la misma cantidad de tiempo, antes de negar. Pronto cobramos ritmo. «Un segundo, dos segundos, tres segundos, niega, pasamos de página.»

Nos acercamos al final del montón, y la desesperación empieza a apoderarse de nosotros. ¿Qué hago después, si esto no funciona? ¿Cómo voy a encontrar al hombre que lo está amenazando?

«Un segundo, dos segundos, tres segundos, niega, pasamos de página. Un segundo, dos segundos, tres segundos...»

Nada. No niega con la cabeza.

Me quedo quieta, Luke mira fijamente la imagen. Tengo miedo hasta de respirar.

—Es éste —afirma, con la voz tan baja que casi no lo oigo. Luego me mira, con esos ojos grandes abiertos como platos—. Es este hombre.

—¿Estás seguro? —pregunto, aunque sé que lo está. Veo la seguridad, la determinación en su cara. El miedo.

—Estoy seguro.

24

Estoy en la cocina, de espaldas a la barra, con una taza de café humeante en una mano y la fotografía en la otra. Anatoly Vashchenko. Lo miro fijamente, la cara alargada, las entradas. Estoy viendo la cara del jefe. El hombre que supone una amenaza para Luke. Para todos mis hijos.

Le doy la vuelta a la imagen y miro de nuevo el texto que figura al dorso. Sus datos personales, todo lo que pude encontrar sobre él que podríamos utilizar para localizarlo. Es corto, uno de los más cortos del montón, apenas hay texto. Reparo en una frase en particular: «Viajes a Estados Unidos: ninguno, que se sepa».

«Ninguno, que se sepa.»

Miro las palabras sorprendida, deseando que cambien. Pero no lo hacen, cómo lo iban a hacer. Me devuelven la mirada, burlonas. Es evidente que Vashchenko ha viajado a Estados Unidos, está aquí en este momento. Y si no tenemos constancia alguna de que esté aquí, es que utiliza un nombre falso.

Lo que significa que no hay forma de encontrar su paradero.

Luke está dormido, y la casa está en silencio, a excepción del rápido teclear que llega de vez en cuando de la sala. Matt, en la *laptop*, trabajando en el desencriptado. Teclea y se hace un silencio largo. Más teclear, más silencio.

Bebo un sorbo de café, saboreando el amargor que me deja en la lengua. Es como si me desinflara por dentro. He encontrado al jefe, lo he encontrado, ¿y de qué sirve? No tengo suficientes datos para encontrarlo, para hacer algo al respecto, desde luego no para hacerlo a tiempo. «Luke morirá mañana.» No soy capaz de quitarme esas palabras de la cabeza. Ese tipo está ahí fuera, amenazando a Luke, y yo no puedo hacer nada para impedirlo.

No puedo hacer nada para impedirlo..., por mi cuenta.

La idea me ronda, se abre camino. Trato de apartarla, echarla, impedir que se forme del todo. Pero no puedo: es la única manera.

Dejo la imagen en la barra y voy a la sala, la taza agarrada con las dos manos, en un intento de calentarlas. Matt está en el sillón, inclinado, con la *laptop* abierta en la mesita que tiene delante. Metió una memoria USB, se ve una lucecita anaranjada. Levanta la vista cuando entro, el rostro crispado, tenso. Me siento a su lado, miro la pantalla, el galimatías de texto, indescifrable para mí, los caracteres que teclea, una cadena.

—¿Tuviste suerte? —pregunto.

Suspira y hace un gesto negativo.

—Mi código de encriptado no basta. Es multicapa, bastante complejo.

—¿Crees que podrás descifrarlo?

Matt mira a la pantalla y luego a mí, el pesar y la frustración escritos en su cara.

—No lo creo.

Asiento. No me sorprende lo más mínimo. Los rusos son buenos. Diseñaron esto para que nadie pueda acceder. No sin los otros códigos de desencriptado.

—¿Y ahora qué hacemos? —pregunta.

Escudriño su rostro. Necesito ver cómo va a reaccionar a lo que le voy a decir. Porque creo que confío en él. Creo que hay una explicación para todo. Pero necesito estar segura.

—Acudiremos a las autoridades.

Abre los ojos, no mucho. Veo sorpresa, pero poco más.

—¿Cómo?

—Es la única manera de proteger a Luke.

—Pero sabemos quién es...

—Y eso es todo lo que sabemos. No tenemos nada, absolutamente nada, que nos pueda ayudar a encontrarlo. Nada. Pero las autoridades sí podrían.

Sus ojos no han dejado de mirar los míos. Veo angustia, desesperación.

—Tiene que haber otra forma...

Niego con la cabeza.

—Tenemos un nombre. Un nombre ruso. Nada del alias que utiliza, de su paradero. Puede que si tuviéramos más tiempo...

Lo veo procesar la información como me vi obligada a hacerlo yo. Es la única manera. No podremos encontrarlo por nuestra cuenta. No a tiempo.

—«Luke morirá mañana» —digo en voz baja—. ¿Y si viene por Luke y no podemos impedirlo?

Frunce más el ceño. Sigue pensando, lo veo.

—Tienes toda la razón —reconoce—. Necesitamos ayuda.

Espero a que formule la siguiente pregunta, la que sé que va a pronunciar. Porque entonces será cuando importe de verdad su reacción. Necesito ver cómo reacciona cuando se lo diga.

—Entonces ¿qué les decimos? —pregunta. Y yo oigo la parte tácita de la pregunta, ésa a la que yo he estado dándole vueltas: «¿Cómo conseguimos que nos ayuden sin implicarnos?».

Levanto la vista, lo miro a los ojos, memorizo su expresión y espero a ver el cambio.

—La verdad.

—¿Qué? —Me mira sumamente confundido.

Lo observo con atención.

—Se lo contaremos todo.

A sus ojos asoma algo, incredulidad, creo.

—Iremos a la cárcel, Viv. Los dos.

Noto que las emociones se me arremolinan en el pecho, una opresión tremenda. Ir a la cárcel implicaría decir adiós a la vida que conozco. No estaría con los niños. Me perdería su infancia, su vida. Ellos me odiarían por abandonarlos, por convertirlos en un espectáculo para los medios.

Matt me mira con cara de sorpresa, y la incredulidad da paso a la frustración.

—¿Te estás dando por vencida? ¿Ahora que estamos tan cerca?

—No me estoy dando por vencida. —No estoy haciéndolo, de eso estoy segura. Tan sólo me estoy plantando, haciendo lo correcto por fin, lo que debería haber hecho hace mucho tiempo.

—Después de todo esto...

—Todo esto lo hicimos por los niños —lo interrumpo—, y aún lo hacemos por ellos.

—Tiene que haber otra forma. Alguna historia...

Niego. Necesito mostrarme firme en esto. Porque tiene razón: probablemente haya otra forma. Otra mentira que podríamos contar. Me podría sentar con Omar, inventarme algo que resulte creíble, que baste para que no vayamos a la cárcel, para que Luke y los demás niños estén a salvo.

—No quiero más historias.

No quiero nada que nos enfangue más aún, que nos haga caer en una espiral de engaño de mayores dimensiones. No quiero estar el resto de mi vida volteando, esperando que pase lo que sin duda acabaría ocurriendo, aterrorizada por no haber tomado la decisión correcta, por el hecho de que mis hijos puedan estar aún en peligro. Los quiero en el programa de protección de testigos. Los quiero a salvo.

—Y no quiero correr ningún riesgo. Ellos no entenderán el peligro que corren los niños, hasta qué punto Vashchenko es una amenaza o tan siquiera por qué los está amenazando a menos que lo confesemos todo —alego—. Necesitamos que los protejan. Esto es lo mejor para ellos.

—¿Que sus padres estén en la cárcel? ¿Eso es lo mejor?

Me asaltan las dudas, porque, para ser sincera, no lo sé. Sin embargo, mi instinto me dice que esto es lo que hay que hacer. Es la forma de mantenerlos a salvo. Además, ¿cómo voy a ser la madre que quiero ser si permito que el resto de mi vida sea una mentira? ¿Cómo podré enseñar a los niños a distinguir el bien del mal? Todas las veces que los he castigado por decir mentiras, todas las veces que les he dicho que hagan lo correcto, desfilan por mi mente como si fueran la cinta de una película. Y las palabras de Peter: «Confío en que tomes la decisión adecuada, Vivian, sea la que sea».

—Quizá —respondo. Me sigo aferrando a una esperanza mínima de que no acabemos los dos en la cárcel, pero no se lo puedo decir, todavía no.

Y sé, en el fondo, que es probable que acabemos tras las rejas. Pero tal vez lo mejor para ellos sea que no estemos juntos, después de todo. Tal vez sea asegurarnos por completo de que están a salvo. De que les estamos enseñando a hacer lo correcto, aunque sea difícil. Puede que algún día se planteen todo lo que hice, todo lo que hizo Matt, y lo entiendan. Pero si seguimos así, si seguimos viviendo esta mentira otros diez, veinte años o hasta que las autoridades nos descubran, entonces ¿qué? ¿Cómo podremos volver a mirarlos a la cara?

Saco el teléfono y lo dejo con cuidado en la mesita que tenemos delante. Veo que Matt lo mira.

Respiro hondo.

—Confío en ti. Espero que lo veas ahora. Pero estás a tiempo de marcharte. No llamaré hasta que te hayas subido a un avión y estés lejos de aquí.

Mira el teléfono un instante más y luego me mira a mí.

—Eso nunca —musita—. Yo nunca te dejaría. —Me toma de la mano. Noto que sus dedos rodean los míos, calientes, tan familiares—. Si crees que esto es lo que debemos hacer, lo haremos.

Éste es Matt, mi marido, el hombre al que conozco, el hombre al que quiero. Me equivoqué al dudar de él. No pude equivocarme más.

Me suelto, me meto la mano en el bolsillo y saco el papelito. Lo desdoblo y lo dejo en el sillón, las dos largas cadenas de caracteres visibles para ambos.

—Hay una cosa más que me gustaría que hicieras, Matt.

Amanece cuando Omar llega a nuestra casa, solo, como le pedí. Lo recibo en la puerta y lo invito a pasar. Entra con cautela, dando un paso con tino, luego otro, sus ojos escudriñando la habitación, asimilándolo todo. No dice nada.

Cierro la puerta, y nos quedamos parados en la entrada, incómodos. Por un instante, me arrepiento de haberle pedido que viniera, siento la necesidad de dar marcha atrás. Aún disponemos de algo de tiempo para salir de ésta. Luego levanto la barbilla. Es lo que hay que hacer. Es la única manera de que mis hijos estén a salvo.

—Vamos a sentarnos —sugiero, señalando la cocina. Al ver que Omar no se mueve, camino yo. Oigo sus pasos detrás.

Matt ya está sentado a la mesa de la cocina. Al verlo, Omar se detiene. Lo mira y lo saluda con un gesto. Sigue sin decir nada. Quito de en medio la periquera de Chase y llevo la silla de Luke a un extremo de la mesa; indico a Omar que se siente. Él vacila, pero después accede, se acomoda en la silla. Yo ocupo mi sitio de siempre, enfrente de Matt. Lo miro, y de pronto estoy en esa mesa hace semanas, el día que recibí la noticia que me cambiaría la vida, que nos cambiaría la vida a todos.

Delante, en la mesa, tengo una carpeta, el papel que necesito está dentro. Veo que Omar la observa y después me mira.

—¿Qué está pasando, Vivian? —inquiere.

Mi voz, mi cuerpo, todo en mí es como si estuviera paralizado. ¿De verdad es esto lo mejor para los niños?

—¿Vivian? —repite confuso.

Lo es. Protegerá a los niños. Yo no lo puedo hacer por mi cuenta. No puedo hacer que estén a salvo.

Le paso la carpeta a Omar, la mano me tiembla. Él apoya una mano encima, sin dejar de mirarme, con expresión burlona. Vacila y la abre con cuidado. Veo la instantánea que identificó Luke.

—Anatoly Vashchenko —digo en voz baja—. El contacto de Yury. El jefe.

Omar tiene la vista fija en la imagen. Después me mira a mí, su rostro es un interrogante.

—Es preciso que lo detengan inmediatamente. Y hasta que eso suceda, necesitaré protección para mis hijos.

Omar observa a Matt y luego me observa otra vez a mí. Todavía no dice nada.

—Amenazó a Luke —afirmo, la voz se me quiebra—. Es una amenaza para mis hijos.

Echa el aire con suavidad, sin dejar de mirarme, y hace un gesto de negación.

—¿Qué demonios está pasando, Vivian?

Necesito soltar esto, soltarlo todo.

—Llevará una cadena con un dije. Una cruz, creo. Dentro debería haber una memoria USB. Dentro estarán los nombres de sus cinco contactos.

Omar pone cara de sorpresa. Parece aturdido.

—Matt te ayudará con el proceso de desencriptado —añado con suavidad—. Su código, los nuestros de Moscú, el de Dmitri el Anzuelo.

Miro de reojo a Matt, que asiente con gravedad. Cuando le facilité las otras claves de desencriptado, no le llevó mucho acceder a la carpeta, encontrar las cinco fotos. Las mismas cinco que vi yo aquel día en el trabajo, hace una eternidad, pero esta vez con texto: direcciones, ocupaciones y acceso, instrucciones para concertar encuentros.

A decir verdad, no esperaba ver las mismas caras, las otras cuatro. Cuando me di cuenta de que habían colocado de forma expresa las imágenes, di por sentado que las otras eran falsas. Pero quizá no debí haberme sorprendido. Quizá fuera una prueba de su arrogancia, de la confianza que tenían en que todo saldría como habían planeado.

—Los contactos también las tienen. Con los nombres de sus cinco agentes —indico. Dejo en la mesa la cadena de Yury, la pesada cruz de oro. La memoria USB está dentro, los tornillos apretados—. El quinto nombre está ahí.

Omar abre un tanto los ojos. Se quedó con la boca abierta, inconscientemente. Lo dejé pasmado. Mira a Matt, que asiente.

—Viv no lo sabía —asegura. La voz se le quiebra, y a mí se me parte el corazón al oírlo—. Se lo oculté.

Omar voltea hacia mí.

Siento que le debo una explicación, pero no sé qué decir.

—Te dan donde eres más vulnerable —opto por decir—. En nuestro caso fue nuestra familia.

Sus ojos no dan crédito.

—Habría salido del frío —asevero en voz fría—. Hace años.

Omar desvía la mirada. Algo cambia en su cara.

—Exactamente la clase de persona que pensé que podríamos encontrar.

No hace ademán de tomar la cadena de Yury. Sitúo el índice en el dije y se lo acerco más. ¿Qué pasará a continuación? Ese atisbo de esperanza sigue ahí, pero es tan tan leve...

En cualquier caso, era lo que había que hacer. Es la forma de impedir que alguien haga daño a los niños.

Lo más probable es que Omar llame pidiendo refuerzos. Que nos detenga. Mis padres deberían volver pronto, pero ahora me gustaría haber insistido en que se quedaran a pasar la noche. Y los niños, los pobrecitos. ¿Y si no estamos cuando se despierten?

Omar continúa mirando la cadena. Me invade una extraña sensación, el atisbo de esperanza se intensifica. Puede que esto salga bien. Puede que sea suficiente.

Al final, él pone el dedo índice en la cadena, pero en lugar de acercársela me la devuelve.

—En ese caso, tendrás que acogerte al programa de protección de testigos —sugiere.

Un hormigueo me recorre el cuerpo, una especie de descarga eléctrica. ¿Salió bien? Miro la cruz, que vuelvo a tener delante. Omar no la quiere. No la tomará para ver cuál es el quinto nombre. El de Matt.

Intento aferrarme a las palabras, tratando de entender si de verdad está pasando esto. Miro a Matt y veo su confusión. No hablamos de esto, parecía muy poco probable, y si de verdad existía una posibilidad de que saliera bien, no quería arruinarla.

—¿Protección de testigos? —repito, porque no sé qué más decir.

Omar tarda un minuto en contestar.

—Acabas de darme suficiente información para desmantelar la célula entera. Está claro que a los rusos no les hará ninguna gracia. Y si ya están amenazando a Luke...

Miro la memoria USB. No debería abrigar muchas esperanzas. Todavía no. Quizás Omar no lo haya entendido. Que Matt es el quinto agente encubierto, que yo lo sabía. Que los dos tendríamos que estar en la cárcel.

—He cometido algunos errores. Te lo contaré todo...

—De todo lo que hemos investigado —empieza Omar, levantando una mano como para pararme—, de todo lo que atribuíamos a un espía, o a un agente ruso con acceso al CIC, Peter se confesó culpable. —Baja la mano, me mira a mí, luego a Matt y finalmente de nuevo a mí—. Estoy seguro de que el quinto agente no ha hecho nada que ponga en peligro la seguridad nacional.

Dios mío. Esto está pasando de verdad: Omar nos va a dejar marchar. Es lo que yo esperaba. Es lo que pensaba que podría impedir que fuéramos a la cárcel, conseguir que nuestra familia siguiera junta. Darles lo suficiente: información a cambio de libertad.

Sin embargo, sólo saldrá bien si puede garantizar que los niños estarán a salvo.

—Los niños...

—Gozarán de protección.

—Eso es lo único que nos importa.

—Lo sé.

Guardo silencio un instante, aún intentando procesarlo todo.

—¿Cómo lo harás? —pregunto al final.

—Iré directo a la oficina del director y le presentaré una información con la que se desmantelará la célula entera. Él me dará lo que quiero.

—Pero...

—Diré que Matt admitió ser un agente encubierto. Que me dio el nombre del jefe, me dio su código de encriptado, me contó lo de las cadenas. Y que, a cambio, lo protegeremos a él y a su familia.

—Pero ¿y si alguien averigua...?

—Lo mantendremos en canales compartimentados. El más alto secreto.

—¿Puedes...? —empiezo, y me corta una vez más.

—Estamos hablando de Rusia. Todo está compartimentado.

—Escucho las palabras que yo misma he pronunciado tantas veces, que sé que son verdaderas. Las que significan que quizá, sólo quizá, esto salga bien.

—¿Accederá el director? —pregunto, mi voz es casi un susurro. Aunque Omar quiera hacer esto por nosotros, no hay ninguna garantía de que lo pueda hacer.

Asiente.

—Sé cómo funciona el Buró. Estoy seguro.

La esperanza me abruma. La esperanza de que tal vez estemos a salvo, y juntos, después de todo. Miro a Matt y veo esas mismas emociones reflejadas en su cara.

—¿Y ahora qué? —inquiero finalmente.

Omar me sonríe.

—Hagan las maletas.

UN AÑO DESPUÉS

Estoy sentada en la arena de la pequeña playa en forma de medialuna, mirando a los niños. Chase corre por la orilla, las robustas
piernecillas avanzan en la compacta arena, una gaviota vuela bajo
delante de él. Caleb está detrás, los rubios rizos brillan al sol. Observa, grita entusiasmado cuando la gaviota alza el vuelo. Bella está
algo más arriba, apretando arena en cubos con forma de torre de
vivos colores, concentrada, delante un intrincado castillo de arena.
Y en el océano está Luke, boca abajo en una tabla de surf, esperando a que llegue la próxima ola. El agua le brilla en la espalda y en
unas piernas que parecen volverse más largas cada día, moreno del
sol y de las horas que se pasa en la tabla.

Sopla una brisa cálida, que mece la fronda de las palmeras que
salpican nuestra playita. Cierro los ojos y me quedo escuchando
un instante. El suave romper de las olas, el susurro de las palmeras,
los sonidos que hacen mis hijos, felices y contentos. La sinfonía
más bella e hipnótica que pueda existir.

Matt se acerca por detrás y se sienta a mi lado, en la arena, cerca, su pierna tocando la mía. Las miro, nuestras piernas, más bron-
ceadas que nunca, casi cafés contra la fina arena blanca. Me sonríe,
y yo le sonrío a él, y después sigo mirando a los niños satisfecha, en
cómodo silencio. Luke toma una ola de gran tamaño, se sube a ella
y llega hasta la arena. Caleb da un paso titubeante, y otro, cae en la
arena y agarra una gran concha que estudia con atención.

Veinticuatro horas después de que estuviéramos sentados a la
mesa de nuestra cocina con Omar, nos hallábamos a bordo de un

avión privado rumbo al Pacífico Sur. En un principio, cuando Omar nos pidió que hiciéramos la maleta, la idea nos resultó aterradora, meter toda nuestra vida en unas maletas, a sabiendas de que posiblemente no volveríamos a ver nada que dejáramos atrás. De manera que me centré en lo que era más importante para mí, lo que era insustituible: fotos, libros infantiles, esa clase de cosas. Al parecer es todo cuanto necesitaba de verdad. El resto de las cosas de nuestra casa —los closets llenos de ropa y zapatos, los aparatos electrónicos, los muebles—, pues, bueno, lo cierto es que aún no las echo de menos. Empezamos de cero en este sitio, sencillamente. Compramos lo básico. Nos tenemos los unos a los otros, y tenemos nuestros recuerdos, y eso es lo que en realidad necesitamos.

Mis padres vinieron con nosotros. Omar nos dio esa opción, y yo se lo planteé, aunque no pensaba que fueran a hacerlo, no pensaba que quisieran separarse de todo lo que conocían. Pero cuando supieron que no podrían comunicarse con nosotros durante un año, quizá más, no lo dudaron. «Pues claro que vamos —dijo mi madre—. Eres nuestra hija, lo eres todo para nosotros.» Listo, así fue como se tomó aquella decisión. Una decisión que yo entendía muy bien.

Entre Matt y yo todo vuelve a ir sobre ruedas. «Te perdono», me dijo la primera noche que pasamos en la casa nueva, en una cama desconocida. Si él me podía perdonar por haber dudado de él, por hacerle sentir que tenía que matar para ganarse mi confianza, sin duda yo podía dejar atrás el pasado. Me acurruqué en sus brazos, donde debía estar. «Yo también te perdono.»

Oigo un helicóptero a lo lejos, el leve runrún de los rotores. Lo veo aparecer, cada vez más definido a medida que se va acercando, más ruidoso, el suave zumbido volviéndose un rítmico golpeteo. Los niños han dejado de hacer lo que están haciendo para mirar. Pasa justo por encima de nosotros, tan ruidoso que Bella y Luke se tapan los oídos; Chase y Caleb miran asombrados.

Aquí no solemos ver helicópteros. Nos instalaron en una parte remota de la isla, en dos casas que coronan unos acantilados sobre el océano, en medio una playita con forma de medialuna. Miro hacia la casa de mis padres y veo salir a mi madre. Cierra la puerta de cristal corrediza y empieza a bajar hacia la playa, la brisa ahuecándole la larga falda entre las piernas. Volteo y veo que el helicóptero planea sobre los acantilados que tenemos detrás, desciende lentamente, perpendicular al suelo, para aterrizar.

Matt y yo nos miramos. Nos ponemos de pie sin decir palabra, nos sacudimos la arena. Esperamos a que llegue mi madre.

—Vayan —dice—. Yo me quedo con los niños.

El sonido de los rotores cesa mientras subimos a nuestra casa por la colina, salvando dunas de arena blanca que se deslizan con cada paso que damos, hasta que llegamos a la escalera de madera, salpicada de más arena. Vamos arriba, los manchones de hierba que pasan por césped, la casa cuadrada de dos plantas con el tejado muy inclinado, con terrazas alrededor. Veo que Omar se acerca a la casa desde el helicóptero, lleva unos pantalones cargo de color caqui y una camisa hawaiana de flores. Sonríe al vernos.

Llegamos a la casa al mismo tiempo. Le doy un abrazo, fuerte, y Matt le estrecha la mano. Hay algo extrañamente emocionante en verlo aquí: es el primer compatriota al que vemos en un año. Nos lo advirtió, nos dijo que estaríamos solos durante un año, es posible que más, pero aun así no estábamos preparados para la extraña sensación que produce estar apartados por completo de todo: las personas que conocíamos, las rutinas, incluso cosas como el correo electrónico y las redes sociales. Nos dio un teléfono celular, pero con instrucciones estrictas de encenderlo y utilizarlo sólo en caso de emergencia. A menos que se produjera dicha emergencia, teníamos que limitarnos a esperar. A esperar a que él se pusiera en contacto con nosotros. Y ahora aquí está, un año después.

—Entra —lo invito, y abro la puerta delantera y paso delante.

La casa es espaciosa y está llena de luz, todo en blanco y azul. Y parece más un hogar que la nuestra anterior. Está adornada con conchas marinas, que hemos tomado cuando paseamos por nuestra playa. Y con fotografías. Muchas fotografías. Instantáneas en blanco y negro de los niños, de las palmeras, de cualquier cosa que me llame la atención. Es agradable volver a tener tiempo para dedicarlo a los hobbies. Pero, sobre todo, es agradable tener tiempo para mis hijos.

Lo llevo a la sala y me siento en el sillón, uno azul por módulos, muy gastado, en el que nos echamos para ver películas y jugar a lo que sea por la noche. Omar se sienta enfrente. Matt llega un instante después, en la mano una jarra de limonada y dos vasos, que deja en la mesita. Me sonríe.

—Los dejaré solos —afirma. No le digo que no, y Omar tampoco.

Cuando sale y oímos una puerta que se cierra arriba, Omar se inclina hacia delante.

—Y, dime, ¿qué tal se vive en este sitio?

—Estupendamente —contesto. Y lo digo de corazón. Soy más feliz de lo que lo había sido nunca.

Ya no me siento atrapada, viviendo una vida que me pasa por delante. Ahora tengo la sensación de que la controlo. Y tengo la conciencia tranquila. Por fin voy a disfrutar de la vida que quiero.

Agarro la jarra y sirvo con cuidado limonada en los vasos, los cubitos de hielo tintineando contra el cristal.

—¿Y la escuela? Sé que eso te preocupaba.

Le ofrezco un vaso.

—Les hemos estado enseñando en casa. No es una solución a largo plazo, pero de momento funciona. La verdad es que los niños están aprendiendo un montón.

—¿Y Caleb?

—Va muy bien. Ya camina, incluso dice algunas palabras. Y está sano. Tenías razón, el cardiólogo del que me hablaste es fantástico.

—Me alegro. No sabes cuánto me acuerdo de ustedes. Las ganas que tenía de verlos.

—Yo también —aseguro—. Hay tantas cosas que me gustaría saber... —Hago una pausa—. ¿Tú cómo estás?

—La verdad es que estupendamente. —Bebe un sorbo—. Soy el nuevo subdirector, ¿sabes? —Intenta, sin conseguirlo, reprimir una sonrisa.

—Qué bueno.

La sonrisa se abre paso.

—Y te lo mereces. Vaya que te lo mereces.

—La verdad es que este caso me ayudó mucho, no voy a mentirte.

Espero a que diga más, pero guarda silencio, la sonrisa va borrándose de su rostro. Me acuerdo de Peter, y me pregunto si a Omar le pasará lo mismo. Al final hablo yo:

—¿Puedes contarme algo de la célula? —Es una pregunta que me ronda desde hace un año. Me muero de ganas de oír lo que pueda explicar.

Omar asiente.

—Tenías razón con lo de Vashchenko: era el jefe. Dimos con él bastante rápido. Encontramos la memoria USB en el collar, justo como dijiste. Y la desencriptamos con las claves que nos diste. —Entrelazo las manos con fuerza en el regazo y espero a que continúe—. A partir de ahí fuimos deteniendo a los otros cuatro contactos. Tres días después armamos una operación a gran escala y detuvimos a los veinticuatro integrantes de la célula.

—De eso nos enteramos —afirmo.

Fue una bomba, incluso en este sitio, aunque todo lo que leí de la operación hablaba de veinticinco operativos. A Alexander Lenkov lo identificaron como uno de los detenidos, si bien no se dieron muchos detalles de él, y la única fotografía que se publicó estaba lo bastante pixeleada para que no se distinguiera. Por suerte, no creo que nadie viera en él a mi marido.

—¿Qué será de ellos?

Mi amigo se encoge de hombros.

—Irán a la cárcel, se intercambiarán por otros presos, a saber.
—Me mira un instante—. Estoy seguro de que leíste que casi todos afirman que les tendieron una trampa. Que en realidad son disidentes políticos, enemigos del Estado, cosas por el estilo.

Asiento y sonrío.

—Supongo que al menos son consecuentes.

Sonríe y acto seguido recobra la seriedad.

—El Buró acabó aprobando la operación Surgir del frío. Por el momento, tenemos dos adquisiciones. Estamos trabajando para que nos ayuden a desmantelar otra célula. Y estamos utilizando tu algoritmo para intentar encontrar a otros contactos. El FBI y la CIA están asignando a ello un montón de recursos.

Guardo silencio un instante, mientras lo asimilo todo. Desmantelaron una célula entera y están haciendo progresos para localizar a otras. Niego asombrada, y después formulo la otra pregunta que me ronda la cabeza, la más acuciante, la que más me asusta:

—¿Y Matt? ¿Sospechan de él?

Hace un gesto negativo.

—No hay nada que indique que los rusos saben que está libre o que tuvo algo que ver en esto.

Entonces cierro los ojos y me quito un peso de encima, tengo una sensación liberadora. Es lo que confiaba en que pasara. Según las noticias, el desmantelamiento se atribuía a Peter, a quien describían como un veterano analista de la CIA sobre el que los rusos cayeron sirviéndose de la enfermedad de su mujer y al que después chantajearon. Y a un agente del Buró al que identificaban simplemente como «O».

—En cuanto a ti —continúa—, aparece como que pediste una licencia. Tanto en el CIC como en el Buró, todo el mundo sabe que está relacionado con este caso, y corre el rumor de que los rusos te chantajearon y tú aguantaste. Pero ninguno de tus compañeros está al corriente de los detalles.

—¿Quién sabe toda la verdad?

—Yo y los directores del FBI y la CIA. Nadie más.

Noto que la tensión que sentía desaparece. Esta conversación no podría desarrollarse mejor ni aunque la hubiera escrito yo misma. Pero, al mismo tiempo, ¿qué significa eso para nosotros, aquí? De pronto, me siento triste, como si todo lo que me rodea fuera frágil y pudiera serme arrebatado en un abrir y cerrar de ojos. Casi tengo miedo de plantear la siguiente pregunta:

—¿Y ahora qué?

—Bueno, visto lo visto, volver es seguro. Podemos regresarte la casa, el trabajo...

Me distraigo, aunque no es mi intención: los niños pasando el día entero en la guardería. Verlos unos momentos por la mañana y ya por la noche, eso si tengo suerte. Intento apartar esa idea de mí.

—Perfilaremos los detalles a lo largo de las próximas semanas. Facilitaremos documentos nuevos a Matt, acta de nacimiento, pasaporte, etcétera. Todo lo que supere cualquier examen minucioso. —Hace una pausa y me mira con cara expectante, de manera que le dedico una sonrisa débil.

—Haremos que la transición sea lo más fácil posible, Vivian. No tienes nada de qué preocuparte. Y vamos a hacer cosas increíbles juntos, tú y yo. Más desmantelamientos... —Deja la frase sin terminar, me mira con una cara rara—. Porque eso es lo que de verdad quieres, ¿no?

Tardo un poco en contestar. Resulta extraño, este momento. Porque por primera vez soy yo quien puede decidir. No estoy atrapada en un trabajo que ya no estoy segura de querer. Nadie me está manipulando, presionándome para que haga algo. Puedo hacer lo que me plazca. Puedo elegir.

—¿Vivian? —insiste—. ¿Vas a volver?

Lo miro con cara de sorpresa y después contesto.

Matt y yo celebramos nuestro décimo aniversario en la playa, justo como esperábamos. Nos sentamos en la arena, en la playa con forma de medialuna, y vimos jugar a los niños, brindamos con vasos de plástico llenos de vino espumoso barato mientras el sol se acercaba al horizonte, bañando nuestro mundo en rojos y rosas.

—Aquí estamos, después de todo —comentó Matt.

—Juntos. Todos nosotros.

Escuchaba el romper de las olas, los gritos y las risitas de los niños, y me vino a la memoria la última vez que hablamos de aquello, de qué haríamos en nuestro aniversario, ir a una playa exótica. Fue la mañana que encontré la fotografía de Matt, justo antes de que todo se desmoronara. Me vi de nuevo en mi cubículo, las altas paredes grises, la omnipresente sensación de bregar, de fracasar, de debatirme entre dos cosas que eran sumamente importantes para mí, cada una de las cuales exigía más tiempo del que le podía dedicar. Sólo de pensarlo se me formó un nudo en la garganta.

Hundí más en la arena los dedos de los pies y contemplé el horizonte, el sol cada vez más bajo. Y dije lo único que pensaba en ese momento:

—No quiero volver al trabajo. —Lo cierto es que fue como dejar caer una bomba, porque no habíamos hablado del trabajo, no desde que salimos de Estados Unidos—. Aunque pudiera hacerlo, me refiero. —Me sentí bien diciendo lo que quería. Tomando una decisión. Asumiendo el control.

—Bueno —repuso Matt. Sólo eso: «Bueno».

—Quiero vender la casa —añadí, presionando un poco.

—Está bien.

Me volví hacia él.

—¿En serio? Sé que te encanta la casa...

Se echó a reír.

—No me encanta la casa. Al principio no me gustaba nada. Y no me gustaba nada haberte convencido de que la compráramos sólo para que te vieras atrapada en tu trabajo.

Las palabras fueron como un choque, un golpe que debería haber visto venir. Encogí los dedos, clavándolos más en la arena, y miré de nuevo el vasto océano.

—Me encantan los recuerdos que forjamos en ella —añadió—. Pero ¿la casa en sí? Para nada.

Intenté procesar la idea, la certeza —una vez más— de que gran parte de lo que creía que era verdad no lo era.

—Te quiero, Viv. Y quiero que seas feliz. Feliz de verdad, como lo eras cuando nos conocimos.

—Soy feliz —aseguré, pero mi voz sonó falsa. ¿Lo era? Estando con los niños, con Matt era feliz, pero había muchas otras cosas en mi vida que no me hacían feliz.

—No como mereces serlo —aseveró con ternura—. No he sido el marido que quiero ser.

Tendría que haber dicho algo, tendría que haberle quitado importancia. Pero no lo hice, las palabras no me salieron. Creo que quizá quería ver lo que iba a decir.

—Cuando volviste al trabajo después de que nació Luke... Ese día llegaste a casa y dijiste que no podías. Que eras incapaz de dejarlo. Yo sólo deseaba decirte: «Pues no lo dejes». Decirte que venderíamos la casa, que encontraría un segundo empleo, lo que fuera. Me destrozó tener que pedirte que no dejaras tu trabajo, que aguantaras. Sabía lo mal que lo estabas pasando. Lo sabía. Y me mató.

Noté que se me saltaban las lágrimas al recordar ese día, uno de los peores. Miré a los niños, la imagen borrosa: jugaban a las escondidillas, Luke corriendo a toda velocidad, Bella manteniendo el ritmo, Chase caminando torpemente detrás, esforzándose al máximo. Y Caleb, mi precioso Caleb, de pie, dando unos pasos vacilantes, riendo.

—Te he fallado tantas veces... Cuando te convencí de que trabajaras con Rusia. Cuando nos enteramos de que venían gemelos. Estaba tan obsesionado con conseguir que nuestra familia siguiera unida, tenía tanto miedo de que me ordenaran marcharme, que antepuse eso a estar contigo. Y lo siento. Con toda mi alma.

Vi que el sol se deslizaba tras el horizonte, la bola de fuego iba desapareciendo. Los vivos rojos y anaranjados dieron paso a tonos rosas y azules, el cielo veteado.

—No me gusta la persona que he sido, pero quiero cambiar. Quiero empezar de cero, ser el marido que sé que puedo ser. El que mereces.

Los niños seguían correteando por la arena, sin prestar atención a la puesta de sol, a nuestra conversación, a las decisiones que debíamos tomar. Sus gritos nos llegaban entremezclados con el sonido de las olas.

—¿Qué quieres, Viv? —me preguntó en ese momento Matt.

Lo miré, sus rasgos ahora desdibujados en la penumbra.

—Volver a empezar.

Asintió, y esperó a que continuara.

—Quiero pasar tiempo con los niños.

—Y yo quiero que lo pases. Nos las ingeniaremos para que sea así.

—Y no quiero más mentiras.

Negó con la cabeza.

—Yo tampoco.

Pasé un dedo por la arena, dibujé una línea ondulada.

—¿Hay algo más que deba saber? ¿Algo que todavía no me hayas contado?

Negó con la cabeza de nuevo, esta vez con más brío.

—Las cartas están sobre la mesa. Lo sabes todo.

Estuvimos unos instantes callados, luego abrió la boca para decir algo, pero la cerró. Sentí que vacilaba.

—¿Qué?

—Es sólo que...

—¿Qué?

—Lo del trabajo. Has trabajado mucho para estar donde estás, la labor que haces es tan importante... —Matt hizo un rápido gesto de negación—. Quizá no es el momento para hablar de esto. Sólo quiero que tomes la decisión adecuada, la que te haga feliz.

Cambió de postura para situarse frente a mí. Me tomó de las manos, se levantó y me ayudó a mí a ponerme de pie. Sus palabras resonaban en mi interior, la ambivalencia que había sentido todos estos años replegándose en mi conciencia. Después me pegó a él, con delicadeza, sus manos en mi cintura. Y me di cuenta de que tenía razón en una cosa, al menos: no era el momento para hablar de eso. Tendría un año para pensar. Lo rodeé con los brazos.

—¿Te acuerdas de nuestro primer baile? —me preguntó en voz baja.

—Claro —repuse. Y en ese instante sentí que me transportaba: los dos, en la pista de baile, meciéndonos al compás de la música, sus manos en mi cintura. Sintiéndome alegre y feliz y tan tan enamorada. Rodeada de mesas llenas de gente, un rostro conocido tras otro—. Mira a tu alrededor —le dije. Me separé ligeramente para poder verle la cara—. ¿No es increíble? Todas las personas a las que queremos están aquí. Mi familia, tu familia, nuestros amigos. ¿Cuándo volverá a pasar algo así?

Matt no miró. Clavó la vista en mí, con fuerza e intensidad.

—Mira a tu alrededor —insistí.

No lo hizo.

—Tú y yo —dijo—. Es lo único que veo. Es lo único que importa. Tú y yo.

Lo miré, confundida debido a su intensidad, al apremio que destilaba su voz. Él me estrechó más, y me apoyé en su pecho, deseosa de escapar de esa mirada.

—Los votos que pronuncié los dije en serio, cada palabra —soltó—. Pase lo que pase en el futuro, no lo olvides nunca. Si las cosas se ponen... feas..., recuérdalo. Todo es por nosotros. Todo lo que haga, durante el resto de mi vida, será por nosotros.

—No lo olvidaré —musité, segura de que no lo haría, y al mismo tiempo preguntándome si esas palabras cobrarían sentido algún día.

Y mientras nos mecíamos en la playa, al compás de la música de las olas, descansé la cabeza de nuevo en su pecho, como había hecho tantos años antes. Noté su calor, escuché los latidos de su corazón.

—No lo olvidé —afirmé.

—Todo lo que hice lo hice por nosotros —insistió—. Por nuestra familia.

Miré a nuestros hijos, que ahora eran poco más que sombras recortándose contra un cielo cada vez más oscuro.

—Yo también. —Lo abracé con más fuerza—. Yo también.

—Voy a volver —respondo.

Las palabras parecen adecuadas. La decisión parece acertada.

La cuestión es que lo extraño. Extraño la emoción que sentía al abrir informes de inteligencia nuevos, la expectativa, la sensación de que podía presentarse una gran oportunidad a la vuelta de la esquina. De que en el momento menos pensado podía resolver un rompecabezas que ayudaría a mi país.

Es cierto que trabajé mucho para llegar hasta donde estoy, y forma parte de mi identidad, parte de lo que hace que yo sea yo.

—Por un momento me preocupaste —dice Omar. Veo el alivio dibujado en su cara—. Te van a dar más acceso incluso, ¿sabes? Podremos hacer grandes cosas juntos. Abrir nuestros propios canales de comunicaciones, compartir información entre nuestras agencias, todos esos datos cuyo acceso está innecesariamente restringido. Podemos cambiar las cosas.

Y eso es lo que yo quiero. Lo que siempre he querido, desde que entré a formar parte de la Agencia. Sin embargo, no siento la ilusión que pensé que sentiría. El entusiasmo. La verdad es que no siento gran cosa.

—Puede que ahora sea subdirector, pero mi corazón siempre va a estar en la contrainteligencia rusa.

Asiento, y me invade una sensación de inquietud. ¿Tomé la decisión correcta? No sería demasiado tarde para cambiar de idea.

—Además, recuerda que me debes una. —Su forma de decirlo, esa sonrisa que no acaba de reflejarse en sus ojos, no estoy muy segura de que lo diga en broma.

Pero lo cierto es que sí, le debo una. Todas esas veces que me protegió, que infringió normas por mí, que compartió información que no debió haber compartido. De no ser por él estaría en la cárcel. Los dos lo estaríamos, Matt y yo.

Permanecemos sentados en silencio unos minutos, un tanto embarazosos. Luego me mira largamente.

—¿Estás segura de que esto es lo que quieres, Vivian?

Pienso en los niños, aunque no quiero hacerlo. Pero mis hijos ya no son niños pequeños. Pasé un año en casa con ellos, el tiempo que siempre quise tener. Intento quitármelos de la cabeza.

Hace un año habría dicho que no. Pero cuanto más tiempo pasa, más segura estoy: tengo todos los motivos del mundo.

Es la decisión correcta.

—Lo estoy.

Cierro la puerta cuando se va Omar y me quedo un momento en silencio. Me invade la tristeza, una vaga sensación de pesar. Y no tiene mucho sentido, porque tuve tiempo más que de sobra para pensar bien esto.

Oigo que Matt entra en la habitación y no volteo. Se me acerca por detrás y me pasa los brazos por la cintura.

—¿Y bien? —pregunta—. ¿Ya tomaste una decisión?

Hago un gesto afirmativo. Aún siento algo de incertidumbre, la impresión de que quizá me haya equivocado, pero él, la última vez que lo hablamos, me advirtió que podría pasarme.

—Voy a volver.

Matt baja la cabeza y la acomoda entre mi cuello y mi hombro, el sitio que siempre hace que me recorra un escalofrío, y noto que sonríe.

—Creo que tomaste la decisión correcta.

EPÍLOGO

Omar sube por el acantilado, el océano a su izquierda y el helicóptero en línea recta, en una zona baldía de tierra y pegotes de hierba. Saca un celular del bolsillo, presiona un botón y se acerca el teléfono al oído.

—Zdravstvuj —saluda. Y permanece atento—. Da —dice mientras camina. Otra pausa y pasa al inglés—. Va a volver. Me ocuparé de organizarlo todo. —Escucha la respuesta—. Puede que unos meses. Pero valdrá la pena esperar.

Voltea para echar una ojeada, sólo para asegurarse de que allí no hay nadie.

—Veré qué puedo hacer —afirma, y al momento—: Pues sí, será tardado. —Esboza una sonrisa—. Do svidania, hasta luego.

Se aparta el celular y aprieta un botón. Ya está cerca del helicóptero, y el piloto pone en marcha los rotores, que empiezan a zumbar, despacio al principio, después más deprisa, hasta que se oye un golpeteo casi ensordecedor.

Sin dejar de caminar, tira el teléfono al vasto océano que se extiende debajo, el aparato va directo a las escarpadas rocas. Luego recorre lo que le falta corriendo, hasta llegar al helicóptero, y se sube a él. El aparato despega, se eleva en el aire.

Omar mira abajo mientras el helicóptero gira hacia el océano. Ve la playa con forma de medialuna, a Vivian y a los cuatro niños. Ella tiene a uno de los gemelos en la cadera, la cabeza junto a la del pequeño, señalando el helicóptero. Los otros tres la rodean, dejando de jugar un momento mientras contemplan el cielo.

Omar contempla la casa, esa cajita con el tejado inclinado. Matt, en el porche trasero, observando cómo se acerca el aparato, los antebrazos apoyados en el barandal, la camisa ondeando con la brisa.

En el porche, Matt clava la vista en el helicóptero mientras se acerca, el golpeteo de los rotores cada vez más cerca. Lo ve pasar por delante de la casa con un rugido casi ensordecedor, y justo cuando lo tiene delante, juraría que ve a Omar, que los dos se miran a los ojos, sólo un momento.

Matt no pierde de vista el helicóptero mientras continúa bordeando la costa, el estruendo va perdiendo intensidad poco a poco hasta que vuelve a oír el romper de las olas. A sus labios aflora una sonrisa, no esa que desarma, franca, la que siempre ve su familia, sino algo completamente distinto. Una expresión que haría que pareciera un desconocido, si alguien la viera.

Sigue con la vista el helicóptero, que se va perdiendo en la distancia, y de sus labios escapa una única frase, susurrada, casi como un secreto:

—Do svidania.

AGRADECIMIENTOS

Nada de esto habría sido posible sin David Gernert, que contribuyó a dar forma al manuscrito inicial para que acabara siendo el libro que es hoy, y sin el equipo de The Gernert Company, en particular Anna Worrall, Ellen Coughtrey, Rebecca Gardner, Will Roberts, Libby McGuire y Jack Gernert.

Me gustaría expresar mi más sincero agradecimiento a la brillante e increíblemente generosa Kate Miciak, así como a todos los integrantes de Ballantine, incluidas Kelly Chian y Julia Maguire, que mejoraron de forma considerable este libro. Tengo la suerte de colaborar con Kim Hovey, Susan Corcoran y Michelle Jasmine, y les estoy muy agradecida a Gina Centrello y a Kara Welsh por hacer realidad mis sueños.

Gracias de corazón a Sylvie Rabineau por su trabajo en los derechos sobre la película, y a todos los correctores y editores del libro en otros países, en concreto a Sarah Adams, de Transworld, por sus agudas ideas iniciales.

Muchas gracias a toda mi familia, sobre todo a mi madre, por creer en mí; a Kristin, por sus consejos y sus ideas; a Dave, por su apoyo; y a mi padre, por su entusiasmo.

Y muy en particular a mis hijos: los quiero hasta más no poder. Y a mi marido: la mejor decisión que he tomado en mi vida fue decirte que sí.